아프지 않은 사랑이 어디 있으랴

아프지 않은 사랑이 어디 있으랴

1판 1쇄 펴낸날 2022년 8월 8일
지은이 이은봉
펴낸이 이재무
기획위원 김춘식, 유성호, 이형권, 임지연, 홍용희
책임편집 박찬세
편집디자인 민성돈
펴낸곳 (주)천년의시작
등록번호 제301-2012-033호
등록일자 2006년 1월 10일
주소 (03132) 서울시 종로구 삼일대로32길 36 운현신화타워 502호
전화 02-723-8668
팩스 02-723-8630
블로그 blog.naver.com/poemsijak
이메일 poemsijak@hanmail.net

ISBN 978-89-6021-640-2 03810

값 15,000원

*이 책은 세종특별자치시와 세종시문화재단의 지원금을 받아 제작되었습니다.

아프지 않은 사랑이 어디 있으랴

이은봉

천년의 시작

책머리에

글을 쓰는 고통과 즐거움

산문집이라는 이름으로 한 권의 책을 출간한다. 첫 번째 산문집이다. 이 책에는 모두 44편의 크고 작은 산문이 들어 있다. 그러니 제법 많은 글이 모여 있는 셈이다.

이 책에 실려 있는 각각의 글은 분량이 일정하지 않다. 이들 글을 쓰는 동안 분량을 고려할 형편이 못 되었기 때문이다. 이런 얘기를 하는 것은 이 책의 글들이 지니는 한계 때문이다. 한계라고 했으나 그것이 정작의 한계인지는 모르겠다. 실제로는 이 책에 실려 있는 글들이 새로 쓴 것이 아니라는 얘기를 하고 싶은 것이다.

이 책을 간행하기 위해 따로 글을 쓸 만큼 산문에 대한 내 의지가 강한 것은 아니다. 하지만 시나 평론 등 문학작품이라는 이름으로 글을 발표한 이래 이른바 '산문'이라고 할 수 있는 글들 또한 적잖이 쓴 바 있기는 하다. 그러나 그동안 이들 산문은 아무렇게나 산개되어 여기저기 나뒹굴어 온 것이 사실이다. 지금으로서는 이들 산문이 아주 버려지지는 않은 것만도 큰 다행이라고 하지 않을 수 없다.

최근에 들어서야 서둘러 산문집도 한 권 간행해야겠다는 생각을 한 것은 사실이다. 이번에 용기를 내어 책으로 간행하려고 산문이라고 할 만한 글들을 모아 보니 무려 100여 편이 훨씬 넘었다. 이를 확인하며 한편으로는 내가 언제 이렇게 많은 산문을 썼나 하는 생각이 들기도 했다.

형편이 이러하니 일정한 기준을 정해 가려 뽑은 원고들을 중심으로 책을 간행할 수밖에 없었다. 가려 뽑고도 남은 글들이 상당한데, 그것들 또한 여기저기 나뒹굴다가 일실逸失되지 않고 책으로 묶일 수 있기를 빈다.

이 책에 수록된 글들은 거개가 신문이나 잡지 등 여러 매체에 이미 발표되었던 것들이다. 하지만 각각의 글들이 발표된 시간은 모두 다르다. 아주 긴 시간 동안 쓴 글들을 이 책에 모아 놓았기 때문이다.

이 책에는 1984년부터 2021년까지 쓴 글들이 무작위로 실려 있다. 처음에 쓴 글과 마지막에 쓴 글 사이에 무려 36년이나 시간적 거리가 있다는 뜻이다. 이때의 거리는 내가 시인으로 등단하던 때부터 지금까지의 긴 시간을 포함하고 있다. 따라서 이 책에는 내 문학 인생 전체가 무르녹아 있다고 해도 지나치지 않다.

아주 긴 시간적 거리를 갖고 있다고 하더라도 이 책의 글들은 서로 주장이 어긋나거나 논리가 모순된 예가 거의 없다. 세상을 바라보는 필자 나름의 관점이 일관되게 드러나 있다는 얘기이다. 독자들이 시종일관 온유하고 돈후敦厚한 자세로 사람살이와 사물살이를 깊이 있게 끌어안으려는 필자의 마음을 정성껏 읽어 주었으면 좋겠다.

강조하거니와, 이 책의 글들은 사변적인 주장이나 논리를 별로 담아내고 있지 않다. 그보다는 구체적인 삶과 생활에서 겪는 서정적이고 서사적인 감흥을 섬세하게 담아내려고 한 것이 이 책의 글들이다. 삶과 생활의 아픔과 슬픔, 사랑과 연민이 만드는 다양한 서정과 서사를 훈훈한 마음으로 보여 주려고 한 것이 이 책 속의 산문들이라는 뜻이다.

원고를 모으고 배열하는 과정에 책의 제목을 『아프지 않은 사랑이 어디 있으랴』로 정했다. 편편의 글이 모두 '사랑의 빵'이 아주 큰 사람이 겪는 서정적이고 서사적인 회감回感을 바탕으로 하고 있기 때문이다.

'사랑의 빵'이 아주 큰 사람은 사랑이 주는 아픔과 슬픔도 크기 마련이다. '사랑의 빵'이 아주 큰 사람을 어떻게 달리 표현할 수 있을까. 고전적으로 말하면 '정이 많은 사람', 모든 사람과 사물에 정성을 다하는 사람이라고 해도 괜찮다. 아프지 않은 사랑이 존재하지 않는 까닭도 이와 무관하지 않으리라.

이 책의 글 중에는 이른바 칼럼이나 에세이라고 부를 만한 글들도 없지 않다. 신문이나 잡지의 청탁을 받고 쓴 칼럼이나 에세이도 얼마간은 들어 있기 때문이다. 기본적으로는 서정적이고도 서사적인 회감回感을 바탕으로 한 산문들을 모아 한 권의 책으로 묶어 내려고 했던 것이 사실이지만 말이다.

마지막으로 한마디. 이 책의 글들이 사람살이와 사물

살이의 아픔과 슬픔을 깊이 있게 끌어안으면서도 '따듯하고 부드러운 사랑의 징표'로 읽히기를 빈다.

2022년 7월

세종특별자치시 종촌동 청리당 서재에서

이은봉

차례

제2부

제3부

제4부

제1부

누구를 위한 아름다움인가

가을도 한복판이다. 뜰 앞의 칸나꽃이 핏빛으로 붉다. 그것은 내가 출강하는 대학의 캠퍼스에서도 마찬가지다.

햇살이 우뚝우뚝한 침엽수림 사이를 뚫고 살비듬처럼 쏟아져 내린다. 저수지의 수면 위로 튀어 오르는 피라미 떼 같다. 떨어져 뒹구는 낙엽을 바라본다. 햇살은 그곳에까지 몰려가 웅성거리고 있다. 보아라. 벌써 몇 년째 그치지 않는 최루탄 가스 속에서도 자연은 저처럼 빛나고 있다.

한 떼의 여학생들이 재잘거리며 언덕을 내려온다. 멀리 보이는 그녀들의 환한 얼굴이 보기에 좋다. 하지만 매번 실망하기 일쑤다. 가까이에 다가오게 되면 와락, 풍기는 화장품 냄새, 물을 들여 노랗게 푸슬거리는 머리칼, 진하게 립스틱을 칠한 붉은 입술……, 아마 저 달랑거리는 귀고리는 틀림없이 금이리라. 금은 귀의 끝에만 달려 있는 것이 아니다. 손가락에서도, 손목에서도 그것은 어김없이 노란빛으로 빛난다.

이 대학의 시간강사인 나는 지금 이 학생들을 가르치러 가는 길이다. 양귀비를, 클레오파트라를 가르치는 나는 행복하다. 그렇지 않은가. 이 모든 것이 실은 다 자연을 닮으려는 인간의 안타까운 마음에서 오리라.

자연을 닮다니? 아니 자연의 아름다움이 저처럼 겉꾸밈

으로 이루어져 있는가. 이런 말들을 중얼거리며 나는 또 걷는다.

운동장 저쪽에는 또 다른 한 무리의 학생들이 모여 있다. 웅성거리는 폼이 또 한바탕 집단적 흐름을 이룰 모양이다. 한꺼번에 우르르 움직이고야 말 모양이다. 유인물을 뿌린 뒤 주먹을 불끈 쥐고 무슨 구호를 외치겠지. 저들의 움직임에 대해서는 입을 다무는 것이 상책이다. 혹 입을 열더라도 아름답다고 표현해서는 절대 안 된다. 이것은 하나의 불문율이다. 나는 시간강사 주제이니까

얼굴이 하얀 남학생 하나가 비틀거리며 내 앞을 스쳐 간다. 그리고 무거운 책가방이, 어지러운 그림자가 그의 뒤를 따른다. 도서관으로 향하는 그를 운동장 쪽의 학생들은 조금쯤 비웃을지도 모른다. 당연한 일이다. 그렇게 해야 피차 부담을 덜 수 있을 테니까.

문득 오래전에 본 영화의 대사 한 구절이 생각난다. "여자란 참 이상해요. 남자에 의하여 잘잘못이 구별되니까요." 이런 유치하기 짝이 없는 영화의 대사를 왜 나는 지금까지 기억하고 있는 거지? 한심한 일이다. 그럼에도 불구하고 나는 그 영화의 대사를 지금 여기에 쓰고 있다. 《별들의 고향》이라는 영화의…….

남자에 의하여 잘잘못이 구별된다니? 아득한 옛날 고려적 이야기를 하는 것인가. 나는 남자가 남자이기를 바라는 만큼 여자도 여자이기를 바란다. 하지만 인간이라는 면에서

는 하나 아닌가. 누가 누구를 구별한다는 말인가.

나는 또 잠시 생각한다. 인간의 아름다움은 일 속에, 행동 속에 있지 않은가. 그것은 여자도 마찬가지이다. 설거지를 하거나, 빨래를 하거나, 바느질을 하거나, 채마밭을 매거나, 애를 보거나, 사무실에서 타자를 치거나……. 일하는 것보다 아름다운 여자의 모습은 없다.

학생회관 쪽에서 깔깔거리는 웃음소리가 들려온다. 티셔츠에 청바지, 흰 운동화를 신은 밝고 건강한 여학생들이다. 아직 때 묻지 않은, 아직 신선한 이들의 앞에 서면 나는 괜히 기분이 좋다. 화장도 하지 않고, 파마도 하지 않고, 야생 그대로 웃고 떠드는 저들, 저학년일 것임에 분명한 저들은 나를 긴장시킨다. 저들이 비록 지적인 여성이 아닐지라도.

지난 1970년대 한때 『지적인 여성을 위하여』라는 책이 베스트셀러가 된 적이 있다. 어떤 일간신문에서는 그 원인이 제목 때문이라고 했다. 신문의 지적은 내가 생각하기에도 제법 일리가 있는 것 같다. 지적인 여성을 위하여? 참 낯간지러운 제목이다. 누구를 위해 지적인 여성이란 말인가? 남성을 위하여? 맞선을 보기 위하여? 그럼에도 불구하고 사람들은 곧잘 이런 종류의 유혹 속에 저 자신을 던져 넣고 만다. 슬픈 일이다.

사람은 사람 자체로 신비롭고 아름답다. 가슴속 깊이 신성神性을 감추고 있는 것이 사람이다. 자기 자신과 이웃 전체에 대한 투철한 믿음과 희망을 잃지 않고 있을 때는 더욱 그렇다.

그러나, 그렇다고 하더라도 좀 더 확실한 자각이 필요하다. 여자라고 하여 저 스스로를 포기할 때, 기존의 터무니없는 여성미라는 것에 포획될 때, 그곳에 사람이 존재할 틈은 없다. 매일매일의 깨달음, 늘 경이감을 잃지 않는 건강한 몸과 마음 앞에 무엇이 있어 아름다움을 자랑할 것인가. 여자든 남자든 사람에게는 끊임없는 움직임, 살아 솟구치는 열정이, 생력生力이 필요하다.

문과대학 본관 건물로 향하며 나는 잠시 사위를 둘러본다. 가을빛이 유리그릇처럼 부서져 내린다. 서쪽 하늘 먼 곳에서는 뭉게구름이 뭉게뭉게 피어오르고 있다.

1년 365일 중 이렇게 아름다운 날은 별로 많지 않다. 발밑에 떨어져 뒹구는 플라타너스 넓은 잎 하나를 주워 든다. 거기 문득 온 우주의 아름다움이 폭풍처럼 밀려와 박힌다.(1984)

사랑은 어디까지 비극적인가

—영화 《러브스토리》 읽기

"학생 전화 받아요."

안집 아주머니의 예의 퉁명스러운 목소리가 들려왔다.

"시내 '대성다방'에 있는데, 지금 곧 나올래?"

윤희의 목소리였다. 군역을 마치고 빈둥거리다가 다시 학교로 돌아왔을 때 내가 아는 동기생으로 여자는 그녀뿐이었다.

"몸이 아파 좀 쉬었어. 네가 없으니까 좀 심심하기도 했고……."

물론 뒤에 덧붙인 말은 거짓일 터였다. 하지만 나는 그 말에 감격했고, 피차 외로운 처지여서 자주 어울리게 되었다.

'대성다방' 왼편 한구석, 나보다 한 뼘은 더 키가 큰 그녀가 제 큰 몸집을 소파에 맡긴 채 오도카니 앉아 있었다.

"영화 구경 가지 않을래?"

자리에 앉기도 전에 그녀가 말문을 텄다.

"드디어 졸업하게 되어 싱숭생숭한 모양이군."

내가 무심코 대꾸했다. 그녀는 오는 이월이면 대학을 졸업해야 했다.

내가 물었다.

"무슨 영화를 보고 싶은데……."

"응, 《러브스토리》!"

"그 영화를 아직도 안 보았어?"

"한 번 더 보고 싶어서……."

"그렇지. 한 번 더 보아도 좋은 영화지."

우리는 한참을 더 그렇게 '대성다방'에 앉아 있다가 밖으로 나왔다. 저무는 겨울 햇살 속으로 몇 점 눈발이 은전처럼 부서져 내리고 있었다.

재개봉관인 '성보극장'까지는 그다지 멀지 않았다. 영화는 곧바로 시작되었다. 어둠 속에서 그녀가 은근슬쩍 처음으로 내 손을 잡았다.

나는 짐짓 모르는 체했다. 이내 촉촉이 땀이 배어 왔다. 이미 여러 차례 상영한 영화라선지 영화관에는 사람들이 별로 많지 않았다.

올리버 바레트, 보스턴의 대부호 바레트 가문의 외아들, 하버드 대학생으로 수재인 그는 래드클리프 여자대학 도서관의 카운터에서 제니를 만난다. 제니의 위트, 지성적인 미모, 검고 긴 머리, 큰 눈, 뾰족한 코, 맑은 입술은 순식간에 올리버를 사로잡는다. 음악 소녀인 제니, 가난한 홀아비 필의 외동딸, 그녀와 올리버의 신분을 초월한 순결한 사랑은 얼핏 춘향전을 연상시킨다. 사랑은 우여곡절 속에 익어 가고, 그동안 잔잔히 흐르는 음악, 하버드대학의 훈훈한 풍광, 그리고 넓게 펼쳐지는 백설의 아름다움이 줄곧 이들을 감싼다. 그 과정에 사랑의 기쁨, 사랑의 위대한 힘, 이런 내용들이 섬세한 카메라의 운용에 의해 조금씩 드러나기 시작한다.

급기야 둘만의 사랑을 위해 올리버는 집으로부터 뛰쳐나오고, 제니는 프랑스 유학을 포기한다. 사랑의 성취를 위해 두 사람은 제니 아버지 필의 허락만을 받고 교수님의 서재를 빌려 대학 목사의 주례로 결혼식을 올린다. 그리고 올리버의 대학원 공부를 위해 제니는 초등학교 교사로 취직, 고생을 자처한다.

사랑은 비극적으로 끝날 때 비로소 아름다울 수 있는 것인가. 올리버가 일급 변호사로 각광을 받을 때쯤, 안정된 이들의 생활, 행복한 나날에 비극의 그림자가 찾아온다.

아이를 갖기 위해 병원에 갔던 올리버는 제니가 백혈병으로 죽게 되었음을 안다. 사랑은 후회하지 않는 것이라는 다짐을 주고받으며 제니는 이윽고 숨을 거둔다. 올리버의 등허리 위로 겨울 햇살이 쓸쓸히 피어오른다.

영화관을 나서니 땅거미가 벌써 세상을 가득 덮고 있었다. 우선은 배가 고팠다. 근처의 포장마차에서 칼국수를 시켜 먹으며 나는 윤희의 손을 꼬옥 쥐었다. 카바이드 불빛 사이로 순간, 그녀의 볼 위로 흐르는 뜨거운 눈물방울이 보였다. 나보다 실히 한 뼘은 더 큰 거구의 여자가 울고 있는 것이다. 그녀의 콧등 위로 흩어져 있는 수많은 주근깨가 오늘 따라 몹시 예뻐 보였다.

우리는 딱 한 잔만 마시자며 소주병을 땄고, 딱 하루만 취하자며 잔을 비웠다. 그렇게 포장마차 순례를 시작했는데, 아아, 부끄럽게도 나는 그녀의 등에 업혀 쿠이쿠이한 자취방으로 돌아왔다.

이내 나는 아무렇게나 쓰러진 채 잠에 빠졌다. 아침에 눈을 뜨니 반 평 부엌 저쪽에서 문득 쌀 씻는 소리가 들려왔다. 이게 어떻게 된 일이지? 아득했다.(1986)

공부는 왜 하는가

사람들은 언제부터 학교라는 곳에서 공부하기 시작했을까. 지금까지 사람들이 살아온 역사를 생각해 보면 그 기간이 별로 길지 않다는 것을 금방 알게 된다. 교실에서 수십 명씩 모여 읽고, 외우고, 시험을 치고, 등수 매기고 하는 일을 시작한 역사 말이다.

대한민국의 경우 그 기간은 기껏 백 년 남짓하다. 서양식 교육제도가 수입되면서부터니까. 물론 이 나라의 옛 조상들도 서당이니, 서원이니 하는 곳에서 함께 어울려 공부했던 것은 사실이다. 하지만 그때는 요즈음처럼 매달 시험을 치고, 등수를 매기고, 그것으로 학생들의 능력 전체를 평가하지는 않았다.

사람들이 오늘날처럼 학교라는 공공 기관을 만들어 집단으로 공부하게 된 데는 이유가 있으리라. 단기간 내에 재빨리 더 많은 지식을 더 널리 섭취한 뒤 그것을 활용해 사람들 모두의 삶을 윤택하게 만들려는 것이 아마도 가장 큰 이유이리라. 그렇게 하자니 학습의 이해 정도를 파악하기 위해 시험을 치고 등수를 매기고 하는 것일 터이다.

그렇다고는 하더라도 실제로는 그것의 의미가 많이 퇴색되어 있다는 생각이 들고는 한다. 말하자면 시험이 공부한 것의 이해 정도를 파악하기 위한 자료로 쓰이는 것이 아니라, 학생들을 읍박지르는 도구로 쓰이고 있고, 등수가 학습의 효과를 높이기 위한 기준으로 쓰이는 것이 아니라 학생들의 우열을 가리기 위한 척도로 쓰이고 있기 때문이다.

현명한 학생들은 이런 사실들을 어렵지 않게 간파해 내고도 그에 맞춰 자기 자신을 알맞게 곧추세워 나가는 것으로 보인다. 좋은 선생님이 학생들을 단지 시험과 등수만으로 가리고 뽑고, 어르고, 읍박지르지 않고, 있는 그대로 순수하게 받아 주듯이 말이다. 하지만 그것이 어디 쉽겠는가. 학생들은 아직 어려 세상의 전모가 잘 보이지 않고, 선생들은 그저 먹고살기에 바빠 하루하루 정신없는 것이 현실이니까 말이다.

사람은 나면서부터 죽을 때까지 끊임없이 새로운 것을 배우고 깨닫게 되어 있다. 하지만 그것이 학교의 공적 수업 시간을 통해 이루어지는 경우는 별로 많지 않다. 오히려 부모님과의 가정생활에서, 친구들과의 대화에서, 등하굣길에 피어 있는 이름 모를 들꽃에서 학생들은 더 많은 것을 배우고 알게 된다.

그렇다면 정작 학교에서 세뇌당하듯 배우고 알게 되는 것은 아주 조그맣고 보잘것없는 것일는지도 모른다. 물론 이 얘기가 학교 공부를 소홀히 해도 좋다, 무시해도 좋다는 뜻은 아니다. 우리가 일상의 삶에서 배우는 모든 것과 비교해 볼 때 학교에서 공부하는 것이 생각만큼 대단한 것은 아니라는 얘기일 따름이다.

그런데 참 이상한 것이 사람이다. 어느 하나에 깊이 몰두하지 않으면 누구라도 그것을 남들보다 잘하기가 쉽지 않기 때문이다. 학교 공부도 마찬가지이다. 그것에 몰두하지 않고서는, 집중하지 않고서는 좋은 성적을 받기가 어렵다. 하지만 매일매일의 삶이 좋은 성적을 받기 위해서만 이루어질 때 사는 것이 얼마나 시시하고 보잘것없을 것인가.

어린 시절에 나는 생각이 참 많았다. 많았다기보다는 잡다하고 번잡했다는 것이 옳을는지도 모른다. 수업 시간은 물론이거니와 등하교 시간에도 엉뚱한 생각에 빠져 버스를 바꿔 타기가 일쑤였다. 27번 버스를 타야 하는데 72번 버스를 타는 것 등이 그 예이다. 생각이 너무도 끝없이 떠올라, 너무도 갈피 없이 떠올라 매번 삶이 천방지축이었다.

남들이 보기에는 그런 내 모습이 퍽 불안하게 느껴졌던 모양이다. 정말로 그랬다. 중학교 2학년 때인가. 담임 선생님이 '생활기록부'에 '정서가 불안하고 주의가 산만함'이라고 써넣을 정도였으니까 말이다. 형편이 이러하니 아무리 공부를 잘하려고 해도 잘하기가 쉽지 않았다.

이처럼 부산하고 부잡한 내 성격을 고치려고 나는 참 애를 많이 썼다. 고등학교에 들어가서도 이는 마찬가지라서 온종일 생각 안 하기 훈련을 한 적까지 있을 정도였다. 하지만 나이가 들자 이상하게도 이런 내 약점이 오히려 강점으로 작용할 수도 있다는 생각이 들었다. 물론 점차 나 자신을 조정할 수도 있게 되었지만 말이다.

세상에는 부자로 사는 사람들도 많고, 가난하게 사는 사람들도 많다. 대부분 공부를 높이 하고 많이 한 사람들은 부자로 살고, 그렇지 못한 사람들은 가난하게 산다. 오늘날 많은 학생이 공부에 혈안이 되어 좋은 대학에 가려고 기를 쓰는 것도 바로 그런 이유에서리라. 대한민국에서는 대학도 등수가 있으니까.

생각해 보면 부자로 사는 것과 가난하게 사는 것이 성적의 편차로 이루어지는 것은 우스운 일이다. 가난하게 살면 또 어떤가. 멈추어 있지 않고 끊임없이 앞으로 나가며, 개혁하며 살면 되지 않겠는가. 오히려 가난을 즐기며 사는 삶도 충분히 있을 수 있으리라.

내 경험을 하나 더 얘기하고 이 글을 맺기로 한다. 지난 1980년대 초 크지 않은 봉제 공장 부설 학교에서 국어 선생을 한 적이 있다. 우여곡절 끝에 해직이 되고 말았지만 말이다. 가난하고 병약한 여공들은 길지 않은 밤 시간을 쪼개 꾸벅꾸벅 졸면서 공부를 하는 것만으로도 늘 즐거워했다.

그러나 졸업하려면 꼬박 3년을 그 지옥 같은 공장에서 미싱을 밟거나 다리미질을 해야 했다. 하루 24시간 중 10시간은 공장에서 일하고, 4시간은 학교에서 공부하고, 나머지 10시간 동안 빨래하고, 밥 먹고, 잠자고, 세수하고, 화장하고, 뭐 하고, 뭐 하고 해야 하는 것이 그들의 일상이었다. 그러면서도 자주 연장과 야근 등 과잉 업무가 뒤따랐으니 학생들은 몸이 성할 리 없었다. 한 학급당 75명쯤 입학을 했지만 졸업할 무렵에는 50명 남기가 힘들었다.

내가 담임을 했던 3학년 3반 학생 중에 졸업을 불과 몇 달 앞두고 급성 맹장염으로 입원을 한 녀석이 있었다. 녀석은 맹장 수술이 잘못되어 한 달을 넘게 병원 신세를 져야 했다. 형편이 이렇게 되자 공장에서는 녀석을 그만 퇴사시켜 버렸다. 회사에서 퇴사되면 학교에서도 자동으로 퇴학 처리를 하게 되어 있었다. 나는 동분서주하며 이 학생의 학적을 살리려고, 졸업을 시키려고 애를 썼다. 하지만 모두 헛수고였다. 새로운 교장 선생도, 생산부 김 부장도 내규가 그렇게 되어 있을뿐더러 선례가 되면 안 된다며 다른 방법이 없다는 것이었다. 나는 차마 그 녀석 앞에서 고개를 들지 못했다.

졸업식이 끝나고 학생들이 다 돌아갔는데도, 나는 왠지 허전해 우두커니 교무실에 혼자서 남아 있었다. 그 녀석 외에도 중도에 탈락한 학생이 다섯 명이나 더 있었다. 이들의 얼굴이 하나하나 떠오르는 것이었다. 난로의 불은 점차 사위어 갔고, 창밖에는 설핏설핏 송이눈이 내리고 있었다.

바로 그때였다. 누군가 조용히 문을 열고 교무실로 들어왔는데, 바로 그 녀석이었다. 얼마나 반가웠던지! 그 녀석은 막무가내로 내게 저녁 식사 대접을 하겠다고 우겨 댔다. 공장 안의 학교를 빠져나와 근처에 있는 짜장면집을 찾아 골목길로 접어드는데, 그 녀석이 내게 말했다.

"선생님, 졸업장은 필요 없어요. 세상이 죄다 학교인걸요."(1987)

둥지를 틀 때와 허물 때

1982년 여름, 나는 조금쯤 얼이 빠져 지냈다. 아니, 그 전전해인 1980년 5월 이후 줄곧 그래 왔는지도 몰랐다. 절망 혹은 허무의 날들이 계속되었다. 엉뚱한 생각에 쫓겨 엉뚱한 버스를 타기 일쑤였는데, 걸핏하면 이 조그만 도시에서도 길을 잃고 한참씩이나 헤매고는 했다.

대학의 시간강사, 허울 좋은 시급제 노동을 마치고 교문을 나서면 나는 늘 막막해져 갈 곳이 없었다. 그 다방, 이름하여 '동심초'에 내가 자주 들르게 된 것은 순전히 그런 연유에서였다.

낡아 빠진 2층 다방에 가면 언제나 혜영이가 나를 반갑게 맞아 주었는데, 그녀는 매번 쉬지 않고 떠들며 쉬지 않고 웃어 댔다. 그렇게 떠드는 소리, 웃는 소리가 나는 좋았다.

이렇게 저렇게 여름이 왔다. 장마가 시작되었고, 뜨겁고 역한 바람이 불었다. 대학은 방학을 했고, 나는 자취방에 처박혀 시집이며 소설책 따위를 읽으며 시르죽은 호박잎처럼 지냈다.

8 · 15 광복절을 사흘쯤 앞둔 어느 날 저녁 어스름이었다. 그림엽서를 한 뭉치 사 들고 모처럼 나는 '동심초'에 들렀다. 혜영이가 반갑게 맞아 주었는데, 얼핏 그녀의 몸에서 술

냄새가 났다. 그새 어디서 한잔 걸친 모양이었다. 그날따라 속옷이며 양말, 휴지 조각 따위가 마구 널려 있는 자취방이 지긋지긋하게 싫었고, 그래서 나는 오래도록 '동심초'에 우두커니 앉아 있었다.

혜영이는 콧노래를 부르며 그림엽서 뭉치를 하나하나 펼쳐 보았다.

"나도 이런 그림엽서, 받고 싶다."

"그래요. 그림엽서, 꼭 받고 싶어요? 주소를 적어 줘요. 그러면 내가 좋은 말 써서 부쳐 줄게"

혜영이는 호들갑을 떨며 좋아했고, 그러는 그녀의 모습이 나도 좋아 한동안 우리는 마주 히히덕거리며 지냈다.

자취방으로 돌아오는 길에 나는 혼자서 소주를 마셨다. 세 군데의 포장마차를 들렀는데, 그러니만큼 잔뜩 취해 발걸음이 자꾸만 좌우로 흔들렸다. 자취방에 도착하자마자 나는 예의 그림엽서를 골라내어 빠르게 몇 마디 썼다.

"혜영아, 꼭 한번 네 장밋빛 고운 입술을 갖고 싶어. 그리고 깊이깊이 잠들고 싶어……."

술에 취하지 않았으면 쓸 수 없는 말이었다. 세상에나! 잔술로 마신 소주가 내게 이런 용기를 갖게 한 것이었다. 아무래도 술이 깨면 엽서를 부치지 못할 것 같았다. 비틀거리며 자취방을 나와 치기 어린 글이 들어 있는 그림엽서를 멀지 않은 우체통에 집어넣었다.

여름날의 하루하루는 다들 바쁘고 분주했다. 나는 자취

방의 음습한 구석에 처박혀 새로 읽기 시작한 『맹자孟子』의 몇몇 구절이나 청승맞게 주절거리고 있었다.

그렇게 저렇게 며칠이 지나갔다. 밤 열 시가 넘었는데, 그날도 나는 시늉만으로 예의 맹자를 송독하고 있었다. 바로 그때였다. 전화벨이 울렸는데, 뜻밖에도 혜영이었다. 술이 취한 목소리로 그녀가 마구 흐트러지며 말했다.

"비가 내려요. 소낙비인데요. 꺽국, 더워 죽겠어요. 잠깐 밖에 나온 사이에 큰언니가 다방 문을 잠그고 퇴근을 해버렸거든요. 꺽국, '동심초' 앞 공중전화 부스 속이에요. 이곳으로 올 거지요? 추워요. 꺼꾹!"

창문을 여니 밖에서는 정말 비가 내리고 있었다. 서둘러 택시를 잡았는데, 주먹만 한 빗방울이 사정없이 앞 유리를 때려 댔다.

혜영이는 파리한 모습으로 후줄근히 비를 맞으며 '동심초' 입구 앞에 가로수처럼 우두커니 서 있었다. 너무도 안쓰러워 나는 나도 모르게 그만 덥석 그녀를 끌어안았다. 그 여자, 조그만 여자, 참새 같은 여자는 한꺼번에 모든 것을 내게 맡겨 왔다.

통금 시간에 쫓겨 우리는 금세 어디론가 가지 않을 수 없었다. 택시는 용두동의 내 자취방 근처에 우리 두 사람을 내려 주었다. 나는 혜영이를 등에 업고 걸었다. 이내 혜영이는 내 등에 업힌 채 새근새근 잠이 들었다.

이렇게 하여 우리 두 사람의 사랑은 시작되었다. 하지만 제멋대로 내 품에 둥지를 틀었듯이 그녀는 제멋대로 내 품의 둥지를 허물고 떠났다.

그해 초겨울, 진눈깨비가 내리던 밤이었다. 수화기를 통해 들려오는 그녀의 목소리는 여전히 명랑했다.

"여기 부산이에요. 그저께 짐을 싸서 내려왔는데요. 다시는 연락하지 않을 거예요."

정말 그녀는 다시 내게 연락하지 않았다. 나도 더는 그녀를 찾으려 하지 않았다.

나는 그녀로 하여 절망과 허무를 이기는 법을 배웠다. 출구 없는 날들의 좌절을 견디기 위해 소리 내어 『맹자』를 읽던 포즈도 집어치웠고, 오랫동안 버려 두었던 시작詩作에 다시금 몰두할 수 있었다.(1987)

아프지 않은 사랑이 어디 있으랴

이발소 방 씨의 오랜 폐렴도
버스 정류장 버들가지처럼 흩날려 버리고
제품집 순이의 고된 하루도
먼 하늘로 띄워 보내는
서럽지 낮은 음성의, 휘파람아!

—휘파람아, 『좋은 세상』, 실천문학사(1986)

20대 초의 일이다. 좀 더 구체적으로 말하면 1974년의 일이다. 당시 나는 대전광역시 중구 용두동 95~49번지에서 자취를 하며 대학에 다녔다. 이곳은 6 · 25 전쟁 이후 대전으로 피난 온 가난한 사람들이 우글우글 모여 사는 산동네의 초입이었다.

이 자취 집에서 살며 나는 대학의 입시에 두 번이나 떨어졌다. 그래서 하는 수 없이 후기로 입시를 치르는 대전의 한 사립대학에 다녀야 했다.

그때 나는 늘 불우하다고 생각했다. 하지만 세상에는 나보다 불우한 사람이 훨씬 더 많았다. 당시에는 나보다 불우한 이들에 대한 연민이 늘 떠나지를 않았다.

용두동의 이 자취 집에는 대문이 없었다. 여러 세대가

함께 살다 보니 대문이 있기는 했지만 아무렇게나 마냥 열려 있었다. 바깥채와 안채로 나누어져 있었던 이 집은 바깥채에도 방이 세 개였고, 안채에도 방이 세 개였다. 나는 방이 여섯 개인 이 집 안채의 조금 큰 방에서 동생들과 함께 자취했다.

처음에는 이 집 안채의 큰 방을 장롱으로 막아 방을 두 개로 만들어 썼다. 그래야 여동생들과도 함께 자취를 할 수 있었기 때문이다. 물론 조금 형편이 나아진 뒤에는 안채의 방 세 개 중 작은 방을 나 혼자 쓸 수 있었다. 하지만 그것도 방위로 군역을 마친 뒤의 일이다. 그러니까 그것은 대학 3학년 때나 가능해졌던 것이다.

안채의 큰 방 하나를 장롱으로 막아 방 두 개를 만들어 쓰던 때의 얘기이다. 다들 가난하고 어려웠던 때의 얘기이다.

바깥채의 가운데 방에는 이 씨네 여섯 식구가 함께 살았다. 소달구지를 끄는 아저씨, 봉투를 붙이는 아줌마, 목공 일을 하는 두 형제, 방직 공장에 다니는 두 자매…….

목공 일을 하는 두 형제는 거의 집에 들어오지 않았다. 집에 들어왔다가도 밤이 되면 이내 어딘가로 떠났다. 방이 너무 비좁아 가족들 여섯 식구가 모두 이 방에서 잠을 잘 수는 없었다.

두 형제는 목공소의 어디엔가에서 한뎃잠을 자는 듯했다. 이 땅 어디에도 제 지친 허리를 눕힐 곳이 없는 두 형제라니!

목공 일을 하는 형제 중에 동생은 나와 나이가 같았다.

형은 목공소가 아니라 무슨 사무실에 다닌다고도 했다. 동생의 이름은 상영이. 그는 목공 일을 하는 틈틈이 이발소에서 손님들의 머리를 감겨 주는 일도 했다. 상영이는 목공 일이 없으면 용두이발소에서 그렇게 이발 일을 배우기도 했다.

상영이는 늘 내게 호의를 보였다. 대학생이 무슨 돈이 있냐며 가끔은 내게 라면을 사 주기도 했고, 자장면을 사 주기도 했다. 그때마다 그는 술을 시켰다. 막걸리도 시키고, 소주도 시켰지만 더러는 맥주도 시켰다.

지금은 맥주가 대수롭지 않은 술이지만 그때는 매우 특별한 술이었다. 상류층이 아니면 먹기 어려운 것이 맥주였다. 맥주를 마시는 기분을 내려고 막걸리를 맥주병에 넣었다가 다시 따라 마시던 시절이었다.

맥주를 마시고 싶어 하는 상영의 마음을 나는 잘 알고 있었다. 하지만 당시의 형편에서 맥주를 마시는 일은 큰 사치였다. 나는 맥주를 마시고 싶어 하는 상영이를 말리며 그냥 막걸리나 한잔하자고 했다. 이런 일이 있으면서도 목공 일을 하는 상영이와 대학에 다니는 나는 자주 어울렸다.

외로움이 많은 상영이는 그리움도 많았다. 특히 여성에 대한 그리움이 컸다. 아니 이성에 대한 열망이 컸다. 그의 입에서는 늘 여자 이야기가 그치지를 않았다. 남정임이니 문희니 윤정희니 하는 영화배우 얘기도 자주 했다.

그 무렵 용두동 집 안채의 끝 방에는 세차장 일을 하는 김 씨 내외가 세를 들어 살고 있었다. 김 씨는 세차장 일로 늘 허겁지겁댔고, 김 씨의 아내는 어린 두 아이를 키우는 일로 늘 허겁지겁댔다. 늘 허겁지겁 댔지만 김 씨의 아내는 그런대로 품위를 잃지 않으려고 애를 썼다.

어느 날부터 이 집 안채의 끝 방에는 아주 예쁜 소녀가, 아주 파리한 낯빛의 처녀가 함께 살았다. 키가 늘씬하게 큰 그녀는 얼굴이 백지장처럼 희고 예뻤다. 어쩌다가 집 안 구석에서 마주치기라도 하면 숨이 턱턱 막힐 정도였다. 그만큼 그녀의 미모는 수려했다.

문간방 아줌마는 그녀가 끝 방 아이들의 이모라고 했다. 문간방 아줌마의 전언에 따르면 그녀는 서울의 구로공단에 다니다가 무슨 사고를 쳐서 이곳에 내려와 있다고 했다. 동생의 목숨을 살리려고 언니가 그녀를 이곳 쪽방으로 데려왔다는 것이다.

무슨 사고를 쳤냐고 물어도 문간방 아줌마는 쉽게 얘기하지 않았다. 여러 번 물어본 뒤에야 문간방 아줌마는 겨우 입을 열었다.

"자살하려고 수면제를 다량 복용했답디다."

"아. 그래요."

한동안 나는 벌어진 입을 닫지 못했다. 그녀는 대전으로 내려온 뒤에도 공장에 다녔다. 유천동에 있는 피혁 공장이 그녀의 직장이라는 것이었다.

상영이는 나를 만날 때마다 그녀 얘기를, 지숙이 얘기를 했다. 지숙이라! 어느 틈에 상영이는 그녀의 이름까지 알고 있었다. 상영이는 그녀를 몸살이 나도록 좋아했다. 그녀 얘기를 할 때마다 상영이는 한껏 들떠 오르고는 했다.

어느 날 상영이가 내게 말했다.

“지숙이와 사귀기 시작했어. 역시 처녀는 아니더군. 뭐. 그런 건 상관없는 일이지만…….”

내가 말했다.

“잘했네. 잘했어. 서로 도우며 잘 살아. 기왕이면 결혼까지 해.”

생각해 보니 지숙이도 더러 집에 돌아오지 않는 날이 있었다.

하지만 상영이는 아직 군 미필 청년이었다. 상영이는 자주 군 입대 문제로 골머리를 앓았다. 나를 만날 때마다 그는 군 입대 때문에 끙끙거렸다. 그 일이 너무도 힘든 듯했다.

그러던 어느 날이었다. 상영이가 내게 말했다.

“지숙이가 함께 죽자고 하는데, 이 형은 어떻게 생각해. 이번 생은 영 가망이 없잖아. 지숙이 얘기도 설득력이 있어. 내가 군대에 가면 지숙이도 고무신을 거꾸로 신겠지.”

그의 말에 나는 뭐라고 대꾸하기가 어려웠다. 어떻게 말해야 하나? 나도 그만 이번 생을 포기하고 싶었던 적이 많지 않았나?

여름이 지나고 가을이 오던 무렵이었다. 좀 더 자세히 말하면 1974년 초가을이었다. 바람이 점차 차가워지던 어느 날이었다. 동네의 구멍가게에서 만난 상영이는 맥주 두 병과 오징어, 땅콩을 앞에 놓고 꺼이꺼이 울었다. 나는 여전히 비싼 맥주보다는 싼 막걸리를 마시자고 하는 마음이었다.

상영이는 뚝뚝 떨어지는 눈물로 제 바짓가랑이를 다 적실 정도로 울었다. 겨우 울음을 그치며 그가 내게 말했다.

"내일모레면 논산훈련소로 입대를 해야 해. 지숙이와는 헤어졌어. 군대생활을 하는 3년 동안, 기다리라고 할 수는 없잖아."

여전히 나는 뭐라고 대꾸하지 못했다. 내년에는 나도 군대에 가야 하는데, 올해 가을에는 나도 징병검사를 받아야 하는데……. 그날의 술값은 내가 냈다. 술값을 내는 것으로 나는 상영이와 지숙이에 대한 연민을 대신했다.

상영이가 입대한 지 한 달쯤 지났을까. 갑자기 군복 차림의 그가 내 자취방 문을 열어젖힌 채 뭐라고 지껄이더니 급하게 사라졌다.

이게 무슨 일이지. 군대에 간 상영이가 왜, 무슨 일로 여기에 나타난 거지……. 논산훈련소에서의 교육을 마친 뒤 자대로 배속되는 도중 잠깐 들렀나? 그때 나는 상영이가 탈영을 했으리라고는 생각하지 못했다.

그 다음다음 날이었다. 동네 아줌마들이 여기저기 모여 웅성거리는 모습이 보였다. 내가 다가가 물었다. 동네에 무슨 일이 있나요? 문간방 아줌마가 말했다.

"상영이와 지숙이가 저 아래 시내버스 정류장 옆 '버드나무여인숙'에서 동반 자살을 했대요."

이번에도 나는 너무 놀라 벌어진 입을 제대로 닫지 못했다. 녀석들이 기어이 이번 생을 버렸구나. 상영이가 지숙이의 간청을 뿌리치지 못했겠지. 아니 상영이도 이번 생이 싫었을 거야.

당시 나는 취학 인구 100명 중 3명에 불과했던 대학생이었다. 대학생 배지를 달고 있으면 이런저런 혜택이 많았다. 교통비도 절반이었고, 술집에서는 학생증만 맡겨도 쉽게 외상술을 주었다.

상영이와 지숙이가 이번 생을 버린 뒤에도 나는 그들을 쉽게 잊지 못했다. 이들에 대한 시를 쓰고 싶었지만 좀처럼 시가 되지 않았다. 이 글의 모두冒頭에 실은 시가 그런 과정에서 태어난 것이기는 하지만…….

물론 그때 나는 시가 소외받는 것들, 아파하고 슬퍼하는 것들, 버려진 것들에 대한 연민 없이 태어나지 못한다는 것을 잘 알지 못했다. 시의 마음이 사랑의 마음이라는 것도 미처 깨닫지 못했다.(2021)

지상에서 가장 아름다웠던 날들

1978년 여름방학의 일이다. 그해 여름방학을 끝으로 나는 대학을 졸업하게 되어 있었다. 매일매일 가슴이 답답했다.

마침 소설을 쓰던 이은식 선배가 연무대여고로 박만춘 선배를 만나러 가자고 내게 제안했다. 물론 연무대행에 특별한 뜻은 없었다. 매달 월급을 타는 박만춘 선생을 꼬여 실컷 술이나 얻어먹자는, 한바탕 신나게 놀자는 것 정도였다.

대학 시절 박만춘 선생은 나보다 한 해 먼저 '다형 시문학상'을 받았다. 그가 제1회로 상을 받고, 내가 제2회로 상을 받은 것이다. 그러니까 박만춘 선생도 나처럼 시인 지망생이었다.

군대를 마친 뒤 내가 남은 학업을 계속하는 동안 박만춘 선배는 이미 연무대여고의 영어 선생이 되어 있었다. 이은식 선배와는 서로 동기였는데, 대학 재학 시절 이들 두 사람은 학내에서 거창한 시화전을 개최해 나를 비롯한 후배들의 부러움을 샀다. 시화전은 작품도 작품이지만 시화전을 개최하는 학내 카페의 화려한 장식들이 더 눈을 크게 뜨게 했다.

연무대에 도착한 뒤 우리 세 사람은 예상했던 대로 혀가 꼬부라지도록 술을 퍼마시고, 목이 쉬도록 노래를 부르고, 그 밖에도 온갖 발광을 다 해 댔다. 당시 우리는 들끓는 에너지를 채 감당하지 못할 만큼 젊었다. 하여, 온갖 지랄을 떨면서 시를 얘기하고, 소설을 얘기하고, 영화를 얘기하고, 미술을 얘기하는 등 문학 지망생으로서의 치기를 어쩌지 못하고 살았다.

문학뿐만이 아니었다. 정작 우리를 사로잡은 것은 사랑이었다. 어쩌면 술이 아니라 사랑에 취해 나도, 이은식 선배도, 박만춘 선생도 그처럼 난장을 친 것인지 몰랐다. 모두들 시퍼렇게 젊었던 총각 시절이 아닌가. 그 나이에 사랑에 빠지지 않는 사람은 거의 없다고 해도 과언이 아니리라.

나와 이은식 선생이 연무대에 처음 이른 것은 여름방학 중의 어느 토요일 오후였다. 그날 오후부터 일요일 새벽까지 술을 마셔 대다가 그만 깜박 잠이 들었는데, 깨어 보니 이미 해가 중천에 떠 있었다.

주위를 둘러보니 다행히 박만춘 선생의 하숙방이었다. 어어, 그런데 이불이 축축이 젖어 있는 것이 아닌가. 아직도 옆에는 이은식 선배가 잠에 떨어져 있었다. 지금은 잘 기억이 안 나지만 누군가 지난밤 옷을 입은 채 그냥 쉬를 한 것이었다. 그냥 쉬를 한 사람이 이은식 선배였던가? 잘 기억이 나지 않는다.

잠시 후 박만춘 선생이 방으로 들어왔고, 휘파람을 불며 젖은 이불을 들고 밖으로 나가 담벼락에 펼쳐 널었다.

우리의 술타령은 그날 밤에도 계속되었다. 본래 술에 약한 나는 사실 두 분 선배들의 이런저런 심부름이나 하기에 바빴다. 하지만 나는 이들 두 선배가 벌이는 해프닝이, 그렇게 펼쳐 내는 자유가 마냥 좋았다. 좋으면서도 얼마간은 걱정이 되었다. 이번 여름방학만 지나면 대학을 졸업하게 되는데, 무엇을 어떻게 해야 할 것인지 아무것도 준비되어 있지 않았기 때문이다.

물론 모교의 국어국문과 대학원에 등록이 되어 있는 상태이기는 했다. 그러나 다음 학기부터는 등록금을 내가 직접 마련해야 했다. 취직해야 하는데……. 박만춘 선생은 이미 내 형편을 잘 알고 있는 듯했다. 여전히 술에 절어 있었는데, 그가 아무런 힘도 들이지 않고 내게 말했다.

"연무대여고에 와서 국어 선생을 해."

"에이, 오라면 오지만 어디 그게 말처럼 쉽습니까."

그냥 예의로 하는 말이라고 생각해 나는 이처럼 시큰둥하게 반응했다. 물론 한편으로는 마음이 크게 움직이기도 했다.

연무대에 퍼져 있고 싶어 하는 이은식 선배를 재촉해 나는 2박 3일 만에 대전의 자취방으로 돌아왔다. 그러고 나서 한 일주일쯤 지났을까. 연무대의 박만춘 선생이 내게 전화를 했다. 정말로 '연무대여고'에 와서 자기와 함께 선생을 하자는 것이었다. 교사자격증이 있는 젊은 사람이 많지 않던 시절이기는 했다. 그렇기는 해도 너무도 고마운 일이지 않을 수 없었다.

이렇게 해 나는 여름방학이 끝나기도 전에 '연무대여고'

의 국어 선생으로 근무하게 되었다. 일단은 내게 고등학교 2학년 여름방학의 보충수업부터 주어졌다.

1978년 여름 당시는 전화가 많지 않았던 시절이다. 심지어는 연무대 일대의 모든 전화가 채 50 집도 되지 않았을 정도이다. 수동식 전화기 돌려 교환원을 부른 뒤 연결이 되면 서로 통화를 하던 시절이었다.

나는 전화번호가 2번이던 집에서 하숙했다. 박만춘 선생의 하숙집은 7번 집이었던가. 아슴아슴하다. '연무대여고'의 젊은 선생님들은 자신의 하숙집을 이렇게 전화번호로 불렀다.

연무대여고의 선생님들은 대부분 젊었다. 대개가 20대의 젊은 나이였다. 나는 스물여섯 살이었는데, 나보다도 나이가 어린 선생님들도 적잖았다. 선생님들의 절반이 내 또래이거나 나보다 나이가 어렸다. 이제 막 대학을 졸업한 여자 선생들은 미처 스물다섯 살도 되지 않았다.

학교는 언제나 젊은 선생님들의 활기로 넘쳤다. 교장 선생님도 나이가 많지 않아 젊은 선생님들의 마음을 잘 헤아려 주었다. 매달 한 번씩 치르는 시험이 끝나면 선생님들끼리 배구 시합, 피구 시합 등을 했고, 그것을 기회로 우르르 몰려다니며 회식을 했다. 가사 실습실에서 삶은 돼지고기를 김치에 싸 먹으며 넘실대는 양동이의 막걸리를 퍼마시는 식의 회식도 끊이지를 않았다. 제법 술에 취하면 몇몇 선생님들은 기타를 치며 가사 실습실이 떠나갈 듯 노래를 부르기도 했다.

학생들이 사고를 치는 등 학교에 일이 있으면 선생님들은 늦게까지 교무실에 남아 치열하게 토론하며 문제를 해결하기 위해 애를 썼다. 연무대여고를 떠난 뒤에도 나는 그곳처럼 민주화된 교무실의 환경을 본 적이 없다. 선생님들끼리도 늘 상호부조의 마음으로 각각을 위하고 높였다. 수리에 밝지 못해 성적을 처리할 때마다 쩔쩔매는 나를 도와주던 가정 선생님……, 기타 여러 선생을 어찌 잊을 수 있겠는가.

남자 선생님들뿐만 아니라 여자 선생님도 대부분 학교 근처에서 하숙을 하거나 자취를 했다. 학교의 수업이 파하면 자연스럽게 여자 선생님들과도 차를 마시는 등 함께 어울려 놀기도 했다. 여자 선생 중에는 더러 남자 선생들의 술자리에 합석하는 분들도 있었다.

이분들로 하여 연무대에서의 생활은 마냥 활기가 넘쳤다. 그러다 보니 나도 박만춘 선생처럼 좋아하는 여자 선생님 한 분을 마음속에 정해 두기까지 했다. 그 여자 선생님도 나를 싫어하지 않는 듯했다. 누군가를 좋아하고 사랑할 때처럼 흥분되고 긴장되는 일이 어디에 있겠는가.

스물여섯 살짜리 총각 선생이었던 나는 학생들에게도 인기짱이었다. 학생 중에는 나를 저희의 친구쯤으로 생각하는 녀석도 없지 않았다. 어쩌다 휴일이 되어 하숙집에 남아 책을 읽고 있으면 날씨가 너무 좋다며 사과밭에 가자고 찾아오는 녀석도 없지 않았다. 고등학교 2학년 국어 과목을 주로 강의했지만 더러는 중학교 1학년 한문 과목도 몇 반 가르쳤는데, 이놈들 중에도 지나칠 정도로 관심을 보여 나를 딱하게 만드는 녀석들도 있었다.

학생들은 나를 '벌레'라는 별명으로 불렀다. 벌레라니? 본래 '벌레'는 그즈음 크게 히트하던 TV 드라마에 나오는 남자 주인공의 별명이었다. 학생들은 내가 그 드라마의 남자 주인공을 닮았다고 생각해 저희 멋대로 벌레라고 부르는 것이었다. 나는 이 벌레라는 별명이 좋았다. 물론 이때의 벌레는 공붓벌레, 책벌레를 뜻했다.

공붓벌레, 책벌레? 너무도 아름다운 말이지 않은가. 하지만 당시 나는 공붓벌레, 책벌레로 살지를 못했다. 연무대에서의 생활이 너무 재미있어 학생들을 가르치기 위해 들여다보는 교과서 외에는 도무지 다른 책을 읽을 틈이 없었다. 학교에서는 학생들과 함께 공부하는 일이, 퇴근해서는 5번 집, 7번 집, 12번 집 선생님들과 함께 노는 일이 너무도 즐거웠다.

더러는 여자 선생님의 자취방에 모여 빙그레 아이스크림 '퍼모스트' 내기 나이롱뽕을 치기도 했다. 눈 내리는 겨울밤 박만춘 선생님과 함께 아이스크림을 사기 위해 연무대의 시장 거리를 헤매고 다니던 추억도 결코 잊을 수 없는 일 중의 하나였다. 나날의 삶이 늘 이렇게 재미가 있으니 어디 공부할 틈이 있겠는가.

그럼에도 불구하고 금요일 오후가 되면 언제나 나는 대학원 수업을 위해 대전으로 향했다. 일주일마다 대전에 가서 대학원을 강의를 듣다 보면 매번 깜짝깜짝 놀라지 않을 수 없었다. 동문수학하는 친구들의 지적 수준이 지난 한 주일 사이에 너무도 높아져 있었기 때문이다. 대학원 수업 시간 내내 나는 지난 한 주일 동안 놀기만 하다가 온 것 같은 자괴감으로 괴로워해야 했다.

월요일 새벽마다 나는 그런 자괴감을 가슴에 안은 채 대전의 버스 터미널에서 연무대행 시외버스를 탔다. 버스 안에서까지는, 아니 월요일에 이어 화요일까지는 공부해야지, 공부해야지 하는 다짐이 떠나지를 않았다. 하지만 수요일 아침이면 언제 그랬냐는 듯 까맣게 잊고는 다시금 연무대의 나날이 주는 재미에 푹 빠져들고는 했다.

당시 나는 스물여섯 살, 아직은 한참 젊은 나이였다. 돌이켜 보면 별것도 아닌 것이 인생인데, 당시로서는 청운의 꿈이 펄펄 끓고 있는 나이를 살고 있었던 것이다. 아무튼 나는 그 꿈 때문에 오래지 않아 연무대여고를 떠나고야 말았다. 허망하기 짝이 없는 것이 꿈인지도 모르고서는 말이다.

내가 대학을 졸업하고 맨 처음으로 직장 생활을 한 연무대여고, 공부에 대한 욕심, 청운의 꿈 따위에 쫓겨 곧 그만두기는 했지만 아직도 그곳은 내게 마음의 고향으로 남아 있다. 요즈음에도 이런저런 일로 상처를 받게 되면 가장 먼저 떠오르는 곳이 연무대여고이다. 만용을 부리지 않고 그곳에서 국어 선생을 하며 평생을 살았으면 얼마나 좋았을까. 자주 이런 생각이 내 마음을 떠나지 않는다.(2005)

쓸쓸한 날에는 더욱 쓸쓸한 섬으로 가자

—청산도 기행

1

2005년 여름의 일이다. 결혼 후 처음으로 아내와 함께 해외여행을 다녀왔다. 아내한테 늘 미안해하던 차에 우연히 큰돈을 들이지 않고 4박 5일 동안 중국의 산둥성 일대를 둘러볼 수 있는 기회가 생긴 것이다. 산둥성 일대라고는 했지만 실제로는 위해와 연태 등 바닷가의 도시 몇 군데를 오가는 정도에 불과했다.

중국 산둥성의 바닷가 도로를 오가며 나는 그곳의 풍광에 크게 감탄했다. 최근 들어 공사한 탓이겠지만 위해며 연태 등을 잇는 바닷가 도로도 아주 예쁘게 가꾸어져 있었다. 예쁘게 가꾸어져 있기는 그곳 바다에 떠 있는 섬들도 마찬가지였다. 그래서일까. 문득문득 나는 이곳 바닷가의 아름다운 풍광이 중국의 소유라는 것이 아까웠다. ……이 시원하고 상쾌한 땅이 중국의 것이라니!

4박 5일의 여정이라고 하지만 실제로는 2박 3일의 여정에 지나지 않았다. 평택항에서 배를 타고 출발해 다시 배를 타고 평택항으로 돌아오는 과정에 2박을 하기 때문이었다. 중국에서 대한민국으로 귀국을 하던 참이었다. 깊은 잠에 떨어졌다가 눈을 떠 보니 어느새 배는 아산만 안으로 깊숙이 들어와 있었다.

갑판 위로 올라온 아내와 나는 우선 먼저 바닷물부터 내려다보았다. 오전의 여름 햇살이 바닷물 위로 떨어져 그야말로 환상적인 물비늘들을 만들고 있었다. 고개를 사방을 둘러보니 파랗게 빛나는 섬들이 와락, 달려들어 내 두 눈을 가득 채웠다. 너무 아름다워 그만 아랫도리가 후들후들 떨렸다. 들뜬 마음의 아내는 어린 소녀가 되어 초등학교 때 배운 노래 〈섬 집 아기〉를 콧노래로 중얼거렸다.

잠시 멍했던 마음이 가라앉자 퍼뜩 중국의 바닷가 풍광을 탐냈던 것이 부끄러웠다. 우리나라에 백배 천배 아름다운 바닷가 풍경이 있는데, 남의 나라의 아름다운 바닷가 풍경을 탐내다니! 아무리 생각해 봐도 우리나라 서해안의 섬들에 비하면 중국 동해안의 섬들은 훨씬 보잘 것 없었다.

이런저런 생각을 하다 보니 자연스럽게 우리나라의 저 아름다운 섬들에 별로 가 본 적이 없다는 사실이 자연스럽게 떠올랐다. 유독 섬이 많고 아름다운 광주 전남 지역에 살면서도 제대로 된 섬에 가 본 적이 없다는 것이 이내 가슴을 차분히 가라앉게 했다.

2

어느새 가을이 가고 겨울이 왔다. 대기는 차가웠고, 차가운 대기로 가득 차 있는 광주에서의 날들은 여전히 쓸쓸했다. 어디 섬으로라도 훌쩍 떠났다가 돌아오고 싶었다. 그런 마음으로 막 겨울방학을 맞이할 즈음이었다. 몇몇 학생들이 내게 1박 2일의 국내 여행을 제안했다. 일주일에 한 차례씩 나와 따로 시 공부를 해 오는 학생들이었다. 학생들이라고는 하지만 나이가 많아 친구들이나 다름없었다.

잠시 논의하던 친구들은 여행지를 완도, 완도에서도 청산도로 정했다. 여행의 일정을 광주에서 완도로, 완도에서 청산도로 잡자는 것이었다. 나는 이들의 제안에 전적으로 동의했다.

청산도는 소설가 이청준 원작의 영화 《서편제》의 촬영지로도 유명했다. 김명곤(아버지)과 오정해(딸)와 김규철(아들)이 저 멀리 언덕 위에서 돌담이 있는 황톳길을 따라 천천히 내려오면서 북소리에 맞춰 선창하고 후창하는 〈진도아리랑〉 가락이 우선 먼저 가슴을 따뜻하게 했다. 따라서 약속된 날까지 청산도의 겨울 풍광을 즐길 생각으로 가슴이 풍요로워지는 것은 당연했다.

막상 청산도를 향해 출발한 날에는 부슬부슬 겨울비가 내렸다. 이런 날의 여행은 그 나름으로 또 다른 운치가 있었다. 완도에 도착한 우리 일행은 군청 주변의 어느 식당에서 별로 특별하지 않은 점심 식사를 했다. 그런 다음 《해신》 등을 찍은 드라마 촬영지 몇 군데를 둘러보았다. 함께 간 친구들에게는 드라마 촬영을 위해 지은 세트장 관람도 그런대로 공부가 되는 듯했다.

여객선은 우리 일행이 그곳까지 운전하고 간 승합차까지 자신의 안에 챙겨 실었다. 날씨는 많이 개었지만 하늘은 여전히 흐렸는데, 크게 춥지는 않았다. 이윽고 청도행 여객선이 출발했다. 곧바로 우리 일행은 갑판에 올라가 완도의 선착장 주변 어시장에서 준비해 간 소라회 등 몇 가지 안주를 꺼내 놓고 소주부터 한 잔 입에 털어 넣었다. 몇 순배가 돌아가자 온몸이 홧홧해지고 콧노래가 절로 나왔다.

여객선은 채 한 시간도 되지 않아 면 소재지인 도청리 항구에 도착했다. 우리 일행은 곧바로 승합차를 몰아 예의 돌담이 있는 황톳길 언덕으로 향했다. 이내 영화 《서편제》에서 보았던 아름다운 장면이 두 눈앞에 펼쳐지기 시작했다. 무엇보다 한겨울인데도 초록빛으로 자라고 있는 보리밭이 인상적이었다.

황톳길 언덕 오른쪽에서는 고즈넉한 갯가 마을이 품에 안겨 왔다. 황톳길 언덕 왼쪽에서는 붉은 지붕들로 꽃 피어 있는 당리마을이 우리 일행을 향해 손짓했다. 승합차 안은 아연 활기가 넘쳤다. 누군가 〈진도아리랑〉을 선창했다. 그러자 모두 그를 따라 〈진도아리랑〉의 후렴구를 후창했다. 사진을 찍는 일행들, 영화 얘기, 소설 얘기를 하는 일행들……, 일행들의 재잘거림은 당리마을에 이를 때까지도 그치지 않았다.

돌담을 둘러치고 있는 당리마을의 오밀조밀한 집들 중에는 영화 《서편제》에서 아버지한테 판소리와 북을 배우던 자식들의 모습을 찍은 세 칸 초가도 있었다. 이 마을 오밀조밀한 집들의 울안에는 유난히 유자나무가 많았다. 어떤 집의 유자나무에는 한겨울인데도 어린애의 머리만큼이나 큰 노란 열매가 달려 있었다. 육지에서 찾아온 사람들로서는 이들 풍경이 경이롭지 않을 수 없었다.

당리를 떠나 섬을 한 바퀴 돌자 하늘이 파랗게 벗겨지는 것이 보였다. 읍리 앞개에 도착한 우리 일행은 갯돌을 모아 탑을 쌓으며 잠시 행복했던 유년 시절로 돌아가기도 했다. 본래 우리 일행이 하룻밤을 자기로 한 곳은 지리해수욕장 근처였다. 그러니 너무 늦지 않게 읍리 앞개 갯돌밭을 떠나지 않을 수 없었다. 지리해수욕장에 도착했을 때는 벌써 저녁 무렵이었다. 날이 궂어 완전히 해가 뜨지는 않았지만 붉은 낙조가 만드는 황혼의 아름다움만은 함께 나눌 수 있었다.

우리 일행 외에는 이곳 지리해수욕장으로 여행을 온 사람이 전혀 없었다. 자연스럽게 지리해수욕장 전체가 우리 일행의 차지였다. 그래서일까. 겨울밤의 청산도 지리해수욕장은 조금 쓸쓸했다. 멍석만큼 크고 둥근 달이 휘황찬란하게 떠 있었지만 쓸쓸하기는 마찬가지였다.

쓸쓸한 마음을 버무려 지은 저녁 식사는 그러나 제법 풍성했다. 무엇보다 민박집 아줌마한테 얻어 온 달고 시원한 맛의 봄동이 혀를 즐겁게 풀어헤쳤다. 완도 선착장 주변 어시장에서 준비해 간 광어, 돔, 도다리 등의 생선회와 생선회에 곁들인 한잔 술의 맛은 아예 마음을 풀어 버리게 했다.

저녁 식사를 마치고 바닷가로 나오니 엷은 안개 속을 헤집으며 달빛이 온통 삐약거리고 있었다. 생각해 보니 보름 어간이었다. 희뿌연 무리를 거느린 채 둥근 달은 구름 속을 넘나들며 샛노란 병아리 빛을 오종종 토해 내고 있었다.

지리해수욕장 모래밭에는 걸터앉기 좋은 조각배가 놓여 있었다. 누군가 목청을 다듬어 노래를 부르기 시작했다. 금세 합창의 목소리가 바닷가 모래밭을 두드려 댔다. 합창의 목소리는 화사한 달빛을 밤하늘 가득 병아리 떼로 흩뿌렸다.

아침에 눈을 뜨니 주르륵거리는 빗소리들이 먼저 들려왔다. 빗속을 뚫고 우리 일행은 청산도의 몇 가지 유적을 더 찾아 나섰다. 가장 인상에 남는 곳은 부흥리의 '구들장논'이었다.

밭농사를 위주로 살아온 이곳 사람들이 논농사를 짓기 위해, 다시 말하면 쌀밥을 얻기 위해 특별히 고안한 것이 '구들장논'이었다. 튼튼하게 쌓은 축대 위에 넓적한 돌을 깔고 물이 빠지지 않게 진흙을 다져 넣은 다음 그 위에 흙을 펴고 모를 심는 방식의 논이 그것이었다.

겨울의 청산도를 떠나오며 내가 줄곧 생각한 것은 봄의 청산도였다. 봄의 청산도가 겨울의 청산도보다 아름다울 것은 자명했다. 유채꽃이 피고 보리가 익는 봄이 오면, 종달새가 아지랑이와 함께 날아오르는 봄이 오면 다시 한번 와야지, 하고 나는 몇 번씩이나 다짐하고는 했다.(2006)

탁발 스님과 어머니의 정성

할머니가 돌아가신 뒤 얼마 지나지 않았을 때의 일이다. 할머니의 이름은 엄순례. 할머니가 돌아가셨을 때는 내 나이가 채 열 살도 되지 않았다.

어느 봄날 정오 무렵의 일이었다. 학교에서 이제 막 집으로 돌아왔는데, 웬 스님이 대문 앞에서 목탁을 두드리며 『천수경』을 외우고 있었다. 이른바 탁발이라는 것을 하는 것이었다.

마곡사에서 온 스님인가. 지금과는 달리 그때는 탁발하러 다니는 스님들이 흔했다. 대개 쌀 반 되쯤 시주를 하면 탁발 스님은 목탁을 두드리며 나머지 불경을 외우다가 돌아가고는 했다.

으레 보아 왔던 익숙한 풍경이었기 때문일까. 나는 책보따리를 툇마루 위에 내던지고는 후딱 사랑방으로 들어가 라디오부터 켰다. 아마도 무슨 연속극에라도 빠져 있었던 듯했다. 연속극 끝의 주제가를 따라 부르며 방 밖으로 막 나오려는 참이었다. 안채의 마루 끝에서 어머니와 스님이 근심스럽게 무슨 얘기인가를 주고받고 있었다.

나에 관한 얘기를 주고받는 것이 분명해 보였다. “이 집 장손의 성품이 너무 예민해 풍파가 많겠습니다. 몸이 약해 병원을 제집 드나들 듯하지 않을까 걱정이 됩니다. 제대로 꿈을 펴게 하려면 방책이 필요합니다." 마곡사에서 왔다고 하는 스님은 명리학과 무속에도 밝은 듯했다. 엄지손가락으로 손가락 마디를 꼽아 가며 스님은 한동안 이런저런 걱정거리를 늘어놓았다.

어린 시절 나는 잔병치레를 많이 했다. 늘 감기를 몸에 달고 살았다. 학질에 걸려 사경을 헤맨 적도 있었고, 이질에 걸려 사경을 헤맨 적도 있었다. 토사곽란으로 방바닥 위를 때굴때굴 구른 적도 여러 차례였다.

스님의 말이 끝나기도 전에 어머니는 쩔쩔매며 방책부터 물었다. 어머니가 거듭 방책을 묻자 스님이 겨우 말을 이었다. "보름 뒤에 오겠으니 쌀 두 말과 소금 한 말, 그리고 달걀 세 줄을 준비해 두세요. 쌀 두 말은 절에 시주할 물목이고, 소금 한 말과 달걀 세 줄은 이 집 장손을 위해 방책할 물목입니다." 보릿고개로 굶는 사람이 많던 시절에 쌀 두 말과 소금 한 말, 그리고 달걀 세 줄(서른 개)은 결코 적은 물량이 아니었다.

부지런하고 성실한 할아버지 덕에 우리 집은 근동에서는 제법 부자라는 소리를 듣고 살았다. 할아버지는 늘 장손자의 교육에 관심이 많았다. 사범학교를 나와 초등학교 교사로 만족하며 지내는 아버지에게는 불만이 컸던 것이 할아버지였다. 그렇다고는 하더라도 할아버지가 내게 검사나 판사 등 권력자가 되기를 원하지는 않았다. 기회가 있을 때마다 할아버지는 내게 큰 학자가 되어야 한다고 힘주어 말하고는 했다.

보름이 지난 뒤였다. 마곡사의 스님은 정말 우리 집을 다시금 방문했다. 어머니는 곧바로 준비한 물목들을 스님 앞에 내놓았다. 스님은 앞마당의 동서남북과 중앙을 호미로 동그랗게 판 뒤 달걀 서른 개를 예쁘게 묻었다. 그런 다음 앞마당 전체에 소금 한 말을 고르게 펴고는 조리개로 물을 뿌렸다. 이내 소금은 물에 녹아 보이지 않았다. 곧이어 스님은 목탁을 두드리며 『천수경』을 외우며 앞마당을 돌고 또 돌았다.

해가 설핏 기울자 이윽고 스님은 시주로 내놓은 쌀 두 말을 바랑에 지고 길을 떠났다. 스님이 떠났는데도 어머니는 두 손을 모아 빌며 앞마당을 돌고 또 돌았다.

어머니의 비나리 때문일까. 지난 1980년대 나는 여러 차례 투옥이 될 기회가 있었지만 용케도 그런 기회로부터 비켜날 수 있었다. 부처님 덕일까. 스님 덕일까. 어머니 덕일까. 누구의 덕인지는 모르지만 오랫동안 운동권 언저리를 오가면서도 나는 이른바 별을 달지 않고도 1980년대를 통과할 수 있었다.

돌이켜 보면 어찌 고마운 일이 아닐 수 있겠는가.(2006)

극기克己와 수신修身

나의 일터이기도 한 광주대학교의 정문에 들어서면 누구라도 일단 먼저 커다란 바윗덩어리를 만나게 된다. 바윗덩어리를 만나게 되는 동시에 그 표면에 굵게 음각된 '克己(극기)'라는 글자도 만나게 된다.

난데없이 '克己'라니? 많은 사람이 그렇게 생각하리라. 처음에는 나도 그렇게 생각을 했다. 촌스럽게 웬 克己? 성실도 정직도 노력도 근면도 용기도 아니고……. 터가 너무 센가? '극기克己'가 광주대학교의 교훈인가.

물론 '극기'는 광주대학교의 교훈이 아니다. 정작의 교훈은 능력인, 지성인, 인내인이다. 오, 예! 교훈 중의 하나인 '인내인'을 강조한 것이로군!

이런 생각을 한 후 나는 오래도록 이 '극기'라는 말을 잊고 살았다. 내가 이 '克己'라고 말을 다시 생각하게 된 것은 한참 뒤의 일이었다. 사실 가슴속에 묻어 두었던 克己라는 말을 꺼내 다시 곱씹기 시작한 것은 불과 얼마 전의 일이다. 이유는 간단하다.

지난해 초가을의 어느 날이었다. 산책하러 가기 위해 아침 일찍 아파트의 계단을 내려와 막 출입문을 여는 중이었다. 물로 씻겨 있었지만 여기저기 핏방울들이 흩어져 있는 것이 보였다. 얼핏 저만치 하얀 천에 덮여 누워 있는 사람의 모습도 눈에 띄었다. 가까이 다가가 살펴보니 여자의 시체였다. 경비원들이 달려와 길을 막으며 우울증에 시달리던 한 주부가 두 아이를 목 졸라 죽이고 자기도 12층에서 떨어져 죽었다고 말했다.

나중에 들은 사연은 더욱 복잡했다. 그래도 그렇지. 자기 스스로 목숨을 끊다니! 며칠을 두고 내 뇌리에는 이날의 광경이 떠나지를 않았다. 《광주일보》《전남일보》 등 광주 지역의 언론을 접할 때마다 이상하게도 이와 유사한 사건들이 눈에 띄어 자꾸 가슴을 콕콕 찔러 댔다. 지금까지는 별 관심 없이 무심코 지내왔는데, 이날 이후에는 그와 비슷한 사건들이 거듭거듭 내 마음을 사로잡았다.

그날 이후 언론의 보도를 통해 나는 거의 매주 이와 유사한 사건들을 접할 수 있었다. 불과 삼사일 전에도 나는 우울증으로 자살한 주부의 얘기를 TV를 통해 시청하고 크게 놀란 적이 있다. 겨울에는 우울증이 한층 심해진다고는 하지만 아무래도 내게는 이런 일들이 단순한 정신 질환으로만 여겨지지 않았다.

무엇이 이들로 하여금 끈기와 인내심의 고리를 한꺼번에 풀어 버리게 하는 것일까. 물론 배후에는 자본주의의 성장과 더불어 빠르게 성장해 온 욕망, 즉 과도하게 부풀려진 욕망이 자리 잡고 있으리라. 과도하게 부풀려져 있는 욕망을 지니게 되면 누구라도 현실과의 악수가 불가능해질 수밖에 없다. 끝내 현실과의 악수를 거부할 때 인간이 가 닿을 수 있는 세계는 너무도 뻔하다.

그러나 인간은 끊임없이 자기를 고쳐 나가는 존재이지 않은가. 자기를 고쳐 나가는 존재라는 것은 곧 자기를 극복해 나가는 존재라는 것을 뜻한다. 이것이 다름 아닌 극기克己이리라. (물론 극기克己는 논어의 '극기복례위인克己復禮爲仁'이라는 말에서 유래한다.) 극기克己, 즉 자기를 극복한다고 했을 때의 자기는 욕망으로서의 자기이다. 욕망으로서의 자기를 극복해 나가는 것이 다름 아닌 극기인 것이다.

이런 내포를 갖는 극기의 개념은 수신修身의 개념과도 다를 바 없다. 수신은 자신을 닦는다는 뜻이거니와, 이때의 자신도 역시 욕망으로서의 자신을 가리킨다. 요컨대 인간은 욕망의 존재이기도 하지만 동시에 극기와 수신의 존재이기도 하다는 뜻이다.

하지만 인간은 중세를 지나 근대로 넘어오면서 극기와 수신의 가치를 모조리 팽개쳐 버린 듯싶다. 극기와 수신이야말로 탈근대의 세계, 곧 '근대 이후'의 세계를 맞이하면서 인간이 되찾아야 할 너무도 중요한 덕목이 아닌가. 극기와 수신의 가치를 되찾을 때 오늘의 우리 사회에 충만해 있는 자살에의 충동은 극복될 수 있으리라

정지용의 시 「장수산 1」의 한 구절이 떠오른다. "시름은 바람도 일지 않는 고요에 심히 흔들리우노니 오오 견디란다 차고 올연히 슬픔도 꿈도 없이 장수산 속 겨울 한밤 내—."

돌이켜 보면 어차피 참고 견디며 사는 것이 인생 아닌가. 그렇다. 참고 견디며 사는 삶은 아름답다.(2002)

『삶의문학』과 대성다방

사람들은 흔히 인생을 소년기, 청년기, 중년기, 노년기 등으로 나누고는 한다. 누구나 마찬가지이겠지만 내 인생의 소년기는 다소 불운했다. 무엇 하나 뜻대로 되는 일이 없었다.

불운은 청년기까지 계속되었다. 고등학교를 졸업하던 1972년, 대학 입시에 실패해 재수를 하기 시작했다. 1973년, 재수를 하고 나서도 다시 또 가고 싶은 대학에 가지 못했다. 공부하지 않고 빈둥거렸으니 당연한 일이다.

하는 수 없이 1973년 3월 대전에 있는 후기 대학에 입학했다. 신입생 시절 내내 불운을 탓하며 허랑방탕한 시간을 살았다. 신입생으로 대학에 다니면서도 나는 3수를 할 마음을 먹었다.

1973년, 1학년 2학기 10월쯤이 되어서야 나는 내 운명이 지금의 이 대학을 졸업하게 되어 있다는 것을 깨달았다. 이런 깨달음을 얻는데 가장 큰 도움을 준 것은 문학, 그중에서도 시였다. 시에서 예의 깨달음을 얻게 된 것은 학내 문학 서클 〈여명〉에 발걸음을 하면서였다. 그런 깨달음과 더불어 시인이 되는 데는, 시를 쓰는 데는 꼭 서울의 명문 대학을 나오지 않아도 되지 않는가 하는 깨달음도 찾아왔다.

때마침 이 대학에서는 김현승 시인이 교수로 있으며 강의를 했다. 그때의 여명문학회에는 여러 선배가 모여 있었다. 그중에서도 매우 특별한 선배가 있었는데, 박용남이었다. 시를 쓰는 한 해 선배인 그가 나는 이내 좋아졌다. 기회를 보아 그냥 말을 놓아 버렸다. 나 혼자서만 그를 친구로 삼은 것이었다. 그도 내 반말을 습지처럼 받아들였다. 그런 뒤부터 나는 줄곧 그의 꽁무니를 따라다녔다. 말은 친구지만 여러 면에서 나는 그의 제자나 다름이 없었다.

박용남은 매우 까다로우면서도 독특한 성격을 갖고 있었다. 당시의 대학생들이 보여 주는 상식적인 모습과는 아주 다른 모습을 갖고 있는 것이 그였다. 당시 대부분의 대학생은 여기저기 술집에 모여 많은 얘기를 시끄럽게 지껄여 대고는 했다.

하지만 그는 술집에 몰려가 떠들어 대는 것을 별로 좋아하지 않았다. 아예 술을 마시지 못하는 것이 그였다. 술 대신 그는 차를 즐겼다. 아니, 술보다는 차를 좋아하는 것이 그였다. 차 중에서도 그는 직접 체에 받쳐 내리는 원두커피를 좋아했다.

나는 자주 인동의 그의 집 다락방에 쳐들어가 원두커피를 얻어 마셨다. 마실 때마다 이 쓴 커피를 무슨 맛으로 마시나 하는 생각을 하기도 했다. 아직 커피 맛을 몰랐었기 때문이다.

커피를 좋아하는 만큼 박용남에게는 당연히 단골 다방

이 있었다. 대전역 앞 2층의 '대성다방'이 그곳이었다. 그를 따라 나도 이내 대성다방의 단골손님이 되었다. 물론 나만 단골손님이 된 것은 아니었다. 나중에 『삶의문학』의 동인이라는 이름으로 불리게 된 열댓 명의 친구들도 아지트로 삼은 곳이 이 대성다방이었다. 대전역 앞 2층의 대성다방에 가면 쉽게 박용남을 비롯한 김영호, 이은식, 김종관, 조만형, 윤중호, 전인순, 조기호, 전무용, 강병철, 김미영 등의 친구들을 만날 수 있었다. 다들 심심하고 외로우면 대성다방에 죽치고 앉아 친구들을 기다리는 것으로 일과를 삼았다.

대성다방의 사장님은 키는 작달막하지만 마음은 크고 넓은 중년의 아주머니였다. 살집이 통통한 대성다방 여자 사장님은 박용남을 비롯한 우리 모두를 아주 애틋하게 생각했다. 세월이 흐르면서 대성다방에는 대전 지역의 문학 지망생들은 물론 기존의 시인들까지 자주 들락거리게 되었다. 1970년대 후반에는 대성다방이 이가림 시인도, 윤삼하 시인도, 김종철 평론가도 자주 찾고는 하는 대전 지방의 명소가 되었다.

계절은 늘 빠르고 급하게 흘러갔다. 가을이 되어 대전역에서 도청까지의 큰길을 걷다가 보면 가게마다 내어 놓은 국화꽃 향기가 후각을 깊이 자극하고는 했다. 더러는 지하 다방에서 기어 올라오는 커피 향도 코끝을 알싸하게 했다. 유신 정권의 말기라 젊은 학생들은 모든 행동을 규제받아야 했다. 수시로 여기저기서 검문을 당해야 했는데, 그런 때는 말하지 못할 어떤 절망감이 불러내는 야릇한 쾌감을 맛보기까지 했다.

그렇게 세월을 견디다가 보면 금세 가을이 가고 겨울이 왔다. 눈보라가 몰아치는 대전역 앞의 거리를 걷다가 보면 두 손과 두 발이 꽁꽁 얼어붙기 일쑤였다. 그런 날 대성다방 안에서는 톱밥 난로가 활활 타오르고는 했다. 대성다방에 들러 펄펄 끓는 엽차 몇 잔을 마시면 어느새 온몸이 따듯해졌다. 가슴속 깊은 곳에서 활기가 되살아나는 것이었다.

대성다방에 오갈 무렵 나는 늘 옆구리에 비닐 커버의 낡은 노트를 끼고 다녔다. 더러는 완성된 시들도 적혀 있었지만 대부분은 쓰다 만 시들로 가득한 공책이었다. 비닐 커버의 낡은 공책을 옆구리에 끼고 다니는 것은 나만의 일이 아니었다. 친구들 모두 시 창작을 위한 공책을 한 권씩 옆구리에 끼고 있었다. 그 무렵 가장 왕성한 창작열을 보이던 친구는 나를 비롯해 박용남, 윤중호, 전인순 등이었다. 그러니까 대성다방은 앞에서 말한 친구들이 모여 자작시를 내놓고 합평을 하는 자리이기도 했다.

내게는 시의 선배였던 박용남, 그는 그 무렵 ROTC 장교로 입대를 했다. 나 혼자 쓸쓸하게 대전역 앞의 거리를 헤매고 다닐 무렵, 그러니까 1970년대 말 어느 날 대성다방은 문을 닫아 버렸다. 갈 곳이 없어 나는 한동안 막막하게 지냈다.

잠시 쉬던 대성다방은 오래잖아 장소를 바꿔 신장개업했다. 신장개업한 대성다방은 이전의 그것에 비해 상대적으로 더 컸다. 사장님은 역시 통통한 몸매의 후덕한 아주머니였다.

새로운 대성다방은 역전에서 좀 떨어진 동양백화점 뒤쪽에 있었다. 근처에 두부두루치기로 유명한 광천식당, 청양식당 등이 있어 주머니가 가벼운 나와 친구들로서는 훨씬 더 좋았다. 면 사리를 듬뿍 넣고 비벼 먹은 두부두루치기는 매콤하면서도 알딸딸했다. 가난한 우리에게는 소주 안주로 더없이 좋은 것이 이 두부두루치기였다.

당연히 『삶의문학』 친구들의 아지트도 동양백화점 뒤쪽의 이 대성다방으로 옮겨졌다. 이곳에서 우리는 전두환의 문화 탄압에 대항하는 종합 문예 무크지 『삶의문학』을 기획했다. 대성다방이 없었어도 『삶의문학』이 태어났을까. 쉽게 대답하기 어렵다.

1980년대가 막 시작되는 때 『삶의문학』 친구들은 이 새로운 대성다방에 모여 당대의 현실을 비판하는 유인물을 만들어 배포할 모의를 하기도 했다. 『삶의문학』 친구들이 김현장이 썼다는 「전두환 광주 살육 작전」이라는 유인물을 대량 복사해 청주에 가서 뿌리고 대전으로 돌아와 다시 모인 곳도 이 대성다방이었다. 대전에서는 같은 유인물을 충남대학교 친구들이 뿌렸지만 말이다. 대성다방의 추억을 생각하면 역전 근처의 옛 모습이 먼저 떠오르지만 『삶의문학』이라는 이름으로 정작 많은 일을 도모한 곳은 이곳의 대성다방이었다.

이제는 사라지고 없지만 『삶의문학』 친구들에게는 더없

는 추억의 장소인 대성다방! 이곳에 모이던 친구 중에는 벌써 불귀의 객이 된 사람도 없지 않다. 윤중호 시인, 정영상 시인, 이규황 시인이 그들이다. 다들 문학을 통해 좀 더 나은 세상, 좀 더 넉넉한 세상, 좀 더 너그러운 세상, 말하자면 좀 더 좋은 세상을 만들기 위해 헌신하다가 먼저 저승으로 떠난 친구들이다.

1985년 여름에는 이른바 '민중 교육' 사건의 주인공이기도 했던 친구들……. 이제는 다 망고희望古稀의 나이가 되어 있다. 대성다방과 이들 친구, 어찌 그립지 않으랴.

할 말은 아직 많이 남아 있지만 대성다방을 추억하는 필자의 시 한 편을 인용하며 여기서 글을 맺어야겠다. 누구에게나 지난 일들은 다 아름답겠지만 말이다.(2018)

싸락싸락 싸락눈이 내려 쌓이던 겨울, 털모자도 가죽 장갑도 없었지 양 볼에서는 차가운 솜털들이 보숭거렸고

스물한 살, 곤색 점퍼 위로 나뒹굴던 싸락눈만으로도, 가슴은 쩍쩍 금이 갔지 붉게 아팠지

아픈 마음으로 역전 대성다방의 낡은 계단을 타고 올라가고는 했지 멈칫멈칫 미닫이문을 열고 들어서면 톱밥 난로 푸스스 타오르던 왼쪽 구석, 하얀 손들 번쩍번쩍 들려지고는 했지

옆구리에는 비닐 커버의 노트 한 권씩이 끼어 있었지 두툼한 노트 속에는 토닥거리다 만 화장기 가득한 언어들

커피를 마시고, 음악을 듣고, 오늘이며 내일의 역사를 지껄여 대다

가는 더러 노트를 바꿔 읽으며 침을 튀기기도 했지

조국이니 민중이니 하는 말들은 언제나 가슴을 쳤고, 급기야는 반 유신의 불화살로 날아가고 싶어 온몸이 뾰쪽뾰쪽 날이 서기도 했지

다방이 문을 닫는 밤, 역전 통으로 걸어 나가면 금방과 양복점이 가득한 거리에서는 자주 길이 끊겼지

기다릴 수도 없이 멈출 수도 없이 내려 쌓이는 눈 더미, 함박눈 더미, 눈알 부라리며 내려다보는 가로등 불빛만으로도 가슴의 상처는 쉽게 덧났지

터덜거리는 구두코를 따라 무심코 걷다 보면 성탄을 알리는 대흥동 성당의 종소리, 아기 예수를 경배하는 마음이 절로 솟았지

이제 대성다방은 없어졌지 싸락눈 내리는 겨울, 모자도 장갑도 없이 두 손 호호 불며 키우던 꿈도 미래도 너풀거리는 은발이 다 덮어 버렸지 너풀거리는 은발 너머로 또 세월은 가고 오고.

—「싸락눈, 대성다방」 전문

저희 맘대로 깔고 뭉개는 내 고향 마을

사범학교를 나온 아버지는 40년을 넘게 교직에서 근무했다. 초등학교 교장으로 정년퇴직을 한 아버지는 폐가나 다름없는 고향의 양철집을 허물고 새로 예쁜 양옥집을 지었다. 본래의 양철집도 직접 지었으니 아버지가 손수 지은 집으로는 두 번째였다. 어머니의 뜻은 이와 달랐다. 어머니는 도시의 아파트에서 편하게 살고 싶어 했다. 아버지와는 달리 어머니는 다소 현실주의자였다.

우리 형제들이 대도시로 나와 공부를 마치고 각기 제금나기까지는 꽤 많은 시간이 걸렸다. 오랫동안 비워 두어 양철집은 너무 낡아 있었다. 내가 중학교 2학년이 되던 해에 지은 것이 이 양철집이었다. 40여 년 넘게 세상에 서 있다가 사라진 것이었다. 이 양철집에서 나는 사춘기를 맞았고, 재수를 했고, 철이 들었다.

양철집은 비가 올 때가 좋았다. 양철집 누다락에서 듣던 빗소리라니! 물론 빗소리는 뒤꼍의 대숲에서 들을 때도 좋았다. 그래서일까. 양철집을 허물고 예쁜 양옥집을 지을 때 마냥 좋지만은 않았다. 아버지는 말끝마다 따듯한 물로 샤워를 할 수 있는 집이라고 강조했다. 온수가 나오는 목욕탕이 딸린 집이라는 뜻이었다. 그래도 나는 무언가 자꾸 아쉬웠다.

예쁜 양옥집을 새로 지은 뒤 아버지는 이내 대전에서의 아파트 생활을 청산했다. 고향의 새로 지은 집으로 이사를 한 뒤 아버지는 정원을 가꾸는 일로 몇 년을 보냈다. 아주 넓지도 않고 아주 좁지도 않은 정원은 작은 숲이었다. 아버지는 그곳에 온갖 나무를 다 심었다. 감나무, 소나무, 모과나무, 잣나무, 살구나무, 매화나무, 앵두나무, 진달래, 개나리……. 봄이면 온갖 꽃이 피어 집 안팎을 덮었다.

아버지는 그동안 남에게 맡겼던 논과 밭도 되찾아 직접 농사를 지었다. 농사에 재미를 붙인 아버지는 마을 옆으로 흐르는 모듬내의 하천부지를 다듬어 고구마나 콩 등을 심기까지 했다. 아버지의 터무니없는 욕심에 어머니는 자주 짜증을 냈다. 아버지는 농사일이 너무 재미있다며 너도 정년퇴직을 대비해 농사일을 배워 두라고 말하며 너털웃음을 짓기도 했다.

아버지는 수석을 좋아하기도 했다. 그러다 보니 집 안 가득 온갖 돌을 모아 전시하는 것이 아버지의 일과였다. 어떤 돌은 호피석이라고 했고, 어떤 돌은 국화석이라고 했다. 어떤 돌은 산수석이라고 했고, 어떤 돌은 강수석이라고 했다. 어떤 돌은 문양석이라고 했고, 어떤 돌은 인물석이라고 했다.

방은 방대로 거실은 거실대로 기기묘묘한 돌들로 가득했다. 정원에도 이런저런 수석들이 가득했다. 정원의 돌들은 크기는 하지만 귀한 것은 아닌 듯했다. 구경을 오는 사람마다 벌린 입을 다물지 못하고는 했다.

그뿐만 아니라 아버님은 온갖 조류鳥類도 키웠다. 새로 지은 양옥집의 대문을 열고 안으로 들어가면 오른쪽 끝에 철망으로 만든 2층짜리 커다란 닭장이, 아니 새장이 있었다. 철망으로 만든 이 새장에는 온갖 기기묘묘한 새들이 살았다. 오골계, 꿩, 공작새, 비둘기, 앵무새, 원앙새, 메추라기……. 그 밖에도 별별 이름 모를 새들로 가득했다.

꽃처럼 예쁘고 신기한 이들 새는 알도 많이 낳았다. 늦은 아침에 새장에 나가 보면 메추리알만 한 알들이 너무 많아 줍기가 벅찰 정도였다. 어머니는 달걀 대신 이 꽃새들의 알로 반찬을 만들기도 했다. 아버님은 볕 좋은 안채 앞에 또 다른 새장을 짓고 백열전구 여러 개를 매달아 부화장으로 쓰기도 했다.

하지만 거듭되는 이런 노동들은 아버님의 육체를 금방 피폐케 했다. 당뇨 합병증이 심해지자 아버님은 자주 병석에 누웠다. 더러는 병원에 입원하기도 했다. 그럴 때마다 아버지는 농담처럼 말했다.

"공부만 하지 말고 너도 취미를 좀 갖거라. 수석이 어떠냐? 내가 없어도 수석 잘 보관할 수 있겠냐?"

"걱정하지 마세요. 저도 수석 좋아하잖아요."

"정년퇴직하면 너도 고향에 들어와 살아라. 내가 이 집을 도시에서보다 살기 편하게 다 만들어 놨다. 너도 고향으로 들어와 살 거지?"

"그럼요. 저도 고향으로 돌아올 거예요. 걱정하지 말고 건강이나 먼저 추스르세요. 옆 마당의 잔디가 너무 좋네요."

아버지가 이런 말을 하는 것 자체가 수상하기는 했다. 이런 말을 자주 하더니 설마설마했는데 아버지는 끝내 저승으로 가셨다. 변변한 유언조차 남기지 않아 장남인 나는 한동안 노심초사해야 했다. 무엇보다 시끄러운 소리가 나는 집안이 되어서는 안 된다는 강박관념이 심했다.

정년퇴직하면 나는 뒤도 돌아보지 않고 고향 집으로 직행하려 했다. 서울이나 대전의 친구들이 그립겠지만 나는 일단 고향 집으로 돌아가고 볼 작정이었다. 너무 외로우면 대전이나 서울로 다시 이사 갈 생각이었지만 말이다.

맨 처음 고향을 떠난 것은 중학교 때였다. 읍내 중학교에 가기 위해 고향을 떠난 이래 평생을 두고 나는 공주와 대전과 서울과 광주로 떠돌아다녔다. 떠돌아다니며 나는 읽고, 쓰고, 생각했다. 글도 그렇게 썼다. 한가하게 방에 틀어박혀 읽고, 쓰고, 생각한 적이 별로 없었다. 길 위에서 밥 먹고, 길 위에서 공부하고, 길 위에서 잔 적이 대부분이었다. 어머니는 자주 사주팔자에 역마살이 끼어 그렇다고 말했다.

그때마다 나는 생각했다. 이은봉! 조금만 더 참아라. 얼마 안 남았다. 오래지 않아 고향으로 돌아갈 수 있을 거다. 하지만 어느 날 내 이런 바람은 일거에 무너지고 말았다. 동네 사람들은 흔히 망골, 막은골(杜谷)이라고 부르는 곳. 정부가 내 고향 마을 막은골 좌우에 행정중심복합도시(행복도시)를 세운다는 것이었다.

아뜩했다. 돌아갈 고향이 없어진 것이었다. 맨 처음 이곳에 행복중심복합도시를 세우겠다고 나선 것은 노무현 정부였다. 행복중심복합도시는 이내 세종특별자치시라는 촌스러운 이름으로 불리기 시작했다. 공식적인 행정 지명을 그렇게 정한 듯했다. 조상님들 중에 내세울 만한 사람이 이 분밖에 없는가?

나는 고향이 없어지는 것이 싫었다. 그래서 한때는 고향을 없애는 일에 앞장서는 노무현 정부도 싫었다. 싫을 때마다 나는 나를 탓했다. 너 정말 이기주의자이구나. 제 고향밖에 모르다니. 국가의 백년대계를 기획하고 추진하는 정부를 싫어하다니.

노무현 정부가 들어선 이후였다. 주말에 고향 집에 가면 온종일 헬리콥터가 날아다니며 하늘과 땅을 귀찮게 했다. 얼마간 시간이 지나자 이윽고 정부는 집과 땅을 내놓고 이사를 가라고 윽박질렀다. 이런 정부가 싫었지만 나는 체면 때문에 싫다고 하지 못했다. 어쩔 수 없이 나는 고향의 집과 땅을 정부에, 아니 토지공사에 팔았다. 너무 헐값이었다. 애를 삭이는 데 정말 많은 시간이 걸렸다.

이미 정부의, 아니 토지공사의 소유가 되기는 했지만 고향 마을과 고향 집은 언제나 그리움의 대상이었다. 보상 형식의 판매 대금을 받은 뒤에도 너무 아쉬워 틈이 날 때마다 나는 고향 마을과 고향 집에 들르고는 했다.

그러던 어느 날이었다. 차를 몰고 근처를 지나던 길이었다. 습관적으로 나는 고향 마을 쪽으로 핸들을 꺾었다. 고향 집 앞에 서자 정신이 아찔했다. TV나 영화에서 보던 폐허가 거기 함부로 나뒹굴고 있었다. 너무 충격이 커서 내 속에서 나도 모르게 시라는 이름의 글자들이 마구 흘러나왔다.

시멘트 블록으로 낮게 쌓아 올린 담벼락, 함부로 무너진 채 여기저기 널브러져 있다 왼편 언덕 바윗덩어리 축대까지 제멋대로 뒤집혀져 있다

잽싸게 다 캐 가 버린 소나무, 잣나무 매실나무, 모과나무, 자두나무, 감나무, 후박나무…… 아예 단풍나무와 영산홍은 뿌리째 뽑혀 나뒹굴고 있다

포클레인의 뜨거운 주둥이가 제멋대로 툭툭 쳐 댔으리라 그놈의 불덩이 주걱턱이 한꺼번에 주르룩 밀어붙였으리라

폐허! 1920년대 초를 풍미한 문예지의 이름이 아니다 영화에서나 보던 폐허가 실제로 이곳에 펼쳐져 있다

이곳? 충남 공주군 장기면 당암리 245번지 막은골! 나 태어나 자란 고향 집이다 고향 집이 지금 구부러진 철근에 목을 매단 채 시멘트 덩어리로 버둥거리고 있다.

—「포클레인이 짓밟고 간 고향 집에서—막은골 이야기」 전문

하루 종일 헬리콥터가 하늘을 귀찮게 할 무렵이었다. 생각할수록 고향 마을과 고향 집이 없어지는 것이 분명했다. 없어지는 것은 단지 고향 마을과 고향 집만이 아니었다. 고향 마을 고샅마다 숨어 있던 수많은 이름도, 얘기도 사라져 버릴 것이 뻔했다. 얘기 중에는 신화와 전설과 민담도 들어 있었다. 심지어는 오지랖 넓은 과수댁 정 씨 얘기도, 좀 모자란 상용이 얘기도, 손버릇 나쁜 은골댁 얘기도, 바람둥이 재마 씨의 사랑 얘기도, 재동 씨의 상엿소리도, 이 양반 각시의 길쌈노래도 사라져 버릴 것이 분명했다.

영영 사라져 버리는 고향 마을과 고향 집을 위해 나도 무언가 해야 할 일이 있을 듯싶었다. 화가인 임재일은 연기군 남면의 면 소재지인 종촌에서 무슨 설치 작업을 기획하고 있는 듯했다. 사라져 가는 종촌의 풍물들을 위해 일종의 제의를 준비하는 것이었다. 나는 그냥 고향 마을과 고향 집의 얘기를 시로 기록하기로 했다. 미처 시가 못 되어도 좋았다. 물론 이들 얘기로부터 심리적인 거리를 갖기는 쉽지 않았다. 위의 시에 이런저런 감정이 묻어 있는 것도 그 때문일 터였다.

2007년 겨울, 대통령 선거운동 기간 내내 이명박 후보는 "국민 여러분 경제, 꼭 살리겠습니다"라고 속삭였다. 이 말을 믿고 국민 여러분은 이명박 후보를 대통령으로 뽑았다.

이명박 정부가 들어선 지 채 2년이 안 되었을 때였다. 정운찬 서울대학교 전 총장이 이명박 정부의 국무총리가 되었다. 정부에, 토지공사에 집과 땅을 팔고 난 뒤 나는 겨우 애를 삭이고 있는 중이었다.

느닷없이 정운찬 총리가 행정중심복합도시에서 행정 중심을 빼고 그냥 복합도시로 세종시를 만들겠다고 한마디 확, 질렀다. 다들 이를 가리켜 이명박 대통령을 대신해 내뱉는 말이라고 했다. 비겁하게 총리를 시켜 자신의 뜻을 펴려고 한다면서 기분 나쁘게 생각하는 사람도 없지 않았다. 나도 왠지 기분 좋게 생각되지 않았다.

당연히 대전과 충남을 중심으로 나라 전체가 크게 요동을 쳤다. 이미 법으로 정해진 것을 실행하지 않겠다고 하니 누구에게나 참 어이없는 일로 보이는 듯했다. 행정중심복합도시법을 통과시킬 때 앞장을 섰던 박근혜 의원이 한마디 툭 던졌다. 나라 전체가 더 크게 요동을 쳤다. 정치적인 이해득실에 대해 말이 많았다. 누대를 살아온 내 고향 땅에 새로 세워지는 세종시를 두고 누가 무슨 정치적인 음모를 꾸미는 것인가? 누구는 누구를 도려내기 위한 정치적인 술수라고도 했다.

이곳 원주민으로서는 그저 복장이 터질 일이었다. 누가 행정도시를 만들어 달라고 했나? 아니, 누가 행정중심복합도시에 '행정 중심'을 넣어 달라고 했나. 저희 맘대로 넣었다가 저희 맘대로 빼겠다고 하니 원주민으로서는 미칠 일이 아닐 수 없었다. 저희 맘대로 깔고 뭉개는 내 고향 마을만 불쌍했다. "포클레인의 뜨거운 주둥이가 제멋대로 툭툭

쳐" 대 이미 엉망진창으로 무너져 버린 내 고향 집만 안쓰러웠다.(2009)

제2부

할아버지와 덕인 스님

동네 사람들은 우리 집을 청리당靑梨堂이라고 불렀다. 뒤곁에 제법 큰 오얏나무가 있었기 때문이다. 할아버지는 우리 집 당호가 청리당이라고 불리는 것을 좋아했다.

푸른 오얏나무 집, 청리당! 청리당은 안채와 바깥채로 나뉘어 있었는데, 바깥채의 사랑방은 늘 개방이 되어 있었다. 청리당의 사랑방은 우리 동네, 곧 막은골의 할아버지들이 모여 노는 놀이터였다.

그 무렵 할아버지들이 사랑방에서 주고받던 얘기들을 아직도 나는 잘 기억하고 있다. 물론 지금껏 내가 기억하고 있는 얘기들은 어린 내가 할아버지들끼리 주고받는 얘기를 살짝 엿들은 것들이다.

당시 할아버지는 어린 나를 데리고 늘 이런저런 얘기를 하기 좋아했다. 지금 생각하면 내게 무언가 교훈이 될 만한 것을 전해 주고 싶었던 듯하다.

그때 할아버지들에게 들은 얘기는 아주 많고 다양했다. 얘기 중에는 못자리에 관한 것도 있었고, 포졸에 관한 것도 있었고, 장군에 대한 것도 있었고, 효자 효부에 관한 것도 있었다.

물론 할아버지들이 주고받는 얘기 중에는 이 마을 저 마을의 전설도 포함되어 있었다. 더러는 전국의 유명한 스님들에 관한 얘기도 들어 있었다. 가끔은 당골(唐洞)의 무명한 스님에 대한 얘기도 함께 있었다.

할아버지인 이선진李先進 씨는 걱정이 많은 분이었다. 무엇보다 철없는 저 자신의 외아들, 곧 아버지에 대한 걱정이 컸다. 마작을 좋아하는 아버지는 겨울철이 되면 집에 들어오지 않는 날이 많았다.

가끔은 장터 삼거리 다방의 미스 김과 함께 밤을 지내는 듯도 했다. 그런 날은 대체로 온종일 함박눈이 내렸다. 그런 날은 아버지가 유성기판을 옆구리에 끼고 장터로 나간 날이기도 했다.

할아버지의 걱정은 아버지에게만 그쳐 있었던 것이 아니다. 할아버지를 걱정하게 하는 사람 중에는 10촌쯤 된다는 덕인 스님도 들어 있었다. 할아버지를 늘 노심초사하게 만드는 덕인 스님은 구돌기 아저씨의 양아들이라고 했다.

구돌기는 물론 지명이었다. 부강芙江에서 가까운 어느 나루터의 이름인 듯했다. 구돌기 아저씨는 구돌기에서 태어난 분일까. 아무튼 할아버지는 이분을 구돌기 아저씨라고 불렀다. 내게는 아저씨라는 말이 당치도 않았을 터였다.

구돌기 아저씨는 우리 집안의 전설이었다. 그분은 만주에 가서 생선 도가를 해 큰돈을 번 사람이라고 알려져 있었다. 말년에 만주의 사업을 접고 금강가의 나루터인 나리재에 큰 집을 짓고 살았다고 했다. 하지만 작은 부인을 두고서도 자식을 얻지 못해 그는 늘 마음을 졸였던 듯했다. 한때는 근동에서 가장 부자로 알려져 있는 분이었다.

물론 이들 얘기는 다 내가 아주 어렸을 때 할아버지한테 들은 것들이었다. 그러다 보니 지금은 할아버지와 구돌기 아저씨, 그리고 덕인 스님의 촌수를 잘 기억하지 못한다.

구돌기 할아버지는 덕인 스님을 늘 못마땅하게 생각했던 듯싶다. 양아들이라고 하나 둔 것이 중 노릇을 하겠다며 절에 들어가 살았기 때문이다.

덕인 스님은 양아버지인 구돌기 아저씨한테 물려받은 재산을 팔아 당골에 절집부터 한 채 마련했다. 절집의 이름은 경신사敬愼寺라고 불렸다. 내게는 경신사敬神寺로 읽혀 늘 무당집을 연상시켰다. 경신사는 크고 웅장하지는 않았지만 대웅전도 있었고 산신각도 있었다. 절집을 마련하는 일에 털어 넣다 보니 덕인 스님한테는 남은 재산이 별로 없는 듯했다.

할아버지는 3대 독자였다. 삼촌이나 사촌 등 가까운 가족이 없던 할아버지는 먼 친인척들에게도 항상 정성을 다했다. 구돌기 아저씨한테는 특별한 정성을 바쳤다. 구돌기 아저씨도 할아버지를 믿고 의지해 모든 대소사를 의논하고는 했다.

물론 할아버지와 구돌기 아저씨는 나이 차이가 많이 났다. 구돌기 아저씨가 할아버지보다 20살은 많은 듯했다.

구돌기 아저씨의 큰 부인은 당골의 경신사에서 묵고는

했다. 성격이 너그럽지 못해 할아버지와는 사이가 별로 좋지 못했다. 경신사에서의 생활이 편치 않은지 더러는 할아버지한테 와서 묵기도 했다.

당시 구돌기 아저씨는 작은 부인과 함께 살고 있었다. 식솔이라고는 늙어 빠진 저 자신과 작은 부인밖에 남아 있지 않던 즈음이었다. 이승을 하직하기 바로 전 구돌기 아저씨가 할아버지를 나리재의 집으로 불렀다.

"그동안 자네가 늘 내 형편을 잘 헤아려 주어 고맙네. 이제 자네가 나와 소잠댁을 맡아 주어야겠네. 나는 곧 저세상으로 갈 사람이네. 하지만 아직 젊은 소잠댁은 그렇지가 않네. 내 집으로 들어와 나와 함께 사세. 자네 살림은 건진이한테 주고 말이네. 경신사의 이건진, 그러니까 덕인 스님한테 주라는 뜻이네.

내가 죽으면 우리 집 살림을 맡아 살며 자네가 소잠댁을 좀 맡아 줘. 자네도 잘 알다시피 소잠댁은 아주 착한 사람이야. 자네가 모셔도 별로 불편하지 않을 사람이야. 남은 살림이 많지는 않네. 산도 좀 있고, 밭도 좀 있기는 하네. 그것들과 이 집을 보태 자네가 소잠댁을 좀 봉양해 줘. 건진이는 중이잖아. 덕인 스님!"

물론 할아버지는 그때 구돌기 아저씨의 말씀을 거역하지 않고 받아들였다. 구돌기 할아버지는 정말로 오래지 않아 이승을 떠났다. 그런 뒤 할아버지는 당신의 할머니와 함께 소잠댁을 10년이 넘게 잘 모시고 살았다. 생전에 할아버지는 이 두 분의 제사를 직접 지내 드리기까지 했다.

덕인 스님, 즉 이건진 씨는 신수가 아주 훤한 분이었다. 뽀얗고 흰 얼굴의 덕인 스님은 우선 인물로 한몫했다.

덕인 스님은 할아버지보다 10살쯤 어렸다. 이 멋진 덕인 스님은 바랑을 메고 가끔씩 막은골의 청리당에도 들르고는 했다. 그때마다 덕인 스님은 대문 앞에서 목탁을 두드리며 큰 소리로 『반야심경』과 『천수경』을 외우고는 했다. 할아버지한테 일종의 시위를 하는 셈이었다.

나도 이렇게 목탁을 두드리며 경을 읽는 덕인 스님을 여러 차례 뵌 적이 있다. 그때마다 사랑방의 할아버지는 혀를 끌끌 차며 말했다. "기껏 『반야심경』이나 『천수경』을 외우며 탁발을 하다니! 중이 공부를 해야지. 공부를! 『금강경』을 읽어야지……."

할아버지가 소잠댁을 모시고 살던 나리재 집은 6 · 25 전쟁 중에 포탄이 떨어져 불에 죄다 타 버렸다. 덕인 스님이 탁발을 하던 때는 할아버지가 막은골에 제법 규모 있는 집인 청리당을 마련한 뒤였다.

불교 공부는 짧았지만 사주는 잘 보는 분이 덕인 스님이었다. 동네 사람들은 불공을 드리러 경신사에 가기보다는 사주를 보러 경신사에 가고는 했다. 어머니는 경신사의 당사주에 의하면 말년의 자신이 아들 셋을 두고는 떵떵거리며 살 팔자라고 좋아했다.

할아버지의 말씀에 따르면 덕인 스님은 아주 게으른 중

이었다. 천도제도 제대로 지낼 줄 모른다고 걸핏하면 핀잔을 하고는 했다.

덕인 스님이 큰 절에서 큰스님을 모시고 제대로 공부를 하지 않은 땡중인 것만은 분명했다. 그런데도 덕인 스님이 우리 집에 탁발을 나오면 할아버지는 언제나 융숭하게 대접했다. 식사도 겸상해 차리도록 했고, 바랑에 쌀을 가득가득 채워 보내고는 했다.

내가 초등학교 저학년 때의 일이다. 덕인 스님은 아들 하나를 데리고 와서 공양주로 일하던 진보살을 아예 안주인으로 들이고 말았다. 할머니는 "게으른 땡중이 고기 맛은 알아 가지고……." 하며 찍는 소리를 했다. 그러면 어머니는 "덕인 스님도 살림을 살아야지요. 밥도 해 주고 빨래도 해 주어야 할 게 아니에요" 하고 말했다.

안주인으로 들어앉자 진보살은 아예 자기가 직접 바랑을 지고 탁발을 다니기도 했다. 너나없이 보릿고개를 넘기기가 힘들었던 1960년대 초반의 일이었다. 들녘 끝인 막은골에서도 농토가 좀 넉넉한 청리당 등 몇몇 집만 겨우 양식 걱정을 하지 않던 시절이었다.

경신사가 있는 당골은 당연히 청리당이 있는 막은골보다 먹고사는 형편이 안 좋았다. 따라서 산골인 경신사의 진보살이 양식이 떨어져 들녘인 막은골의 청리당으로 탁발을 나오는 것은 충분히 있을 수 있는 일이었다.

할머니는 진보살을 볼 때마다 입을 삐쭉대고는 했다. 진보살이 데리고 온 아들 최성내를 앞세워 탁발하는 것도 할머니는 아주 못마땅했다. 저것이 거렁뱅이지 중이냐 하며 두런두런 지껄여 대고는 했다.

그때마다 어머니는 할아버지의 뜻에 따라 진보살의 크고 작은 바랑에 가득가득 쌀을 채워 주었다. 할아버지는 밥상머리에 앉아서도 늘 최성내의 머리를 쓰다듬으며 많이 먹으라고 말하고는 했다.

6 · 25 전쟁이 끝난 뒤 다들 힘들던 시기를 경신사의 덕인 스님은 남의 사주나 봐 주며 게으르게 살다가 열반했다. 당시 나는 덕인 스님의 내면을 잘 알지 못했다. 지금쯤 만났더라면 대화가 좀 되었을지도 모르는데…….

할아버지한테 일하기를 싫어해 중질을 한다고 구박을 많이 받기는 했지만 인물만은 아주 훤하던 덕인 스님! 그분은 내가 기억하는 첫 번째 스님이었다.(2015)

기억의 통로와 술

—조태일 시인을 추억하며

지금은 만날 수 없는 사람을 기억하는 방식에는 여러 가지가 있을 수 있다. 어떤 사람은 말본새로, 억양으로, 음색으로 기억되기도 하고, 어떤 사람은 얼굴 표정으로, 웃는 모습으로, 찡그리는 모습으로 기억되기도 하고, 어떤 사람은 몸짓으로, 몸매로, 몸집으로 기억되기도 한다. 어떤 사람은 음식으로 기억되기도 하는데, 개고기를 좋아하는 사람, 채식을 고집하는 사람, 양식을 선호하는 사람 등도 있을 수 있다. 물론 사상으로, 철학으로, 세계관으로 기억되는 사람도 있지만 말이다.

더러는 술을 통로로 해 기억되는 사람도 있다. 막걸리로 기억되는 사람, 소주로 기억되는 사람, 위스키로 기억되는 사람, 와인으로 기억되는 사람 등 말이다. 오늘 이 글자리의 주인공 조태일 시인도 술을 통로로 해 기억이 되는 사람 중의 하나이다. 조태일 시인을 생각하면 술이 먼저 떠오르거니와, 술을 통로로 해 조태일 시인을 기억하면 무엇보다 먼저 떠오르는 것이 맥주이다.

조태일 시인은 유달리 맥주를 좋아했다. 나는 그분이 막걸리나 소주, 와인, 양주 등을 마시는 것을 별로 본 적이 없다. 젊었을 때는 소주도 마셨다고 하는데, 광주대학교에서 나와 함께 근무하는 동안에는 소주를 마시는 모습을 본 적이 거의 없다. 조태일 시인은 맥주 중에서도 병맥주를 선호했다. 그것도 술병을 반드시 홀수로 시키는 등 여러 면에서 특이한 모습을 보였다.

조태일 시인은 한국 사람이 기본적으로 홀수를 좋아한다는 생각을 갖고 있었다. 고구려를 상징하는 새인 까마귀가 다리가 3개인 삼족오라는 말을 여러 차례 했다. 한국 사람들은 화투 놀이의 하나인 도리짓고땡을 하더라도 3자나, 5자, 7자, 9자 등 홀수를 좋아한다고도 자주 말했다. 조태일 시인과 함께하는 술자리는 술을 마시는 동안 줄곧 술병을 홀수로 채우려다가 보니 마시는 술병 수가 자꾸 늘어나는 적이 많았다. 그러니만큼 조태일 시인도 나도 좀 더 많이 취할 수밖에 없었다.

내가 광주대학교 문창과에 부임하기 전인 1990년대 초의 일이다. 지금은 숭의여대 문예창작과의 교수인 강형철 시인이 어느 날 내게 전화를 해 왔다. 지금의 기억으로는 초가을의 어느 날인 듯싶다.

"조태일 선생이 한번 보자 하네. 마포의 '시인사' 사무실로 이번 주 토요일 오후 3시에 와!"

"무슨 일인데……. 무슨 일로 만나자고 해."

"『시인』지 편집 일을 좀 도와 달라는 것 같아."

"알았어. 토요일 오후 3시에 '시인사' 사무실에서 만나."

토요일 오후 3시에 마포의 '시인사' 사무실로 나갔더니 강형철 시인과 함께 이도윤 시인도 자리에 나와 있었다. 이도윤 시인은 당시 여의도 MBC 문화방송의 기자로 한창 잘나가던 중이었다.

내가 도착하자마자 조태일 시인은 나와 강형철, 이도윤을 데리고 마포의 가든호텔(지금의 홀리데이인서울호텔) 맞은편 쪽에 있는 허름한 선술집 '영산강'으로 데리고 들어갔다. 겉모습은 허름해 보였지만 안으로 들어가니 제법 실내는 넓은 곳이 '영산강'이었다. 맥주와 함께 안주를 시켰는데, 뜻밖에도 홍어찜이 나왔다. 홍어찜은 본래 막걸리의 안주로 적당했지만, 나와 강형철, 이도윤은 조태일 시인과 함께 홍어찜을 안주로 거듭거듭 맥주를 마셨다. 술 실력이 별로 없는 나는 금세 머리 꼭대기까지 취해 비틀비틀 어지러웠다.

저녁 5시 30분쯤이나 되었을까. 근처 생맥줏집으로 자리를 옮기기 위해 우리는 '영산강'에서 자리를 털고 일어났다. 너무 취해서일까. 눈앞의 거리가 잘 보이지를 않았다. 술에 취해 비척비척 마포대로의 인도로 걸어가는 중이었다. 누워 있던 아스팔트가 갑자기 벌떡 일어나서는 내 이마를 주먹으로 세게 갈겼다. 이마의 한 귀퉁이에서 핏방울이 뚝뚝 떨어지는 채로 나는 마포대로를 걸었다. (그런 뒤 언젠가 이때의 체험을 시로 쓴 적이 있다.) 그렇게 조태일 시인과 함께 우리는 기억이 아련한 어느 생맥줏집으로 자리를 옮겼다. 그런데 문득 배가 고파지기 시작했다. 나는 줄곧 안주로 무언가 요기가 될 만한 것을 시켰으면 좋겠다는 생각을 했다. 하지만 술을 사 주는 조태일 시인은 안주를 많이 먹으면 진정한 술꾼이 아니라는 생각을 갖고 있는 듯했다. 내내 안주는 그저 팝콘 한 무더기가 고작이었다.

문득 박몽구, 고규태, 이승철 등 광주 출신의 후배들이 조태일 시인을 두고 하던 말이 생각났다.

"태일이 형은 밥을 안 사 줘요. 술만 사 주고 밥을 안 사 줘요."

광주 출신의 후배 시인들은 조태일 시인을 그냥 형이라고 불렀다. 나는 꼬박꼬박 선생님이라고 부르는데…….

아마도 조태일 시인은 술을 밥이라고 생각하는 듯했다. 실제로도 술을 마시면 따로 밥을 먹지 않던 것이 그이다.

아무튼 그날 나는 잘 못 먹는 술을 코가 삐뚤어지게 먹고 벌벌 기어서 집으로 돌아왔다. 『시인』지 편집 일 등에 대해서는 아예 거론도 되지 않았다.

문단에는 진작부터 조태일 시인이 아주 대단한 애주가로, 호주가로, 대주가로 알려져 있었다. 광주고등학교나 경희대학에 다닐 때는 소주에 밥을 말아 먹기까지 했다는 소문도 들리고는 했다. 술을 잘 못 먹는 나는 이런 이야기 자체만으로도 조태일 시인이 경이적으로 받아들여졌다. 궁금증을 잘 못 참는 내가 급기야 어느 날 조태일 시인한테 직접 그 일에 대해 물어보았다. 유난히 호기심이 많기 때문이리라. 아무튼 그때 나는 이를 꼭 확인하고 싶었다.

"선생님! 젊었을 때는 소주에 밥을 말아 먹기까지 했다는 소문이 있던데, 사실입니까?"

"누가 그래?"

"여기저기서 들었습니다."

"다 거짓말이야. 어렸을 때 호기를 부리느라고 괜한 짓을 한 것일 뿐이야."

한참 술을 많이 드실 때 조태일 시인은 늘 내 손을 붙잡고 집에 가서 한 잔 더 하자고 권하고는 했다. 그렇게 해 조태일 시인의 광주 숙소에까지 가서 마신 맥주병이 얼마던가.

조태일 시인이 시집 『풀꽃은 꺾이지 않는다』로 제10회 만해문학상을 받았을 때이다. 그러니까 이는 1995년의 일로, 내가 광주대학교의 문예창작과에 막 부임한 해의 일이기도 했다. 그해 만해문학상 시상식은 상금의 규모가 꽤 크기도 했지만 행사가 매우 알차고 푸짐해 사람들이 아주 많이 모였다. 광주에서 제자들도 많이 서울로 올라왔고, 서울의 문인들도 많이 참석해 시상식은 대성황을 이루었다.

당연히 술자리가 1차에 끝나지 않았다. 2차, 3차까지 조태일의 시인의 뒷바라지를 하다 보니 종국에는 나와 학생들 두어 명만 남게 되었다. 새벽 3시가 다 되어 댁에 보내 드리려고 택시를 잡았는데, 택시에 탄 조태일 시인이 내 소매를 꽉 잡고 놓지를 않았다. 얼른 너도 이 택시에 함께 타라는 것이었다. 상패 등도 있어 학생들 두어 명과 나는 댁에까지 조태일 시인을 모시고 가게 되었다.

억병으로 술에 취한 조태일 시인은 용케도 댁에까지 잘

찾아가셨다. 그런데 그 이른 새벽에 사모님 등 집안 식구들을 소리쳐 다 깨우고는 술을 사 오라는 것이었다. 나로서는 몸 둘 바를 몰라 그만 쩔쩔매지 않을 수 없었다. 아무리 말려도 조태일 시인이 듣지를 않아 그 이른 새벽에 아드님이 밖에 나가 맥주 세 병을 사 와 다시 술판을 벌이게 되었다. 당연히 나는 몇 잔 더 못 마시고 고꾸라져 잠에 빠졌다.

눈이 환하게 밝아 와 잠을 깨니 아침 6시였다. 정신을 차리고 보니 조태일 시인의 댁이었다. 아무도 모르게 살짝 대문을 열고 나는 조태일 시인의 방배동 집을 빠져나왔다. 택시를 타고 길음동 집까지 온 뒤에는 그만 콱, 쓰러져 잠에 떨어지고 말았다.

1997년~1998년 무렵 광주대학교 교수로 있는 동안 조태일 시인은 유달리 외로움을 많이 탔다. 마음이 허전해 자주 어쩔 줄 몰라 했다. 내가 늘 함께 놀아 드렸지만 그것만으로는 허전함을 달랠 수 없는 듯했다. 이 무렵에는 유독히 술을 많이 마셨는데, 더러는 100일 동안 단주를 하며 건강을 살피기도 했다.

술은 주로 광주대학교 앞의 몇몇 주점에서 마셨다. 저녁 식사를 마치고 연구실로 돌아오면 조태일 시인은 6시쯤 영락없이 내게 학교 앞 주점으로 내려오라고 전화를 했다. 컴퓨터를 끄고 대충 치운 뒤 학교 앞 주점으로 내려가면 화부터 벌컥 냈다. 충청도 출신이기 때문일까. 나는 본래 행동이 별로 빠르지 못했다.

"15분이나 늦었어. 6시 15분이야. 15분이면 기관단총이 몇 발 나가는지 알아. 수백 명이 죽을 수도 있어."

"아, 네. 정리 좀 하고 내려오느라고요."

물론 조태일 시인이 혼자서 나를 기다리지는 않았다. 7, 8명의 학생들과 이미 한바탕 술잔을 주고받는 중이었다.

홀수로 마시기 시작한 빈 맥주병이 27개나 29개쯤 되어야 조태일 시인은 얼마간 취했다. 그러다가 보면 학생들이 다 돌아간 뒤 나 혼자 조태일 시인을 학교 앞 아파트로 모시고 가야 할 때가 많았다. 그때마다 나는 덩치가 큰 조태일 시인을 댁까지 모시고 가느라고 아주 애를 먹어야 했다. 댁에까지 가는 동안에도 아파트 앞 잔디밭에 앉아 맥주를 3병씩 나눠 마신 적이 한두 번이 아니었다.

조태일 시인과의 관계에서는 술을 통로로 해 기억되는 이야기뿐만 아니라 사람을 통로로 해 기억되는 이야기도 수없이 많다. 사람! 남자 사람과 여자 사람! 그리고 거시기 산악회! 사람을 통로로 해 기억이 되는 많은 이야기에 대해서는 나중에 더 깊이 할 수 있기를 빈다. 오늘은 술을 통로로 해 기억되는 조태일 시인에 대한 이야기만 이 정도로 전한다.

조태일 시인은 덩치는 매우 큰 분이지만 마음은 아주 섬세하고 여린 분이다. 지금에 와서 돌이켜 보면 조태일 시인은 아마도 술을 통해, 술에 취해 인간의 근원적인 외로움이나 고독을 극복하려고 하지 않았나 싶다. 마음속 깊이 무언가 아주 큰 아픔을 지니고 있는 듯도 했는데, 조태일 시인과 함께하는 동안 내가 그것까지 알지는 못했다. 조태일 시인을 기억하기 위해 이번에는 술과 관련된 이런저런 체험을 말씀드린다. 저승에서도 늘 취해 계실까. 저승에서는 제발 건강관리를 하며 술을 마시기를 빈다.(2019)

봄꽃들; 사랑과 공공의 정신

광주시 남구 진월동 우리 집 앞 빈터에는 몇 그루 매화나무가 서 있다. 이들 매화나무는 해마다 이맘때가 되면 꽃을 피워 봄이 왔다는 소식을 전한다. 올해도 어김없이 매화나무에서는 꽃망울들이 터져 속절없는 세월을 실감 나게 한다.

이미 지리산 자락에는 산수유꽃들이 화들짝 깨어나 샛노란 제 낯빛을 뽐내고 있다고 한다. 조금만 더 있으면 개나리꽃도, 벚꽃도, 복사꽃도, 배꽃도 피어 이곳 남도의 산야를 밝고 환하게 뒤덮으리라.

꽃의 계절인 봄, 봄은 늘 우리의 가슴을 들뜨고 설레게 한다. 그러나 봄이 모든 사람의 가슴을 하냥 들뜨고 설레게 하는 것은 아니다. 이미 내 나이도 지천명知天命에 이르고 있다. 그러니만큼 곧바로 이순耳順에 이르게 되면 봄이 불러오는 들뜸이나 설렘에 못지않게 진한 슬픔이나 체념을 맛볼 수도 있으리라. 나이가 좀 든 사람은 누구나 신생의 봄기운 속에서도 어쩔 수 없이 죽음의 그림자를 발견할 것이기 때문이다.

이처럼 모든 가시적 현상에는 양면적 가치가 내재해 있다. 그렇다. 누구에게는 봄이 생生일 수도 있지만 누구에게는 봄이 노老이거나, 병病이거나, 사死일 수도 있다. 물론 신생하는 봄기운에서 노병사老病死를 발견하는 것은 시간을 지나치게 앞서 사는 일일 수도 있다. 하지만 인생의 지혜가 쌓이는 지천명의 나이에 이르고서도 삶에 내재해 있는 양가적兩價的 가치를 깨닫지 못하는 것은 우매한 일이다.

이들 양가적 가치를 염두에 두고 있으면 아무래도 옳고 그름을 쉽게 나누기가 어렵다. 무엇이 옳고 무엇이 그르다는 말인가. 내게 이익이 되면 옳고 내게 불이익이 되면 그른가.

오늘의 자본주의사회에서는 이익의 여부에 따라 시비가 달라지는 일이 훨씬 심하다. 아무리 자본주의사회라고 하더라도 이익의 여부에 의해 시비가 달라지는 것은 슬픈 일이다.

이익의 여부에 의해 시비가 달라지는 까닭 중에는 항산恒産의 여부도 들어 있다. 한 사람의 인생에서 항산을 가지려면 일정한 시간이 필요하다. 보통의 사람은 나이가 좀 들어야 항산을 마련할 수 있기 때문이다.

나이가 들면 누구라도 양가적 가치를 인정하지 않을 수 없게 된다. 옳고 그름을 단순명료하게 가르기가 어려워지기 때문이다. 나이가 들수록 호불호好不好가 명확해지지 않는 것도 양가적 가치의 수용과 무관하지 않다. 양가적 가치를 수용하게 되면 누구라도 옳고 그름을 명확히 판단하기가 어렵기 때문이다.

그러나, 그렇다고는 하더라도 가치 판단의 기회가 주어지게 되면 어느 하나를 선택하지 않을 수 없는 것이 일상의 주체이기는 하다. 이때의 선택이 거짓된 것이기 일쑤라고 하더라도 말이다.

거짓된 것인 줄 알면서도 거짓된 것을 선택하는 사람이 있다면 제대로 된 사람이라고 하기 어렵다. 하지만 무엇이 거짓이고 무엇이 참이라는 말인가. 포스트모더니즘의 논리를 빌리지 않더라도 누구에게나 공평무사한 거짓과 참은 따로 없는지도 모른다. 나에게 참은 너에게 거짓이기 쉽기 때문이다.

좀 더 구체적인 예를 들어 보자. 꽃들이 피어오르는 봄 벌판에서 신생의 기운을 읽는 것이 참인가, 소멸의 기운을 읽는 것이 참인가. 물론 이는 어느 한 대답만을 골라내기 어려운 불가지론적 질문일 수도 있다. 하지만 인간의 삶은 끊임없는 선택 속에서 이루어지기 마련이고, 그러니만큼 어느 하나의 가치만을 선택할 수밖에 없는 것이 현실이다.

대부분 사람은 꽃들이 피어오르는 봄을 통해 신생의 기운을 읽는다. 신생의 기운을 선택하는 일은 미래에 대한 희망과 새로운 세대에 대한 기대를 담고 있다.

한편으로는 소멸과 죽음의 그림자를 품고 있는 것이 봄이기도 하다. 하지만 보통의 사람들은 봄에서 소멸과 죽음의 그림자를 보려고 하지 않는다. 관습적 인식에 젖어 사는 사람들에게는 봄을 통해 신생의 기운을 읽는 것이 불변의 참이리라.

따라서 보통의 평범한 사람들이 봄꽃들에게서 신생의 기운을 읽는 것은 매우 자연스러운 일이다. 그것이 과거나 현재보다는 '미래를 위한 길'이기 때문이다. 그런 선택에 다소간 한계가 있다고 하더라도 말이다.

'미래를 위한 길'이라고 했을 때 그것이 내포하는 의미는 별로 복잡하지 않다. 상대적으로 좀 더 공적인 가치를 지니고 있다는 것 이상이 아니기 때문이다. 아무리 참과 거짓을 구분하기가 힘든 시대라고 하더라도 공적인 가치와 사적인 가치를 구별하기는 힘들지 않기 마련이다.

물론 완벽하게 공적인 가치를 선택하기가 어려운 것이 오늘의 이 자본주의사회이다. 하지만 될 수 있는 한 사적인 가치를 배제해 나가려는 태도까지 포기해서는 안 될 일이다.

공적인 가치는 남과 함께하려는 마음에서 비롯된다. 남과 함께하려는 마음은 사랑을 실현하려는 마음과 다르지 않다. 나날의 일상에서 널리 남을 사랑하는 일을 실천하는 것만큼 소중한 것은 없다.

꽃 피는 봄으로부터 소멸의 기운을 읽는 사람도 있고, 신생의 기운을 읽는 사람도 있다. 소멸의 기운을 읽는 사람은 미움의 기운을 읽는 것이고, 신생의 기운을 읽는 사람은 사랑의 기운을 읽는 것이다.

소멸의 기운을 미워하고 신생의 기운을 사랑하는 것은 생명이 갖는 가장 보편적인 특징이다. 일찍이 필자가 쓴 시에서 "개나리 꽃밭에서/ 엄청난 개나리 꽃밭에서/ 노랗게/ 노랗게 터져 오르는 꽃망울들이 사랑임을 배운다"(「사랑에 대하여」)라고 노래한 것도 바로 그런 이유에서다.

많은 사람이 광주를 가리켜 '예향藝鄕'이라고 한다. 예藝의 마음이란 무엇인가. 아마도 예의 마음은 시의 마음과 다르지 않으리라. 일찍이 공자는 시의 마음을 가리켜 사무사思無邪의 마음이라고 한 바 있다. 내 생각에 사무사思無邪의 마음은 지공무사至公無邪의 마음, 공선후사公先後私의 마음과 다르지 않아 보인다.

이제 광주는 명실공히 '예향'이 되었으면 좋겠다. 예향이 되려면 광주는 일단 먼저 사적 가치보다 공적 가치를 상대적으로 소중히 여겨야 하리라. 사무사의 정신, 곧 지공무사의 정신으로 가득 차 있을 때 정작의 예향이 가능해질 것이기 때문이다. 그렇게 되면 저 지긋지긋한 이용호 게이트 따위는 감히 발도 붙이지 못하리라. (2002)

도시 혹은 자본주의적 근대의 명암

이라크의 수도인 바그다드의 한 호텔이 로켓포에 의해 피격이 되었다고 한다. 요 며칠 이 일로 도하의 언론들이 야단법석을 떨고 있다. 국회 이라크 파병 조사단이 투숙하고 있는 바그다드의 팔레스타인호텔에까지 현지의 도시 게릴라들이 과감하게 공격을 가해 왔다는 것이다. 미군에 의해 수도인 바그다드가 점령되면서 다 끝난 줄 알았던 이라크 전쟁이 이처럼 되살아나고 있다는 것이다. 언론은 국회 이라크 파병 조사단의 마음이 적잖이 동요되고 있다고까지 보도하고 있을 정도이다.

이라크의 수도인 바그다드는 중동 최대의 석유 산업도시이다. 바그다드가 문제의 초점으로 떠오르는 이유는 단순하다. 그곳의 점령 여부가 곧바로 석유의 확보를 목표로 하는 미국이 주도하는 이번 전쟁의 승패 여부를 결정하는 핵심 요인이 되기 때문이다. 이 도시 바그다드를 두고 미국 점령군과 후세인을 중심으로 하는 이라크 구세력들이 지금 상호 공방을 계속하고 있는 것도 실제로는 바로 이 때문이다. 이제나저제나 전쟁의 최후 승리는 그 지역 최대 도시의 완전한 점령에 있기 마련이다.

주지하다시피 바그다드는 근대 자본주의를 가능케 한

석유 에너지를 바탕으로 형성되고 발전된 도시이다. 석유 에너지의 끊임없는 소모를 통해 존재할 수밖에 없는 자본주의적 근대가 이들 대도시를 토대로 성장, 발전되어 왔다는 것은 불문가지이다. 석유에 기반을 두었든 그렇지 않든 사람살이의 중심이 도시로 이동하면서 자본주의 근대라는 역사적한 시기가 시작된 것은 분명한 사실이다.

자본주의적 근대와 도시는 이처럼 같은 어머니의 배에서 태어난 일란성쌍생아이다. 원천적으로 서로 맞물려 존재할 수밖에 없는 것이 도시의 탄생과 자본주의 근대의 출발이 갖는 특징이라는 뜻이다. 자본주의적 근대의 문제가 곧바로 도시의 문제일 수밖에 없는 까닭도 바로 이에서 연유한다. 그렇다. 도시의 공간이 악의 소굴이라면 자본주의적 근대의 공간도 악의 소굴일 수밖에 없다.

보들레르 이후 서구의 시인들에게 도시는 인간의 근원적인 행복과 관련해 항상 부정적인 공간으로 인식되어 온 바 있다. 이는 한국 현대시의 경우에도 크게 다르지 않다. 물론 김기림 등 몇몇 예외적인 경우가 없지는 않다. 하지만 일제강점기의 시에서만 하더라도 정지용의 「카페 프랑스」나 오장환의 「수부首府」 등에서 볼 수 있듯이 우리나라의 시인들 역시 도시를 퇴폐와 타락의 공간으로, 비인간적인 공간으로 받아들여 온 것은 사실이다. 1960년대 말 신동엽 같은 시인은 아예 "저 고층 건물들을 갈아엎고 그 광활한 땅에/ 보리를 심으면 그 이랑이랑마다 얼마나 싱싱한/ 곡식들이 사시사철 물결칠 것이랴"(「서울」)라고 노래했을 정도이다.

최근 들어 도시는 생태 환경 문제를 불러일으키는 근원적인 공간이라는 점에서도 관심을 불러일으킨다. 산업사회, 곧 자본주의사회가 도시를 기반으로 하고 있고, 그로 인해 비로소 생태 환경 문제가 비롯되었다는 것은 새삼스럽게 강조할 것이 못 된다. 다름 아닌 이런 점에서도 도시는 현금의 자본주의사회가 야기하고 있는 온갖 문제들과 뒤얽혀 있다고 하지 않을 수 없다.

그렇다면 도시가 불러일으키는 제반 문제를 극복하는 일은 자본주의적 근대가 불러일으키는 제반 문제를 극복하는 일과 다르지 않게 된다. 근대에 바르게 적응하는 일도, 근대를 바르게 완성하는 일도, 근대를 바르게 극복하는 일도 결국은 도시의 제반 문제를 바르게 인식하는 일과 연결되지 않을 수 없는 까닭이 바로 여기에 있다.(2003)

삶의 개혁과 문학의 혁신을 위하여

벌써 봄이 오는 소리가 들린다. 먼 산의 잔설들이 녹고 있고, 지난겨울 동안 얼어붙은 우리의 마음이 녹고 있다. 올해 봄은 지자체의 새로운 대표들을 뽑는 계절이라서 벌써부터 사람들의 마음이 분주하다. 이와 관련해 신문과 방송 등 언론에서는 개혁과 혁신의 목소리를 높이고 있다. 정작 혁신되고 개혁되어야 할 대상이 무엇인지는 잘 모르겠다. 하지만 이들 언론이 지금 목소리를 높이고 있는 것만은 경청하지 않을 수 없다.

시를 읽고 쓰는 사람들에게도 개혁되고 혁신되어야 할 일차적인 대상은 오늘의 현실이다. 오늘의 현실을 좀 더 나은 현실로, 좀 더 성숙한 현실로 만들기 위해 그동안 대한민국이 기울여 온 노력은 이루 다 말할 수 없이 크다. 어쩌면 1948년 정부 수립 이후 하루도 쉬지 않고 저 자신을 개혁하고 혁신하기 위해 최선을 다해 온 것이 대한민국인지도 모른다.

그렇기는 하더라도 국민 가운데 대한민국의 현실에 완벽하게 만족하는 사람은 극히 드물다. 좀 더 맑은 세상, 좀 더 투명한 사회와 역사를 만들기 위해서는, 그리하여 국민 모두 평화롭고 행복한 삶을 살기 위해서는 앞으로도 개혁하고 혁신해야 할 일들이 수없이 많다. 오죽하면 대통령까지 직접 나서 개혁과 혁신만이 대한민국의 미래를 보장하는 첩경이라고 호소를 하겠는가.

이처럼 시를 읽고 쓰는 사람들에게도 개혁하고 혁신해야 할 일차적인 대상은 오늘의 현실이다. 그렇다고는 하더라도 시가 직접 오늘의 현실에 개혁과 혁신의 칼날을 들이대기는 쉽지 않다. 시는 단지 언어를 매개로 해 오늘의 현실과 관련한 이런저런 발언을 할 따름이다. 여기서 말하는 이런저런 발언 역시 개혁과 혁신을 요구하는 것과 무관하지는 않다.

과거의 시는 과거의 삶과 정신을 반영할 뿐이고, 어제의 시는 어제의 현실과 의식을 반영할 뿐이다. 따라서 오늘의 시는 오늘의 삶과 정신을 반영해야 마땅하고, 내일의 시는 내일의 현실과 의식을 반영해야 마땅하다.

물론 여기서 말하는 반영이라는 말에는 개혁과 혁신에 대한 우리의 발언이 포함되어 있다. 하지만 개혁과 혁신의 대상에는 삶과 정신, 현실과 의식만 포함되는 것이 아니다. 언어 또한 개혁과 혁신의 대상이 되어야 마땅하기 때문이다.

시의 질료가 언어라는 점에서 생각하면 정작 개혁되고 혁신되어야 할 대상은 언어이기보다 시라고 해야 할는지도 모른다. 시는 개혁하고 혁신하지 못하면서 삶과 정신, 현실과 의식에게만 개혁과 혁신을 요구하는 것은 너무도 염치없는 일이다. 시가 개혁되고 혁신되어야 한다는 것은 시의 형식과 내용이 끊임없이 새로워져야 한다는 것을 뜻한다. 끊임없이 새로워지지 않고서는 대한민국의 문화 안에 한글을 매개로 한 서정적 재부를 쌓기 힘들다.

이렇게 말하기는 하지만 그동안 나와 내 시가 자기 갱신을 위해 끊임없이 첨단에 서 왔다고 하기는 곤란하다. 낡지 않으려고 계속해 문제를 제기해 온 것은 사실이지만 명실공히 첨단에 서 왔다고 주장하기는 어렵다는 것이다. 아직도 내가 나와 내 시의 개혁 및 혁신을 위해 최선의 열정을 다하고 있기는 하지만 말이다.(2006)

슬플 '노'에서 서러울 '노'로

5월 23일(토) 이른 아침 한 제자한테서 전화가 왔다. 급한 목소리로 TV를 켜 보라는 것이다. 침대에 누워 게으름을 떨고 있던 나는 서둘러 TV 리모컨을 눌렀다.

TV 속에는 너무도 놀라운 일이 벌어져 있었다. 오늘 새벽 노무현 전 대통령이 부엉이바위에서 뛰어내렸다는 것이다. 노무현 대통령이 저렇게 죽다니! 아니 노무현 대통령을 저렇게 죽이다니!

이내 분노할 '노'는 놀랄 '노'로 바뀌고, 놀랄 '노'는 슬플 '노'로 바뀌었다. 아, 아, 아, 가슴이 터질 노릇이었다. 그런 이후 나는 며칠을 징징거리며 지냈다.

참여 정부가 출발할 무렵이었다. 나는 『기독교사상』이라는 잡지에 새로운 정부의 출발과 관련해 꽤 긴 '당부의 말'을 썼다.

어떻게 내게 그런 원고 청탁이 왔을까. 누가 내게 그런 글을 쓰게 했을까. 이런 의구심이 떠나지를 않았다. 하지만 나는 기꺼이 노무현 대통령의 참여 정부가 성공할 수 있도록 이런저런 말을 했다. 그것 외에는 노무현 참여 정부의 출범과 관련해 내가 기여한 일이 없었다.

그런 연유로 나는 조금쯤 자유롭게 노무현 대통령과, 노무현 대통령의 참여 정부에 대해 비판을 할 수 있었다. 노무현 대통령의 참여 정부 당시 내가 특히 비판한 것은 이른바 '자살 전염병'의 횡행이었다. 노무현 참여 정부가 출발한 뒤 내가 보기에는 자살 충동이 독감 바이러스라도 되는 듯 전국으로 번져 나가는 듯했다.

당시 나는 만연하는 자살 풍조가 싫었다. 인간만이 저 스스로 목숨을 끊는다고 하는데, 그것도 나는 싫었다. 내가 근무하는 직장의 어르신도 그렇게 이승을 버렸는데, 그것도 내게 이런 마음을 갖게 하는 데 일조했다.

물론 이는 자본주의가 성숙해 가면서, 정치적인 대의가 실현되면서 한국인이 치르는 값비싼 대가일 수도 있다. 나로서는 일단 그렇게 생각할 수밖에 없었다.

자살 바이러스는 항용 우울증이라는 이름으로 세상에 횡행했다. 그런 이유로 나는 내 시집 『책바위』에서 집중적으로 이 문제를, 곧 죽음의 정서를 문제로 삼았다. 그런데 하필 노무현 전 대통령이 이 자살 바이러스에 걸려 이승을 버리다니!

유서에서 그는 미안해하지 말라고 말했지만 나로서는 너무도 미안했다. 원망하지 말라고 말했지만 나로서는 너무도 원망스러웠다. 이처럼 슬프게 이승을 떠나다니! 금방 슬플 노는 서러울 노로 바뀌었다. 그의 죽음이 남긴 파문이 앞으로 불러올 역사의 소용돌이도 큰 걱정이었다.

나중에 「파문」이라는 제목의 시를 한 편 쓴 것도 그런 까닭에서였다.(2009)

더러운 피와 달콤한 피

오늘도 나는 내게 다짐한다. '나는 내게 다짐한다'는 말은 내가 내게 반성과 성찰의 말을 건넨다는 것을 뜻한다. 이때의 반성과 성찰의 말은 물론 나 자신을 경계하는 말이다.

'나 자신을 경계하는 말'은 나 자신의 욕망을 두려워하고 삼간다는 말이기도 하다. 이는 나 자신에게 건네는 약속의 말이기도 하다. 내가 내게 하는 약속의 말이 곧 다짐의 말이라는 것은 주지의 사실이다.

좋은 일이 좀 있다고 하더라도 지나치게 그것을 좋아해서는 안 된다. 좋은 일은 언제나 나쁜 일을 거느리기 마련이다. 모든 좋은 일은 이내 나쁜 일이 되지 않는가. 이는 모든 장점이 단점이 되는 까닭과도 같다. 모든 나쁜 일은 이내 좋은 일이 되기도 한다.

모든 단점은 머잖아 장점이 된다. 그렇다. 모든 좋은 일은 곧바로 나쁜 일이 된다. 모든 나쁜 일은 머잖아 좋은 일이 되고……. 때로는 불운이 행운이 되기도 한다. 행운이 불운이 되기도 하고. 새옹지마塞翁之馬라고 하지 않는가.

불행이 행복이 될 때가, 행복이 불행이 될 때가 얼마나 많은가. 머잖아 추악한 것은 아름다운 것이 되고, 아름다운 것은 추악한 것이 된다. 상황이 바뀌고 가치가 바뀌면 호불호도 바뀐다.

따라서 역지사지易地思之하는 것을 잊지 말아야 한다. 나의 입장에서만 생각해서는 안 된다. 상대방의 시각으로, 반대편의 시각으로 생각하고 판단할 줄 알아야 한다. 그래야 마음의 평화를 얻을 수 있다.

어떤 것이든 끝과 끝은 서로 통한다. 세상의 모든 일은 꼬리를 물고 연결되어 있다. 같은 연유로 달콤한 피는 더러운 피가 된다. 더러운 피는 달콤한 피가 된다.

본래 달콤한 피를 두고 더러운 피라고 하지 않는가. 달콤하면서도 더러운 피, 당뇨환자의 피 말이다. 당뇨환자가 태어나는 것은 바로 이런 연유에서다.

당뇨환자라니! 끈적거리며 더디게 흐르는 피, 달콤하면서도 더러운 피를 갖고 있는 사람!

당뇨환자인 나는 더러우면서도 달콤한 피 때문에 남은 생이 좀 힘들 것 같다. 아니 아름다울 것 같다.

하루하루의 발걸음을 새겨 디디며 살 수밖에 없다. 늘 멀리, 그리고 가까이 이곳저곳을 잘 둘러보며 하루하루의 길을 떠나야 한다.

조심하며 살아야 한다. 주춤대며, 머뭇대며 살아야 한다. 가슴속 피의 속도로 느리고 천천히 살아야 한다. 그렇게 사는 것이 가장 빨리 사는 것이다.

이미 나는 나 혼자가 아니다. 내게 문제가 생기면 가족에게도 문제가 생긴다. 가족에게 문제가 생기면 이웃에게도 문제가 생긴다. 이웃에게 문제가 생기면 나라에게도 문제가 생긴다.

나여. 각자 이은봉 선생이여. 항상 남을, 공동체를 염두에 두자. 지금 나는 공동체 전체를 걱정하는 마음으로, 근심하는 마음으로 살고 있다. 세상 전체를 책임지는 자세로 살고 있다. 아니 그렇게 살고 싶다.(2009)

빛의 도시, 예藝의 도시, 의義의 도시

'광주光州'라는 한자 말을 순우리말로 바꾸면 '빛고을'이다. 광주 사람들은 지금도 흔히 광주를 '빛고을'이라고 부른다. '빛고을', 빛의 고장……. 그렇다. 광주는 유난히 빛이 많은 도시, 볕이 풍부한 도시이다.

날씨가 좋은 봄날, 서울발 광주행 고속버스를 타 보라. 대전을 지나고 전주를 지난 뒤 잠시 고개를 들고 차창 밖을 바라보라. 누구나 대지의 빛과 볕이 아주 밝아져 있는 것을 느낄 수 있으리라. 김제를 지나고, 정읍을 지나고, 호남터널을 지난 뒤, 정면에 무등산이 보이면 다시 한번 고개를 들고 차창 밖을 둘러보라. 대지로부터 훨씬 더 환한 빛과 볕의 기운을 느낄 수 있으리라.

광주는 이처럼 빛의 도시이다. 광주가 빛 축제를 벌이는 것도, 광기술을 중심으로 한 광통신, 광계측, 광정보 등 광산업을 발전시키고 있는 것도 이와 무관하지 않다.

물론 우리나라에는 빛이나 볕과 관련된 지명이 많다. 광양, 광명, 광정, 춘양, 밀양, 영양, 함양, 화양 등이 그 예이다. 이들 고장 역시 빛과 볕이 몹시 아름다운 곳이기는 하다.

그렇다고는 하더라도 이들 고장은 광주처럼 대놓고 빛고을이라고 하지는 않는다. 볕이 아니라 빛, 빛고을 말이다.

빛은 근원은 해와 달이다. 해와 달은 별과 함께 누천년을 두고 숭배의 대상이 되어 오고 있다. 언제나 빛을 품고 사는 빛고을 사람들……. 빛고을 광주는 무등산 아래에 펼쳐져 있는 아주 따듯한 도시이다. 가까이는 넓은 들판을 끼고 있고, 멀리는 넓은 바다를 끼고 있는 도시가 빛고을 광주이다.

따라서 광주는 언제나 물산이 풍부할 수밖에 없다. 물산이 풍부하면 누구라도 마음이 넉넉해지기 마련이다. 이곳의 옛날 선비들이 구태여 벼슬을 탐하지 않고, 철학을 탐하지 않은 것도 이 때문이다. 벼슬 대신, 철학 대신 자유롭고 평화로운 마음으로 시詩와, 서書와, 화畵 등 예술을 즐겼던 것이 이곳의 선비들이다. 그래서일까. 사람들은 흔히 광주를 가리켜 예향이라고 한다.

예술은 문화의 꽃이다. 문화의 꽃인 예술은 인간의 마음속에 도사려 있는 심미적 무늬를 바탕으로 한다. 특별히 풍부한 심미적 무늬를 갖고 있는 것이 빛고을 광주의 사람들이다.

광주를 가리키는 말은 그 밖에도 많다. '문화 수도 광주', '아시아 문화 중심 도시 광주'라는 말도 그런 예의 하나이다. 물론 이들 말이 본격적으로 사용되기 시작한 것은 노무현 정부에 의해서이다. 하지만 '문화 수도 광주', '아시아 문화 중심 도시 광주'라는 말이 노무현 정부에 의해 부여된 장식어는 아니다. 본래부터 광주가 시詩, 서書, 화畵를 중심으로 하는 예술의 고장이고, 문화의 고장이기 때문이다. 그렇다. 어떤 벼슬보다, 어떤 철학보다 예술 전반에 심취해 있는 곳이 광주다.

『관자』라는 고서古書에 "倉廩實則知禮節, 衣食足則知榮辱(창름실즉지예절, 의식족즉지영욕)"이라는 말이 있다. 곳간이 가득 차야 예절을 알게 되고, 입을 것과 먹을 것이 풍족해야 영욕榮辱을 알게 된다는 뜻이다.

사람은 예절을 알고 영욕을 알 때, 다시 말해 수치羞恥를 알 때 정의도 안다. 맹자는 부끄러워하고 미워하는 마음이 정의의 실마리라고 하지 않았는가. 이른바 수오지심羞惡之心은 의지단야義之端也 말이다.

광주를 가리켜 의향義鄕이라고 하는 것도 이런 맥락에서 이해해야 마땅하다. 당장 먹고 입을 끼니와 옷가지가 급하면 누구라도 정의감을 갖기 어렵기 때문이다. 물론 이 얘기는 광주가 상대적으로 먹고 입을 끼니와 옷가지가 넉넉하다는 뜻이 되기도 한다.

광주학생의거가, 5 · 18 광주민주화항쟁이 일어난 것도 이런 여건과 무관하지 않다. 물산이 풍부한 만큼 예절에, 영욕에, 말하자면 수치스러움과 함께하는 정의에 민감할 수밖에 없는 지역이 광주라는 것이다. 광주가 자유와 민주와 정의를 위해 제 몸을 던질 수 있었던 것도 이에 기인하는 것으로 보인다.

언제나 역사의 도시가 되어 왔던 광주……. 누가 광주를 의향義鄕이라고 말하지 않을 수 있으랴. (2009)

어떤 때 가장 행복해?

『불교문예』라는 계간 종합 문예지의 주간으로 일하던 때의 일이다. 스산한 바람이 떨어지는 낙엽들을 이리저리 몰고 다니는 늦가을의 오후였다. 일정에 따라 이 문예지를 후원해 주시는 노스님을 뵙게 되었다. 문예지와 관련된 업무를 마치고 녹차를 한잔 마시던 참이었다. 침묵을 깨고 노스님이 내게 물었다.

"이 시인은 어떤 때 가장 행복해?" 너무 갑작스러운 말씀이라 잠시 당황해 미처 말문이 열리지 않았다.

"……."

"이 사람아. 무슨 일을 할 때가 제일 재미있냐고?"

대학 때의 은사님한테도 비슷한 질문을 받은 적이 있었다. 30년도 훨씬 전의 일이다. 후딱 그 시절의 몇 장면이 스쳐 지나갔다.

잔디밭에서 실시된 야외 수업이 막 끝난 뒤였다. 교수님을 모시고 강의동 쪽으로 주춤주춤 걸어가는 중이었다. 아직 봄이었지만 햇살이 뜨거워 교수님은 손차양을 하고 있었다. 바로 앞에서 걸어가던 교수님이 갑자기 내게 물었다.

"자네는 뭘 할 때 가장 행복해? 뭘 할 때가 제일 좋아?"

그때는 망설이지 않고 곧바로 대답했던 듯하다.

"행복했던 적이 별로 없었어요. 좋았던 때도 별로 없었고요."

정말 그랬다. 그때까지는 행복했던 적이 별로 없었다. 좋았던 적이 별로 없었다. 행복했던 적이, 좋았던 적이 별로 없었던 것은 성공한 적이 별로 없었기 때문이다.

당시의 내 삶은 늘 실패의 연속이었다. 대학에 떨어지고 또 떨어져 후기 대학에 다니며 겨우 공부에 정을 붙이고 있던 무렵이었으니까. 서둘러 군대에 다녀오기는 했지만 당장의 하루하루가 불안하고 초조하던 무렵이었다. 꿈도 전망도 차단되어 있던 시대, 이른바 긴급조치가 함부로 남발되던 유신 시대였다.

당돌하게 내가 교수님께 되물었다.

"교수님은 뭘 할 때가 가장 행복해요? 뭘 할 때가 제일 좋아요?"

가던 걸음을 멈추고 빙그레 웃으며 교수님이 말했다.

"연애할 때가 제일 좋지. 사랑할 때가 가장 행복하지."

연애할 때? 사랑할 때? 당시의 내 수준으로는 잘 이해가 되지 않는 말이었다. 무엇보다 그때까지는 내가 제대로 된 연애를 해 보지 못했으니까 말이다.

한꺼번에 이런저런 생각들이 마구 오고 갔다. 연애할 때가 가장 행복해서 교수님은 계속 스캔들을 만드시나? 그래서 교수님의 주변에는 늘 여성들이 들끓어 대나? 문득 이런저런 생각들이 우르르 몰려들고는 했다.

1970년 초에 대학에 입학한 우리 세대에게는 늘 연애라는 것이 부담스러웠다. 사랑을 하고 싶어도 쉽게 사랑을 할 수 있는 형편이 못 되었다. 사랑에도 사회 경제적 조건이 작동하니까. 아무튼 나는 교수님의 말씀을 쉽게 받아들이지 못했다. 그러니만큼 교수님의 말씀을 가슴 깊이 넣어 둘 수밖에 없었다.

대학 2학년 때 어떤 여학생에게 빠져 본 적이 있기는 했다. 그러나 완벽한 짝사랑에 불과했다. 군대생활을 마치고 복학한 3학년 때도 어느 여학생을 좋아한 적이 있었다. 하지만 지극한 짝사랑인 것은 마찬가지였다.

그런데 지금 노스님이 그때의 교수님과 비슷한 질문을 내게 던지는 것이었다. 생각해 보니 노스님이 내게 던진 질문은 지난 30년여 년 전 이래 단 한 번도 내게 제대로 되물어 보지 않은 것이었다. 그러니 노스님의 물음에 대답할 말이 궁색할 수밖에 없었다. 한참을 망설이던 끝에 노스님께 나는 비실비실 대답했다.

"연애할 때요? 누군가를 사랑할 때요? 그때가 제일 행복해요, 제일 좋아요." 어리석은 내 대답이 끝나자마자 노스님 역시 빙그레 웃으며 말씀하셨다.

"나이에 따라 다르겠지. 이 시인의 나이쯤에는 돈 모으는 것이 재미있겠지. 자식 키우는 것도 재미있겠고."

잠시 망설이다가 이번에는 조금 확실하게 말했다. "돈은 모아 본 적이 없어 잘 모르겠고요, 으음, 자식 키우는 것은 좀 재미있었던 것 같네요. 아들놈이 학년 말 성적에서 일등을 했다는 소식을 들었을 때는요."

그때 문득 책에서 읽은 말이 떠올랐다. '농부한테는 마른 논에 물 들어갈 때와, 자식 입에 밥 들어갈 때가 가장 행복하다'는 말이……. 그 말과 더불어 '품 안의 자식'이라는 말도 떠올랐다. 자식 키우는 행복도 한때일 수밖에 없기 때문이다.

지금 내가 하고 있는 말의 뜻을 이 글을 읽을 젊은이들이 실감할 수 있을까. 청소년들도 충분히 어버이의 마음을 가질 수는 있겠지만 말이다.(2011)

고향 산조散調

젊어서는 내게 되는 일이 별로 없었다. 하는 일마다 실패의 연속이었다. 좋은 세상에 대한 열망이 너무도 컸기 때문일까. 학교 선생이 꿈이었는데, 학교 선생을 하다가도 걸핏하면 싸우고 그만두거나 싸우고 해직되기 일쑤였다.

대학 선생은 낫겠지. 대학교는 교육 환경이 이처럼 엉망진창은 아니겠지. 이런 생각에 쫓겨 나중에는 대학 선생을 하기로 마음을 먹었다. 공부하기를 좋아하고, 글쓰기를 좋아하다 보니 곧잘 학술 논문도 써내고는 했다. 하지만 박사학위를 받고도 3년을 헤맨 끝에 겨우겨우 광주대학교 문예창작과 교수로 부임을 했다.

광주대학교 교수로 부임하면서 나는 학내 문제에 대해서는 일체 입을 닫아야지, 하고 다짐했다. 물론 그것이 쉽게 되지는 않았다. 뜻하지 않은 구설수에 고통을 겪은 적이 없지 않았기 때문이다. 그래도 25년 가까이 교수직에 있다가 2018년 여름 나는 정년퇴직을 했다. 조금 망설이다가 퇴직 후에는 고향에 돌아와 아내와 함께 어머니를 모시고 살기로 했다.

퇴직 후 고향에 돌아와 산다고 부러워하는 사람들이 좀 있다. 고향에 돌아와 살고 있지만 내가 돌아와 사는 고향은 이미 고향이 아니다. 타향이라고 해도 과언이 아니다. 어디에도 고향의 흔적이 남아 있지 않기 때문이다.

내가 태어나고 자란 고향은 오래전에 다 없어지고 말았다. 뒷동산의 소나무도 없어지고, 앞뜰의 용시암도 없어지고 앞산의 엄고개도, 옆산의 불무고개도 없어지고 말았다.

고향은 이미 네모가 반듯하거나 끝이 뾰족한 빌딩들로 가득 찬 대도시, '세종특별자치시'가 되어 있었다. 그렇게 변한 고향에 돌아와 보니 우선 어디에도 눈을 둘 곳이 없었다. 오래도록 낯설기만 했다. 숨만 콱콱, 막혔다.

옛 친구들은 이미 이승을 떠났거나 고향을 떠나 단 한 사람도 남아 있지 않았다. 막걸리 한잔할 만한 친구들조차 남아 있지 않은 곳이 고향이었다.

다행히 세종에는 몇몇 늙은 시인들이 모여 있기는 했다. 어쩌다 보니 그들을 만나 찧고 까부는 것이 유일한 기쁨이 되었다. 그것도 코로나 팬데믹 때문에 쉽지는 않았지만 말이다.

지난날 내 고향의 행정 지명은 공주군 장기면 당암리 245번지(막은골)이다. 지금은 세종특별시 다정동이라고 부르는 곳이지만 말이다. 이름조차 남아 있지 않은 곳, 벌써 드넓은 빌딩 숲으로 바뀐 곳…….

그래도 나는 내가 태어나고 자란 이곳 세종시를 사랑한다. 사랑하며 살다가 가야 한다. 지금은 마음에 다 들지 않더라도 나중에는 마음에 다 들도록 내가 키우고 가꾸어 가야 할 곳이 이곳 세종시이다.

그렇게 이곳 세종을 키우고 가꾸다가 나도 아버지, 할아버지처럼 흙으로, 대지 자연으로 돌아가야 한다. 요즈음 나는 이런 생각을 하며 즐겁게 하루하루의 생활에 임하고 있다. 더는 고통이 없는 삶, 평화로운 삶을 기리고 바랄 따름이다.(2021)

모든 성공은 자신감에서 나온다

—푸른 제복의 신병들에게

"저기 사람과 군인이 간다"라는 우스갯소리가 있다. 군인은 사람이 아니라는 말인가. 그렇지는 않으리라. 그래서 우스갯소리가 아닌가. 아마도 군대라는 사회가 갖는 특수성, 그리고 그곳에 사는 군인들의 삶이 보통 사람들의 삶과는 조금 다르기 때문이리라.

잘 알다시피 군대라는 특별한 공동체에는 개인의 자유가 일정하게 제한되어 있다. 나보다는 조직이, 나보다는 국가가 우선시되는 것이 군대이다. 그뿐만 아니라 군대는 서열이, 계급이 엄정한 곳이기도 하다. 이 모든 것이 실제로는 전쟁을 대비하고 준비하기 위한 것이리라.

전쟁에 대비하고 준비하기 위해 군인에게 가장 중요한 것은 군기이다. 군기가 빠져 있으면 만약의 사태, 즉 돌발적인 전쟁 상황이 벌어졌을 때 제대로 대처하기 어렵다. 따라서 사병이든 장교이든 군인에게 군기는 필수이다. 특히 사병들에게 군기는 더없이 중요하다.

물론 군기를 제대로 유지하려면 엄청난 긴장이 필요하다. 엄청난 긴장은 엄청난 에너지를 기초로 할 수밖에 없다. 따라서 사병들에게 그것은 견디기 힘든 고통이라고 해야 마땅하다. 특히 신병들은 군대에서 겪게 될 이 모든 것에 대한 준비가 거의 되어 있지 않아 더욱 고통스러우리라.

『반갑다 군대야』『군대에 가기 일주일 전에 읽는 책』 등을 읽고 입대를 했다고 하더라도 신병들에게는 군대가 두렵고, 싫고, 서먹하리라는 것이 불문가지이다. 신병이라면 누구라도 군대생활의 모든 것을 새롭고, 낯설고, 어색하게 경험해야 하기 때문이다.

하지만 군대도 사람 사는 곳이다. 자대에 배치되어 3개월쯤 지나면 어렵고, 힘들고, 괴롭던 일들도 서서히 익숙해지게 된다. 군대라는 특별한 공동체가 천천히 자기화되고 육화되기 시작하기 때문이다. 물론 아직 사생활이 지니는 은밀함과 자유는 확보되지 않으리라. 하지만 이때쯤 되면 신병 또한 특별한 공동체인 병영 생활 중에도 특유의 재미와 즐거움이 있다는 것을 알게 된다. 재미와 즐거움을 알게 되면 적극적으로 그것들을 향유할 필요가 있다. 본래 모든 재미와 즐거움은 능동적인 참여에서 나오지 않는가.

잘 알다시피 국방의 의무는 납세의 의무, 교육의 의무, 근로의 의무와 함께 국민의 4대 의무 중의 하나이다. 대한민국이라는 국가 공동체에서 살아가려면 어차피 피할 수 없는 것이 국방의 의무이다. 그렇다면 군대생활을 두려워하고, 싫어하고, 서먹해할 필요가 없다. 적극적인 마음으로 군대생활에 자신감을 가지고 임할 필요가 있다.

자신감은 군대생활을 성공적으로 이끌어 가기 위해서라도 매우 필요하다. 그렇다. 모든 성공은 자신감에서 나온다.

아직도 이것을 모르는 사람은 없으리라.

자신감을 가지려면 군대생활 전반에 대해 긍정적인 자아 개념을 가져야 한다. 군대생활에 대한 긍정적인 자아 개념은 군대생활을 능동적으로 받아들일 뿐더러 자신에게 주어지는 일을 적극적으로 수용하며 행동할 때 가능해진다. 각종 훈련을 두려워할 필요가 없는 까닭도 바로 여기에 있다.

훈련에 적극적으로 임하면 일단 건강해지고 씩씩해진다고 생각하는 것이 좋다. 제식훈련 및 총기 훈련에 대해서도 '배워서 남 주나', 하는 자세로 임할 필요가 있다. 총기를 분해하는 법도, 총을 쏘는 법도 인생의 어느 굽이에선가는 피가 되고 살이 될 수 있다고 생각하자는 것이다.

군대생활에도 그 나름의 독특한 문화가 있다. 군대 예절이라는 것도 그중의 하나이다. 군대 예절을 능동적으로 숙지하는 것도 언제인가는 도움이 될 수 있다. 그렇게 생각하며 군대 예절을 행복하게 받아들여 나쁠 것이 없다. 경례를 큰 소리로 바로 하고, 복창을 큰 소리로 바로 한다고 해서 목소리가 닳지 않는다. 그렇게 해도 손해를 볼 일이 없다. 군대 예절에 능동적인 신병이 오히려 고참병들의 관심과 사랑을 더 많이 받는다는 것을 잊어서는 안 된다.

많은 사람이 정작 힘든 군대생활은 내무 생활이라고 한다. 내무 생활이 힘든 것은 고참병이나 동기병, 후임병들 사이의 관계, 곧 사람들 사이의 관계 때문이다. 사람들 사이의 관계가 힘든 것은 사회생활에서도 마찬가지이다.

사람들 사이의 관계에서 쉬운 것은 어디에도 없다. 사람들 사이의 모든 관계는 다 어렵고 힘들다. 군대의 내무 생활도 사람들이 하는 것이다. 어려울수록 군대생활의 표준에 맞게 적극적으로 나서 보고 버텨 보는 것이 좋다. 어차피 일정한 시간이 지나면 끝나는 것이 국방의 의무가 아닌가.

지구에는 무수히 많은 생명체가 살고 있다. 그중에서도 인간은 그때그때의 상황과 환경에 가장 잘 적응하는 존재이다. 인간이 이 지구의 지배자가 된 것도 다름 아닌 그런 특징 때문이다. 그뿐만 아니라 인간은 끊임없이 저 자신을 고쳐 나가는 존재이기도 하다.

군대생활을 하는 기간만이라도 젊은이들 모두 활달하고 생기 있는 태도, 곧 군기가 바짝 든 태도로 자신의 생활 태도를 고쳐 나가 보자. 그렇게 할 때 군대생활은 물론 인생도 크게 성공하리라.(2012)

제3부

마른 나뭇가지에 다다른 까마귀같이

살다 보면 예상치 않은 일들을 경험할 때가 있다. 내내 손목에 잘 차고 다니던 시곗줄이 툭 끊어진다든지, 내내 잘 끼고 다니던 콧등의 안경이 툭 부러진다든지 하는 것 등이 그 예이다. 하지만 뜻밖의 이런 경험은 사물과의 관계에서보다는 사람과의 관계에서 벌어질 확률이 훨씬 더 크다. 사람과의 관계에서 이런 경험을 하게 되면 좀 더 당황하게 된다. 내게도 그렇게 당황했던 체험이 있다.

평소에 가깝게 지내던 젊은 문학평론가가 있었다. 커피숍에서 차를 마시던 중이었는데, 불쑥 그가 내게 물었다.

"선생님은 평소에 사고의 중심을 과거에 두세요, 미래에 두세요?"

"뜬금없이 무슨 소리야?"

"과거를 중심으로 생각하느냐, 미래를 중심으로 생각하느냐는 말이에요."

너무도 엉뚱한 질문이라 나로서는 조금 당황하지 않을 수 없었다. 바로 그때였는데, 갑자기 빨리 대답하지 않으면 안 될 것 같은 강박관념이 밀려왔다. 얼떨결에 후딱 대답했다.

"과거를 중심으로 생각해요. 인류의 미래는 희망이 없

어요. 인류에게 시간은 미래라는 낭떠러지를 향해 달려가는 고속열차에요. 농업사회에서, 산업사회로, 산업사회에서 정보사회로 이동해 온 것이 최근의 역사잖아요. 내가 보기에는 그것 자체가 파멸의 과정이에요. 인류의 미래는 별로 밝지 않아요. 인류는 이제 과거에서 대안을 찾아야 해요. 특히 과거의 마을 공동체에서…….”

얼른 이렇게 말을 쏟아 내고 나자 당황하는 정도가 오히려 더 심해졌다. 서둘러 나는 몇 마디 덧붙였다.

“인류는 결국 자폭하고 말 것이에요. 요즘의 생태 환경 문제를 좀 생각해 봐요.”

그렇게 말하고 나니 정말 내가 인류의 미래를 절망적으로 생각하고 있는 듯했다. 정말 내가 인류의 미래를 이렇게 부정적으로 생각하는가. 더러 그렇게 생각한 적이 있기는 했다. 그러나 내가 그런 생각에 크게 집착한 적은 없었다. 그런데 갑자기, 퍼뜩, 느닷없이 이런 말이 쏟아져 나온 것이었다.

집으로 돌아오는 길이었다. 여전히 젊은 문학평론가와 주고받은 위의 얘기들이 뇌리를 떠나지 않았다. 나도 나이를 먹은 것인가. 그래서 과거의 삶에서 미래의 가치를 찾는 것인가.

되물어 볼수록 대답하기가 쉽지 않았다. 실제로는 뒤보다는 앞을 향해 달려온 것이 내 삶인 듯싶었다. 내가 언제 과거를 이처럼 깊이 생각했나. 아니, 언제 미래를 이처럼 깊이 생각했나. 반문들이 끊이지를 않았다.

물론 내 생각의 행방을 단정적으로 규정하기는 힘들었다. 마음속에서는 거듭 과거와 현재와 미래가 상호 교차했다. 그래도 상대적으로 과거가 더 많이 들어와 있는 것은 사실인 듯했다. 어느덧 나도 생각의 중심을 과거에 두고 사는 나이에 이른 것인가.

젊은 비평가와 주고받은 '과거'는 이렇게 꼬리에 꼬리를 이었다. 이 글을 쓰면서도 과거라는 말을 반복하다 보니 별안간 어린 시절의 추억들이 밀려왔다. 특히 공주에서 중학교에 다니던 시절의 일들이…….

중학교 2학년 때는 윤완호라는 친구와 가깝게 지냈다. 공주 읍내 중동의 구식 기와집에 살던 윤완호는 교육자 집안의 장남이었다. 나도 교육자 집안의 장남이었지만 말이다. 당시 나는 공주 시내에서 하숙했다. 시골의 우리 집은 공주읍에서 조금 떨어진 장기면 당암리 막은골에 있었다.

완호네 집의 식구들은 모두 성당에 다녔다. 완호네 구식 기와집 대문에는 '천주교 교우'라는 조그만 표찰이 붙어 있기도 했다. 고향 집에 가지 않으면 주말마다 나도 완호를 따라 성당에 갔다. 성당은 중동의 다소 높은 산언덕에 기품 있게 자리를 잡고 있었다.

1937년에 완공된 것으로 알려진 고딕식의 중동성당은 그때도 이미 고색 찬란했다. 나는 중동성당의 고색 찬란한 분위기가 좋았다. 본당 뒤편의 사제관과 수녀원도 내게는 많은 호기심을 주었다. 완호는 흰 가운을 입고 신부님을 보좌

하는 복사의 일을 하고는 했다. 그런 날은 나 혼자 조금은 낯설게 미사에 참석해야 했다.

그런데 왜 갑자기 불쑥 이런 장면이 떠오르는 거지? 《가톨릭신문》에 쓰는 글이기 때문이겠지. 어린 시절이든, 청소년 시절이든 과거는 내게도 푸르고 싱싱했다. 계절로 비유하면 여름, 여름은 고통의 계절…….

여름을 살면서 나는 자주 가을을 기다렸다. 하지만 가을은 쉽게 오지 않았다. "나의 영혼"에게도 "굽이치는 바다와/ 백합百合의 골짜기를 지나/ 마른 나뭇가지 위에 다다른 까마귀같이"(김현승, 「가을의 기도」) 될 때가 오겠지.

아직도 나는 여름의 한복판을 질퍽거리며 사는 듯하다. 물론 둥근 마음으로 가을을 살 때가 되었다고 자주 생각하고는 한다. 그러나 실제로는 가을 살고 싶다는 내 생각이 단지 생각에 그치고 마는 때가 많다. 따라서 과거를 살고 싶다는 것은 내게 아득한 꿈에 지나지 않아 보이기도 한다.(2013)

낙타의 마음을 배우며

—몽골 초원에서

지난 2017년 8월 4일의 일이다. 아내와 함께 몽골의 수도 울란바토르행 비행기를 탔다. 내년이면 25년 가까이 근무하던 광주대학교 교수직에서 퇴직한다. 그동안 고생해 온 나와 아내에게 조금은 선물을 할 필요가 있지 않을까. 그런 뜻에서 몽골행에 용기를 냈다.

때마침 서울 집의 이웃에 사는 이경자 작가가 몽골 여행을 함께하자고 제안해 왔다. 몽골……. 7~8년 전쯤 문예창작학회 해외 세미나의 일정을 따라 한 번 다녀온 곳이기는 했다. 그때는 주로 몽골의 북부 지역을 여행했는데, 이번에는 몽골의 남부 지역을 여행한다고 한다.

몽골에 대한 문예창작학회 해외 세미나 때의 기억은 별로 좋지 않다. 몽골에 대한 기억이 좋지 않은 것이 아니라 함께 여행했던 사람들에 대한 기억이 좋지 않은 것이다. 그때 이들과 함께 여행하며 내게 큰 상처를 준 사람은 구체적으로 누구인가. 몸집이 크고 성격이 강한 여자 하나가 떠오른다.

그런 중에도 몽골 초원을 경험하며 나는 두어 편의 시를 썼다. 「꿈꾸지 않기로 했다—몽골시편」 「하늘—몽골시편」 등이 그것이다.

몽골 여행 중에 상처를 제법 받았더라도 그곳이 내게 보내는 유혹을 뿌리치기는 쉽지 않았다. 몽골 초원은 자꾸만 나를 향해 자신의 희고 고운 손을 흔들어 댔다. 무엇보다도 몽골 초원의 남쪽 끝에 있는 고비사막이 나를 불러 댔다. 고비사막 중에서도 홍그린 엘스가 특히 나를 유혹했다. 홍그린 엘스, 이 붉고 노란 모래 구릉 위에 누워 나머지 1/3의 생에 대한 설계를 해도 좋으리라. 이런 생각이 떠나지를 않았다.

몽골의 수도 울란바토르의 공기는 별로 좋지 않았다. 숨쉬기조차 편치 않을 정도였다. 일단은 울란바토르의 허름한 호텔에서 하룻밤을 잤다. 그런 뒤 몽골 초원 남쪽으로 차를 타고 달려 나가자 공기에 대한 걱정은 바람처럼 날아가 버렸다. 드높은 하늘 밑의 각종 허브들이 쏟아 내는 향기가 코는 물론 마음까지 깨끗하게 씻어 냈다.

우리를 싣고 초원을 달리는 것은 낙타가 아니라 소련제 승합차 푸르공이었다. 푸르공에는 운전자를 포함해 7명이 탈 수 있었다. 낙타보다 빠르게 우리를 목적지로 실어 나르는 것이 이 승합차였다.

푸르공을 타고 달리면서도 나는 줄곧 낙타를 생각했다. 낙타를 배워야지. 아무리 넓고 긴 사막도 뚜벅뚜벅 걸어가야지. 뚜벅뚜벅 참고 견뎌야지.

저녁 무렵 푸르공이 우리를 싣고 도착한 곳은 박끄가졸링촐로라는 시골 마을이었다. 그날은 양 냄새가 심하게 나는 게르에서 하룻밤을 자야 했다.

늙어 빠진 소년이 되어 흥겹게 밤을 보낸 뒤 잠을 자러 게르로 돌아왔을 때였다. 갑자기 몽골군의 무쇠 창처럼 시 한 편이 쳐들어왔다. 그날 밤 나는 시의 무쇠 창에 찔려 피를 줄줄 흘려야 했다.

피를 줄줄 흘리는 체험을 한 뒤부터였다. 시도 때도 없이 시의 무쇠 창이 가슴을 찔러 대기 시작했다. 이렇게 가슴을 찔러 오는 시의 무쇠 창을 내가 어찌 잘 모시지 않을 수 있겠는가.

그렇게 하루하루 받들어 모신 몽골시편이 무려 15편이나 되었다. 이번 여행의 과정에 태어나 처음으로 나는 시의 소나기에 흠뻑 젖으며 흐벅지게 웃었다. 온몸에서 시가 터져 나올 때처럼 흥분이 되는 일이 또 있을까. 몽골 여행을 하는 동안 나는 내내 들뜬 마음으로 시의 소나기에 젖어 살았다.

아래의 시 「작고 조그만 것—몽골시편」은 바로 그런 결과의 하나이다.(2018)

박끄가졸링촐로의 민박집에서 하룻밤을 지내고 새벽 댓바람에 급하게 동쪽 바위산 언덕에 오른다 올라 쪼그려 앉는다

흩어져 있는 소똥 위에 사람 똥 한 점 보탠다 검고 그윽하면서도 환하다 구리면서도 달다

여기 이 신령스러운 산 위에 거름 한 덩이를 모신다 바위산아 다시 찾을 때까지 잘 커 다오 잘 자라 다오

나도 모르게 가슴 모은다 가슴 모아 고개 숙인다 느릿느릿 깊이깊이 기도한다 중얼중얼 말씀 올린다

아들아 주어진 일에 정성을 다하거라 지극한 마음을 다하거라 최선을 다하거라 사랑보다 크고 위대한 것은 없다 아들아

기도의 모든 내용이 다 크고 거룩한 것은 아니다 작고 조그만 것도 있다 작고 조그만 것이 정작 큰 것이다

바위산 언덕 위 아직도 쪼그려 앉아 있다. 가슴을 모아 처음의 마음을 배우고, 끝의 마음을 배운다 동쪽 하늘에서 새벽의 밝은 빛 화아아, 몰려온다.

—「작고 조그만 것—몽골시편」 전문

개나리꽃과 개미로부터 배우는 것들

사람은 다른 생명체와 다른 점이 많다. 끊임없이 저 자신을 고쳐 나가는 존재가 사람이라는 것도 그중의 하나이다. 그렇다. 지속적으로 저 자신을 성찰하고 반성하는 가운데 저 자신을 변화시켜 나가는 존재가 사람이다.

사람이 아닌 어떤 생명체가 쉬지 않고 저 자신을 돌아보며 저 자신의 한계를 극복해 나가겠는가. 오직 사람만이 자기 자신을 갈고닦는 능력을 갖는 존재라는 것이다.

이런 점을 생각하면 사람의 미래는 밝다. 각각의 사람마다 끊임없이 저 자신을 고쳐 나가다 보면 마침내 모든 사람이 좀 더 완전해지고 완벽해질 것 아닌가. 이런 생각에서 나는 힘이 닿는 대로 사람들이 저 자신을 좀 더 나은 방향으로 고쳐 나가도록 이런저런 애를 쓰며 살고 있다.

그래서일까. 그동안 이 나라의 역사는 조금씩 앞으로 나아간 것이 사실이다. 오랜 시련 끝에 지금은 대통령도 국회의원도 내 손으로 뽑을 수 있게 되었다. 어찌 보면 이것만도 대단한 역사의 발전이라고 할 수 있다. 하지만 지금 이곳의 현실을 돌아보면 참으로 답답하기만 하다. 사람은 왜 이처럼 어리석은 행동을 계속하는 것일까. 아무 데서나 두 눈 가득 독기를 드러내고 있는 대통령 얼굴이라니! 끊임없이 저 자신을 고쳐 나가는 존재가 사람이라고는 하지만 너무도 한심하고 우매한 것이 또 사람이지 않은가.

이런 생각을 하다 보면 내가 과거형의 인간이 아니라 미래형의 인간이 아닌가 하는 생각이 들기도 한다. 문득 과거에 기대어 사는 것이 내가 아니라 미래에 기대어 사는 것이 나라는 생각이 떠오르기도 한다. 이는 무엇보다 내가 사람의 미래에 대한 기대와 희망을 절대로 포기하고 있지 않다는 뜻이 된다. 미래의 삶이 지금의 삶보다는 훨씬 나아져야 한다는 믿음을 내가 아직은 잃지 않고 있다는 것이다. 그렇다고는 하더라도 인간의 역사가 일렬횡대로 한꺼번에 변하거나 바뀌지는 않는다. 그런 생각에서 한때 나는 시를 통해 다음과 같은 질문을 한 적이 있다.

산언덕 저만치 개나리꽃 한꺼번에 피어오른다 저절로 일렬횡대로
온통 세상 노랗다

저기 저 개나리꽃의 역사 보기 좋구나

……사람의 역사도 저렇게, 저절로 한꺼번에 피어오를 수 있을까
일렬횡대로 노오랗게 온통……

―「개나리꽃」 전문

봄이 되면 남쪽에서부터 북쪽으로 샛노란 개나리꽃이

한꺼번에 피어오르기 시작한다. 가을이 되면 북쪽에서부터 남쪽으로 단풍이 한꺼번에 붉게 물들어 오르기 시작하듯이 말이다. 그렇다. 머잖아 봄의 개나리꽃이 남쪽에서부터 북쪽으로 한꺼번에 샛노랗게 피어오르리라.

자연의 삶은 이처럼 일렬횡대로 한꺼번에 변하고 바뀌지만 사람의 삶은 그렇지 않다. 사람의 삶, 사람의 의식은 늘 앞서가는 면이 있고 뒤떨어져 가는 면이 있다. 일렬횡대가 아니라 일렬종대로 변하고 바뀌는 것이 사람의 의식이라는 것이다. 내가 아래와 같은 시를 쓴 것도 실제로는 그런 연유에서다.

> 모처럼 햇볕 좋은 날, 아파트 광장 한구석, 쪼그리고 앉아, 화단의 흙더미 바라본다 개미들이 일렬종대로, 먹이를 물고 기어간다 지루하게 일렬종대로, 한 가닥 서러움으로
>
> 문득 깨닫는 것 있다 사람의 역사도 저렇게, 나의 역사도 오늘 저렇게, 엉금엉금 기어가는 것, 먹이를 물고, 지루하게 일렬종대로, 한 가닥 서러움으로.
>
> —「개미」 전문

이 시는 자연의 역사부터 "문득 깨닫는" "사람의 역사"에 대한 생각을 담고 있다. "먹이를 물고, 지루하게 일렬종대로, 한 가닥 서러움으로", "엉금엉금 기어가는 것"이 사람

의 역사이고, 나의 역사라는 깨달음 것이다.

물론 여기서 말하는 사람의 역사는 지금 이곳을 살아가는 나를 포함한 사람살이의 현실 일반을 가리킨다. 그렇다면 "먹이를 물고, 지루하게 일렬종대로" "엉금엉금 기어가는 것"이 사람의 역사이고 나의 역사이니 조급할 일이 뭐 있겠는가. 내가 좋아하는 노스승의 말처럼 매사가 사필귀정事必歸正이니 무위자연無爲自然하며 사는 수밖에 없는지도 모른다.

그런 생각을 하면서도 지금 이곳의 현실을 떠올리면 문득 참으로 '답답한 역사'라든지 '한심한 인간'이라는 말부터 떠오르니 어찌해야 한다는 말인가.(2013)

할아버지와 밥상머리 교육

요즈음 들어 '밥상머리 교육'이 부쩍 강조되고 있다. 사람살이가 하도 엉망진창이다 보니 '밥상머리 교육'이라는 말이 가정교육의 상징처럼 인식되고 있는 것이다. 하지만 가족들이 함께 밥을 먹는 기회가 거의 없으니 '밥상머리 교육'이 제대로 이루어질 리 만무하다. 가족들이 함께 밥을 먹는 것은 제삿날이나 가능할까. 실제로는 제삿날에도 가족들이 함께 밥을 먹는 일이 많지 않을 듯싶다. 제사를 지내는 집 자체가 대폭 줄어들고 있기 때문이다.

많은 기업에서 점심 식사는 물론 아침 식사와 저녁 식사까지 제공하고 있다. 좀 더 많은 시간을 기업에 투자하라는 뜻이리라. 형편이 이러하니 집안의 가장家長조차 집에서 밥을 먹는 경우가 드물다. 가족들이 함께 밥을 먹는 일 자체가 많지 않은데 어떻게 밥상머리 교육이 가능하다는 말인가.

물론 내가 어렸을 때는 그렇지 않았다. 두 살이 넘으면서 나는 줄곧 할아버지의 품에서 자랐다. 두 살 터울로 동생이 태어나 어머니가 나를 돌볼 수 없었기 때문이다. 두 살 이후 나는 늘 사랑방에서 할아버지와 함께 먹고 잤다. 어느 정도 커서는 가족들과 함께 안방에서 밥을 먹을 때도 있었다. 그때도 내 밥은 할아버지와 겸상으로 차려지고는 했다.

밥을 먹을 때마다 할아버지는 내게 이른바 '밥상머리 교육'을 했다. 우선은 식사 예절부터 가르쳤는데, 그런대로 재미가 있었다. 손으로 주발 뚜껑을 여닫는 법, 수저로 고추장을 뜨는 법, 간장을 뜨는 법, 밥을 뜨는 법, 국을 뜨는 법, 젓가락으로 반찬을 집는 법, 밥상 위에 젓가락과 수저를 놓는 법, 밥상 앞에 바르게 앉는 법 등 바른 식사 예절은 끝이 없었다.

당연히 할아버지의 교육은 밥상머리에서 그치지 않았다. 수시로 할아버지는 나를 사랑방으로 불러들였다. 그러고는 내게 가문 의식과 가풍을 가르치기 위해 공을 들였다. 계속해 조상들의 이름을 외우게 한 것도 그런 의도에서리라. 너는 전주 이가李家요, 덕천군德泉君의 후손이니라. 덕천군德泉君 후생厚生은 조선 제2대 정종대왕 방과芳果의 열째 아들이고, 성빈誠嬪 지씨池氏 할머니의 아들이니라. 그러니까 너는 전주 이가, 덕천군 자손, 진무원종공신파의 후손이니라.

진무원종공신 진원은 승지공 시징의 3남이고, 승지공 시징은 집의공 담의 차남이니라. 집의공 담은 목사공 몽경의 4남이고 …(중략)… 덕천군 후생의 7세손인 진무원종공신 진원께서는 인조 무인 1638년 10월 1일에 태어나 무과에 급제한 후 나라를 위해 일하다가 숙종 신묘 1711년 1월 3일에 돌아가셨느니라.

할아버지의 밥상머리 교육은 물론 여기서 그치지 않았다. 나이가 들어서는 잔소리로 들리기도 했지만 그것이 나를 짜증 나게 하지는 않았다. 장손인 나에 대한 할아버지의 기대와 애정을 잘 알고 있었기 때문이다. 아버지에 대한 실망이 나에 대한 기대와 희망으로 바뀐 것도 나는 잘 알고 있었다.

틈만 나면 할아버지는 내게 물었다. 앞으로 커서 무엇이 되고 싶은고? 내가 좀 머뭇거리면 할아버지는 항상 먼저 답했다. 가능하면 학자가, 교육자가 되도록 하거라. 예부터 존경을 받는 사람은 학자밖에 없느니라. 네가 우리 집안의 우듬지이니 절대로 잊어서는 안 되느니라.

할아버지는 돌아가신 것은 1979년 12월이었다. 그때 할아버지의 연치가 여든둘, 따라서 크게 섭섭하지는 않았다. 그래도 할아버지가 세상을 뜨자 가슴 한쪽이 뻥 뚫린 듯 아프고 시렸다.

박정희 대통령이 김재규의 총에 맞아 죽은 해이니만큼 세상이 아주 혼란스러웠다. 하지만 호상이라 장례는 비교적 풍성하게 치렀다. 오일장을 치렀는데, 근동의 사람들이 다와 국밥을 먹으며 북적거렸다. 큰 돼지를 두 마리나 잡았다.

그 시대의 노인들이 다 그랬던 것처럼 할아버지는 근대교육을 받지 못했다. 그래도 한글은 물론 한문도 읽을 줄 알았고, 주판도 놓을 줄 아는 등 당시의 시골 노인치고는 뛰어난 분이었다. 성실하고 부지런할 뿐더러 셈도 빨라 재산도 꽤 모은 할아버지는 당신의 뜻과는 다르게 사는 아버지 때문에 평생 마음을 끓였다.

바둑과 마작을 좋아하는 아버지는 내내 밖으로만 떠돌

았다. 그때의 아버지에게는 미래가 없는 듯싶었다. 스님들이나 무당들은 나이 마흔여덟이 넘어야 아버지가 철이 든다고 했다. 어머니는 늘 아버지의 나이가 어서 빨리 마흔여덟이 넘기를 빌었다.

그러니만큼 아버지는 항상 내게 반면교사였다. 걸핏하면 나는 아버지처럼 살지 않겠다고 다짐하고는 했다.

할아버지는 내게 자주 옛날얘기를 들려주었다. 묫자리 얘기도 해 주었고, 과거 급제 얘기도 해 주었고, 포졸 얘기도 해 주었다.

그중에서도 아직까지 안 잊히는 얘기가 있다. 짚신 장수 얘기가 그것이다.

옛날에 계룡산 아래 넓은 들판 끝 어느 마을에 김 씨와 박 씨라는 두 농사꾼이 살았더란다. 농사일이 끝나고 겨울이 되면 이들 두 사람 모두 부업으로 짚일을 했다더라.

짚일이 뭐냐? 짚일은 새끼를 꼬아 가마니도 치고, 멍석도 만들고, 퉁구먹(멱둥구미)도 만들고, 삼태미(삼태기)도 만들고 하는 일이지. 그런데 짚일 중에서 가용을 벌 수 있는 일은 이런 것들이 아니었더란다. 짚신을 만들어 파는 일이었더라는 거지.

그래서 김 씨와 박 씨는 겨울이 와 농한기가 되면 김 씨네 사랑방에 모여 짚신을 삼았더라는 거지. 당연히 두 사람 모두 열심히 짚신을 삼았겠지.

그런 뒤에는 다음 장날 두 사람 모두 각기 자기가 만든 짚신을 지게에 지고 장에 나가 팔았더란다. 그런디 김 씨의 짚신이 훨씬 잘 팔리더라는 거여. 김 씨는 6전을 받고 팔고, 박 씨는 5전을 받고 파는 데도 말여, 그러니까 박 씨가 1전을 싸게 판 거지. 그런디도 김 씨네 짚신이 훨씬 인기가 있더라는 거여. 김 씨네 짚신이 훨씬 잘 팔렸다는 거여. 박 씨로서는 당연히 기분이 나뻐겠지.

그러던 어느 날이었다더라. 어느 날 짚신을 팔고 집으로 돌아오는 길이었는데, 박 씨가 김 씨의 손목을 잡고 주막집으로 끌더라는 거여. 오늘은 막걸리 한잔하고 가자고 말여.

주막집에서 막걸리 한 주전자를 사며 박 씨가 김 씨한테 물었다는 거여. 어째서 자네 짚신은 1전을 더 받고 파는데도 잘 팔리는 거냐구? 게다가 오전에 후딱 다 팔리는 비밀이 뭐냐구? 김 씨가 박 씨한테 뭐라고 말했겠어? 우리 맏손자가 한번 말해 봐?

……잠시 뜸을 들인 뒤 김 씨가 말하더랴. 아, 그거야 간단하지. 자네는 밤에 짚신을 삼은 뒤 그냥 아침에 지게에 지고 장에 나오잖어. 나는 아침에 조금 일찍 일어나 짚신에 물을 좀 추긴 뒤 짚신 겉의 꺼스레기를 칼로 다듬어서 지게에 지고 나온다구. 내가 삼은 짚신이 당연히 눈으로 보기에도 좋고, 발로 신어도 감촉이 좋지.

별거 아니여. 쪼금 더 신경을 쓰는 거여.

야야, 손자야. 이게 정말 별거 아니냐? 내가 보기에는 별거 같은디……, 네 생각은 어떠?

할아버지의 짚신 장수 얘기를 되살려 보면 대충 이러하다. 할아버지한테 하도 많이 들어 이 짚신 장수 얘기는 그

내용을 다 외울 정도이다. 정성을 들여 사는 삶이, 공을 들여 사는 삶이 얼마나 가치 있는가를 강조하는 옛날얘기이다.

여기서 말하는 정성과 공을 들이는 삶 중에는 소비자에 대한 친절, 완벽한 제품에 대한 고려, 좀 더 나은 디자인에 대한 배려 등의 가치가 들어 있다. 할아버지는 자주 내게 김 씨의 마음으로 살라고, 매사에 정성과 공을 들이며 살라고 말했다.

이것이 내가 할아버지한테 받은 대표적인 밥상머리 교육이다. 그런데 요즈음 젊은이들에게는 할아버지한테 내가 배운 밥상머리 교육 같은 것이 원천적으로 불가능해 보인다. 삶의 형식이 바뀌니 밥을 먹는 형식도 바뀌어 '밥상머리' 자체가 없어졌기 때문이다.

더러는 귀에 거슬릴 때도 있었지만 방상머리 교육은 이제 내게 커다란 향수로 남아 있다. 세상이 이처럼 빠르게 변하니 어찌 제대로 된 가정교육이 이루어지겠는가.

이제는 인성 교육까지 학교에 맡겨져 있다. 학교 교육이 어찌 인성 교육까지 다 맡아야 한다는 말인가. 심지어는 대학 일 학년 교양 교육에까지 인성 교육이 들어와 있을 정도이다.

인성 교육, 어찌해야 하나. 걱정이 그치지를 않는다.(2014)

길 위의 삶

—시간 혹은 공간

오늘도 나는 길 위에 서 있다. 철길 위에, 아스팔트 길 위에……. 길은 공간이다. 공간은 늘 장소를 부른다. 쉽게 장소로 구체화되는 것이 공간이기 때문이다. 장소라는 객관은 장면이라는 주관을 불러오기 쉽다. 새삼스러운 얘기지만 인간의 마음 안에서 장소라는 객관은 늘 장면이라는 주관으로 존재한다.

길이 만드는 공간, 곧 장소, 곧 장면은 의미를 만들면서 풍경이 된다. 의미를 거느리고 있는 장면은 이내 풍경으로 자리한다.

풍경이 의미를 갖는 것은 그것이 이미저리를 바탕으로 하고 있기 때문이다. 이미저리는 물론 이미지의 군집을 가리킨다.

이미지는 곧바로 공간으로 구체화된다. 공간은 곧바로 이미지로 구체화된다. 그렇다. 이미지는 이내 공간의 내포를 갖는다. 공간은 이내 이미지의 내포를 갖는다.

오늘도 나는 길 위를 걷고 있다. 길은 공간이다. 공간은 이내 시간을 만든다. 길이라는 공간도 마찬가지이다. 길이라는 공간도 길이라는 시간을 만든다.

오늘도 나는 길이라는 시간 위를 걷고 있다. 오전 11시

24분 위를, 오후 1시 57분 위를 걷고 있는 것이 나이다. 이렇게 길은 시간이 된다.

시간은 늘 움직인다. 시간에게도 아침이 있고 점심이 있고 저녁이 있다. 물론 아침 다음에만 점심이 있고, 점심 다음에만 저녁이 있는 것은 아니다. 저녁 다음에도 점심이 있고, 아침 다음에도 저녁이 있다.

자연의 시간과는 다른 것이 인간의 시간이다. 인간의 시간은 자연의 시간과 달리 물리적이지 않다. 인간의 시간은 심리적이다. 여기서 심리적이라는 것은 주관적이라는 것을 뜻한다. 따라서 순행하지만은 않는 것이 인간의 시간이라고 할 수 있다.

때로 인간의 시간은 역행하기도 한다. 잘못 이행한 시간, 곧 역행한 시간은 곧바로 되돌려지기도 한다. 거꾸로 진행된 인간의 시간은 이내 되돌려지기도 한다.

공간은 모여 사회를 만들고, 시간은 모여 역사를 만든다. 모든 역사는 다 중요하다. 집단의 역사, 민족의 역사만 중요한 것은 아니다. 개인의 역사, 나의 시간도 중요하다. 나는 나의 역사, 곧 나 개인의 시간을 소중히 여겨야 한다. 나 개인의 시간을 소중히 여기지 않는 사람은 이웃의 시간도, 나라의 역사도 소중히 여기지 않는다.

나의 시간과 공간은 누구이고, 무엇인가. 나의 시간과 공간은 언제이고 어디인가.

1년은 12월이다. 나 개인의 삶도 12월로 나눌 수 있다.

나 개인의 역사는 벌써 1년 12월 중 10월 말에 이르러 있다. 그렇다. 나는 벌써 '10월 말의 계룡산'을 살고 있다. 그러니 어찌 '10월 말의 계룡산'을 거울에 비추어 보지 않으랴, 되돌아보지 않으랴, 사랑하지 않으랴.

주말이나 연휴가 되면 나는 자주 고향의 집이나 서울의 집으로 몸을 옮긴다. 그곳에 가족들이 살고 있기 때문이다. 어머니가 사는 세종시, 아내와 자식들이 사는 서울시로 훌쩍 떠났다가 광주시로 돌아오는 것이 내 삶의 한 궤적이다.

주말이나 연휴라는 시간의 제약 때문에 그곳에 오래 머무르지는 못한다. 이내 나는 그곳을 떠나 다시 광주로 돌아와야 한다. 광주로 돌아오는 길, 이른바 '광주 가는 길' 위에 서게 되면 온갖 상념이 피어오른다. 세종에서 광주로 가는 고속버스는 대개 공주를 거친다. 공주를 거쳐 광주까지 가는 동안 고속버스는 느릿느릿 주춤거리며 해찰한다.

그때마다 나는 질문한다. 공주와 광주는 어떤 차이가 있나. 공주와 광주는 어떻게 같고, 어떻게 다른가. 공주와 광주의 공空과 색色은 무엇인가, 무無와 유有는 무엇인가.

질문 중에는 시간에 관한 것도 있다. 시간에 대해 질문한다는 것은 시간에 대해 생각한다는 뜻이다.

시간 중에는 오른쪽으로 몸을 꼬며 움직이는 시간도 있고, 왼쪽으로 몸을 꼬며 움직이는 시간도 있다. 오른쪽으로 몸을 꼬며 움직이는 시간은 앞으로 나가지 못한다. 실제로는 뒤로 돌아가는 시간이기 때문이다. 뒤로 돌아가는 시간은 언젠가 제자리로, 출발선으로 되돌아오고는 한다. 그래야 앞으로 나갈 수 있다.

과거에는 왼쪽 시간이 붉었는데, 지금은 오른쪽 시간이 붉다. 오른쪽 시간이 갑자기 파란 옷을 벗어 던지고 얼른 붉은 옷을 챙겨 입었기 때문이다. 붉은 옷을 입었다고 앞으로 나가는 것은 아니다. 무늬만 붉기 때문이다.

지금은 파란 옷을 입는 사람들, 나는 그들과 왼쪽으로 몸을 꼬며 앞으로 나가고 있다. 아직도 그들은 무게가 가볍다. 내가 몸을 실어도 저울추가 쉽게 균형을 이루지 못한다.

늦은 밤 시간 광주의 버스 터미널에 짐짝처럼 부려지면 나는 더듬더듬 택시를 타고 자취방으로 향한다. 자취방은 소년 시절 이래 내 몸에 깊숙이 배어 있는 공간이다. 너무도 익숙한 공간, 너무도 익숙한 적막! 문을 열고 방 안으로 들어가면 우선 냉기가 나를 감싸 안는다. 캄캄한 적막도 더불어 나를 감싸 안는다.

이처럼 자취방은 적막으로 가득 차 있다. 적막은 고독을 낳고, 고독은 절망을 낳는다. 절망은 비애를 낳고, 비애는 자유를 낳는다. 자유! 자유는 비애처럼 둥글다. 자유처럼 둥근 비애라니! 둥근 슬픔이라니!

자유는 용기이기도 하다. 자유를 살려면 고독을 견딜 수 있는 용기가 필요하다. 항용 고독은 자유처럼 용기 있게 뒹굴뒹굴 침대 위를 굴러다닌다. 고독은 자유! 자유는 고독! 고독은 용기! 용기는 자유!

침대 위를 너무 많이 굴러다닌 고독, 고독은 이내 비쩍 마른 수탕나귀가 된다. 수탕나귀는 신문 읽는 것을 좋아한다. 하지만 신문은 이미 구문이 된 지 오래다. 신문이 되는 순간 구문이 되는 것이 지금의 나날이고 삶이다.

낡은 구문을 읽지 않으려면 새로운 스마트폰을 읽어야 한다. 수탕나귀도 스마트폰을 펼쳐 읽는다. 스마트폰의 포털 사이트 기사도 금방 낡아 버린다. 최근 들어서는 유튜브가 대세다. 하지만 유튜브는 얄팍하다. 얄팍해도 엄청나게 많은 정보가 그곳에 들어 있다.

차라리 시집이나 문예지를 뒤적이는 것이 좋을 수도 있다. 고독과 싸워 자유를 이행하는 일일 수도 있다.

……고독은 권태를 낳는다. 권태는 짜증을 낳는다. 짜증은 싫증을 낳는다. 이내 시집이나 문예지를 뒤적이는 것도 싫증이 난다. 싫증은 다시 스멀스멀 적막을 피워 올린다.

적막을 이기기 위해서는 시간이 필요하다. 시간은 기다림을 만든다. 손톱을 깎는 것도 기다림의 한 방법이다.

주말이나 연휴를 틈타 광주에서 서울로, 서울에서 세종으로, 세종에서 광주로 돌아오는 일도 이제는 얼마 남아 있지 않다. 광주에서 서울로 가기 위해 가장 먼저 거쳐야 하는 곳은 광주송정역이다.

새로 지은 '광주송정역'은 어색하다. 어색하다는 것은 낯설다는 것이다. 낯설다는 것은 새롭다는 것이다. 새로운 광주송정역은 나를 긴장시킨다. 이 새로운 광주송정역은 대도시의 한복판에서 멧돼지를 만난 것처럼 나를 겁나게 한다.

겁나게 하는 것, 새로운 것은 편치 않다, 익숙지 않다, 낯설다. 편치 않고, 익숙지 않고, 낯설어도 사람들은 끊임없이 새로운 것을 찾아 시간의 길 위를 달린다.

길 위를 달려 어디로 가나. 끝내는 집으로 간다. 집에는 누가 있고, 무엇이 있나? 어머니가 있고, 아내가 있고, 사랑이 있고, 평화가 있다. 어머니도, 아내도, 사랑도, 평화도 익숙한 것들이다, 그렇다. 익숙한 것들은 편안한 것들이다.(2017)

무엇이 급한가 서둘 것 없다

세종에서 광주로 가는

고속버스 안이다 급할 것

정말 없다 일단은 공주 읍내 정류장에 들러

우물쭈물 해찰을 하기로 한다

해찰을 하는 동안

화장실쯤은 은근슬쩍 다녀와도 좋다

고속으로 달리지 않아도

고속버스를 탓할 사람은 없다

느릿느릿 달리는 시간

즐겨도 된다 천천히 달려도

누구 하나 고속버스를

탓하지 않는다 광주와 공주는

본래 아, 하나 차이, 이제는 뭐

광주도 급할 것 없다 간절할 것 없다

사필귀정이라는 한자 말

중얼중얼 외워도 좋다

공주 거쳐 광주 가는 길

저기 저 게으르게 불어오는 바람 향해

채찍을 든들 무엇 하랴.

—「광주 가는 길」 전문

뫔 공부

어젯밤 통 잠을 못 잤다. 비 때문이었다. 아니 빗소리, 비의 운기 때문이었다. 아무튼 어젯밤에는 여러 차례 잠을 깨야 했다. 잠을 깨어 대지의 운기에 너무 예민한 내 나쁜 체질이나 탓하다가 겨우 다시 잠이 들거나 말거나 했다.

왜 내 이런 나쁜 체질은 나이가 들수록 더욱 심해지는 걸까. 이런 내 나쁜 체질이 한심해 나는 또 내 몸과 마음을 탓하다가 잠을 설쳤다.

어제 낮에는 온종일 가슴이 뛰고 얼굴이 달아오르고……, 하여튼 기분이 엉망진창이었다. 계속 짜증이 나고, 신경질이 나고, 화가 났다.

물론 이런 것들은 저녁에 비를 퍼부어 내리려 대지 자연이 내 몸에 보내는 신호다. 이런 날은 교통사고나 기타 사고를 저지르기 일쑤라 어제 내내 나는 조심했다. 그런데도 끝내 두 가지, 아니 세 가지나 실수를 저질렀다. 텃밭의 농작물에게, 그리고 가까운 가족에게, 그리고 더 가까운 나 자신에게……. 이 모든 것이 다 내가 감정을 제대로 조절하지, 통제하지 못해 저지른 실수다.

이런 실수를 저지를 때마다 생각한다, 인간의 몸과 마음이 대지 자연과 얼마나 깊이, 얼마나 가깝게 연결되어 있는가를.

대지 자연으로부터 멀리 떨어져 당당히 독립되어 있으면 기후의 변화에 따른 몸과 마음의 변화가 좀 덜할 텐데……. 이런 내 생각은 다시 또 내 생각을 찜찜하게 하고 지저분하게 한다.

그러니 아직도 해야 할 마음공부가 많지 않을 수 없다. 마음공부를 하려면 몸 공부부터 해야 하고, 몸 공부를 하려면 대지 자연이 움직이며 만드는 기후의 변화부터 공부해야 한다.

하지만 나는 오늘도 또 겁만 내다가 기후변화에 대한 공부를 접는다. 월요일 아침, 서둘러 대학원 학생들을 위한 강의 준비를 해야 하는데 나는 또 이렇게 게으름을 피우고 있다.(2017)

에너지 자립 마을 '으름실공동체'를 찾아서

—덕적도 기행

그동안 초록교육연대는 1년에 한 차례씩 인천 앞바다 여러 섬의 생태 현실을 탐사해 왔다. 2016년, 곧 작년 봄에는 장봉도의 생태 현실을 탐사한 적이 있고, 2015년, 곧 재작년 봄에는 굴업도의 생태 현실을 탐사한 적이 있다. 올해, 즉 2017년 봄에는 덕적도의 에너지 자립 마을 '으름실공동체'를 둘러보기로 했다.

그러나 올해 봄 찾아보기로 한 덕적도 방문은 태풍이 불어 무기한 연기할 수밖에 없었다. 덕적도를 방문하기로 한 것은 에너지 자립 마을 '으름실공동체'를 살펴보는 일에 뜻이 있었다. 덕적도의 '으름실공동체'는 다양한 자연에너지를 통해 에너지를 자립해 가고 있는 마을로 유명했다.

원래 덕적도의 우리말 지명은 '큰물섬'이었다. 이 큰물섬은 '깊고 큰 바다에 위치한 섬'이라는 의미를 갖고 있었는데, 이름이 한자로 표기되면서 덕물도德勿島로 바뀌었다. 이 덕물도가 다시 덕적도德積島로 이름이 바뀌었는데, 이렇게 이름이 바뀌게 된 것은 일제강점기에 일본인들이 거주하기 시작하면서부터였다. 일본인들이 거주하면서 이곳 섬 주민들이 어질고 덕이 많다고 해 덕적도라고 부르기 시작했고, 면의 명칭도 '덕적면'로 바뀌게 되었다는 것이다.

이들 이름처럼 덕적도의 운명은 바람 잘 날이 없었다. 일제강점기인 1914년 행정구역이 개편될 때는 경기도 부천군에 소속되었다가 1973년 행정구역이 조정될 때는 경기도 옹진군에 소속되었다. 그런 뒤 1995년에 와서야 비로소 지금의 인천광역시 옹진군 덕적면으로 자리하게 되었다.

덕적도에서는 북서쪽에서 남동쪽으로 길게 놓여 있는 국수봉(314m)이 가장 높은 곳이다. 이를 중심으로 남쪽과 북쪽은 완사면을 이루고 있으며, 그 아래에 논과 밭 등 경작지가 조성되어 있다. 인천시 옹진군 덕적면에는 41개의 유 · 무인도, 곧 덕적군도가 형성되어 있는데, 그중에서도 가장 큰 덕적도와 소야도가 '덕적군도'를 대표하는 것으로 알려져 있다.

덕적도의 안에는 캠핑과 갯벌 체험이 가능한 서포리해변, 밧지름해변 등이 있다. 뿐만 아니라 서해의 비경을 감상하며 등산을 할 수 있는 등산로와 해안의 산책로가 있어 취향에 따라 등산이나 라이딩 등을 즐길 수 있다. 특히 비조봉의 전망대는 서해의 아름다운 낙조를 완상할 수 있어 유명하다.

하지만 초록교육연대는 이번 덕적도 방문에서 이들 아름다운 풍광이나 즐기며 보낼 수는 없었다. 물론 덕적도의 아름다운 풍광도 시간이 허락되는 정도만큼은 둘러볼 생각이었다. 앞에서도 말했듯이 초록교육연대가 이번에 덕적도를 방문하는 목적은 에너지 자립 마을 으름실공동체를 방문해 그곳에 실시하고 있는 대체에너지의 모습을 탐사하는 것이었다.

초록교육연대가 덕적도를 방문하여 에너지 자립 마을 으름실공동체를 둘러보기로 한 날은 2017년 10월 28일, 토요일이었다. 이날 나는 아주 이른 새벽인 4시 30분에 눈을 떴다. 어젯밤 알람을 그 시간에 맞춰 놓고 잠들었기 때문이다.

초록교육연대의 상임대표인 송윤옥 선생은 자기 성격대로 이른 새벽부터 서둘러 재촉을 해 댔다. 나한테는 '옆지기'이기도 한 송윤옥 선생! 이런저런 준비를 마치자 5시 30분, 그녀는 아직 사방이 컴컴한데도 승용차의 시동을 걸었다.

아직 잠이 덜 깬 채 나는 그녀의 차에 몸을 맡겼다. 그리고 조금쯤 달려 숭덕초등학교 앞에서 김준용 선생을 만나 뒷자리에 태웠다. 송윤옥 선생은 아침 8시에 인천연안여객터미널에서 출발하는 코리아나호를 못 탈까 싶어 마음이 분주한 듯했다.

그러나 토요일 새벽의 서울에서 인천까지의 도로는 별로 붐비지 않았다. 소통이 잘 되는 도로 위를 송윤옥 선생의 승용차는 미끄러지듯 잘도 달렸다. 목적지인 인천연안여객터미널에 도착했을 때는 채 7시도 되지 않은 시간이었다. 너무 일찍 도착한 것이었다.

아침 식사를 김밥으로 대신하며 한참을 기다리자 오늘 덕적도 여행을 함께하기로 한 초록교육연대 회원 13명이 차례차례 인천연안여객터미널 대합실로 모여들기 시작했다. 7시 30분쯤 되자 덕적도행 고속 페리 코리아나호는 승선을 허락했다. 8시가 되자 초록교육연대 회원 13명을 실은 코리아나호는 어김없이 출항의 기적을 울렸다.

코리아나호에 몸을 실은 초록교육연대 일행은 각자 편한 자리를 차지한 채 휴식을 취했다. 나도 송윤옥 초록교육연대 상임대표 곁에 자리를 잡고 앉았는데, 누군가가 다가와 송윤옥 선생한테 아는 체를 했다. 얘기를 들어 보니 덕적도 에너지 자립 마을 으름실공동체의 사무국장 김형태 님이었다. 덕적도에 도착하면 김형태 님의 안내를 받아야 하는데, 마침 코리아나호 안에서 그분을 만난 것이었다. 그분은 볼일이 있어 인천에 나갔다가 초록교육연대 일행과 만날 시간에 맞춰 돌아오는 길이라고 했다.

인천연안여객터미널에서 아침 8시에 출발한 코리아나호는 정확하게 9시 30분 덕적도의 진리항에 도착했다. 진리항에는 예의 김형태 님이 운전하는 승합차가 우리 초록교육연대 일행을 기다리고 있었다. 그의 승합차 곁에는 역시 우리 일행을 싣고 운행할 또 다른 승합차 한 대가 더 기다리고 있었다. 이 승합차는 이곳 덕적도에서는 유일한 택시이기도 했다.

이 승합 택시의 운전사는 부산 출신의 떠벌이였는데, 그는 한시도 쉬지 않고 무슨 말인가를 지껄여 댔다. 그는 자기가 이곳 덕적도에서 첫째가는 관광 가이드라고 여러 차례 자신을 홍보 선전하기도 했다. 이 떠벌이 덕적도 관광 가이드는 해병대의 부사관으로 이곳에 근무하러 왔다가 예쁜 아내를 만나 눌러앉았다는 말도 하고 또 했다. 그의 말에 따르면

이 예쁜 아내는 얼마 전 암으로 이승을 떠났다고 했다. 그는 자신의 아내가 김형태 사무국장의 초등학교 동기라고도 지껄여 댔는데, 김형태 사무국장은 그 말을 듣고도 빙그레 웃기만 했다.

초록교육연대 일행을 실은 김형태 사무국장의 승합차는 이내 이개마을을 지났다. 그리고 곧바로 북리 1구의 큰쑥개 마을에 있는 자신의 집에 들렀다. 인천에서 장을 봐 온 것을 집에 갖다 두고 와야 했기 때문이다. 집 앞에서 잠깐 기다린 우리 일행은 곧바로 돌아온 김형태 사무국장의 차를 타고 능동방죽개로 이동했다. 이런저런 갯돌들로 가득한 이곳 능동방죽개는 자갈마당이라고도 불렸다. 떠벌이 덕적도 관광 가이드는 자갈마당이라는 이름을 자신이 붙였다고 또 한참 지껄여 댔다. 김형태 님은 이 자갈마당 건너편에 지금은 다 메워졌지만 제법 큰 논과 방죽이 있었다고 말했다. 그래서 능동방죽개라고 부른다고도 말했다.

덕적도의 떠벌이 관광 가이드는 서둘러 우리 일행을 바닷가의 자갈마당으로 안내했다. 그러고는 주변의 해당화 및 해국에 대해 한참 설명을 했다. 이곳을 떠나면 금방 죽는다는 바닷가 국화, 이른바 해국에 대한 설명이 특히 관심을 끌었다. 바닷빛은 하늘빛에 따라 바뀐다는 그의 말도 기억에 남는다.

떠벌이 관광 가이드는 거듭 무어라고 지껄여 대며 초록교육연대 일행을 자꾸 바닷가의 작은 돌산들 쪽으로 데리고 갔다. 자갈마당과 연결된 바닷가의 이 작은 돌산들은 섬의 절벽 쪽에서 떨어져 나와 형성된 듯했다. 카메라의 위치를 낮게 잡아 찍으니 소금강만큼이나 풍경이 아름다웠다.

섬의 절벽이 만드는 풍경도 제법 기이했는데, 옆에서 바라보면 커다란 사람의 측면 형상을 하고 있어 주목이 되었다. 얼핏 보면 이 커다란 사람의 측면 형상은 부처님의 측면 얼굴 같기도 했다. 떠벌이 관광 가이드는 엉뚱하게도 로댕의 조각인 '생각하는 사람'이라고 강조했다. 절벽 한구석에 있는 이구아나가 매달려 있는 듯한 형상도 눈에 띄었다.

바다를 바라보며 오른쪽 섬 끝으로 눈을 돌리자 낙타 형상의 큰 바위가 보였다. 떠벌이 관광 가이드는 이를 두고 자신 있게 쌍봉낙타바위라고 이름을 붙였다. 바다를 바라보고 왼쪽으로 보이는 섬을 두고는 선미도라고 했는데, 그는 이 섬이 어느 개인의 소유라고 말했다.

자갈마당 안쪽의 작은 돌산들을 둘러보고 밖으로 나온 우리 일행은 승합차를 타고 서포리 해수욕장으로 이동했다. 우선은 오른쪽 해안을 달려 원경으로 서포리 해수욕장을 바라보았다. 그런 뒤에는 다시 서포리 해수욕장 안으로 들어가 백사장을 직접 밟아보며 이곳저곳을 걸었다.

서포리 해수욕장 밖으로 나온 다음에는 아름다운 솔숲, 서포리 웰빙 산책로를 산책했는데, 이곳 산책로는 나무 데크가 잘 깔려 있어 걷기에 좋았다. 서포리 웰빙 산책로는 좌우로 200년이나 묵은 적송으로 둘러싸여 있어 좀 더 기분을 좋게 했다. 솔 향이 특별해 저절로 숨이 크게 쉬어지는 산책로였다.

서포리 웰빙 산책로의 솔숲을 둘러본 초록교육연대 일행은 이내 밧지름해수욕장으로 이동했다. 백사장의 모래가 유난히 깨끗한 밧지름 해수욕장의 이곳저곳을 좀 걷는데, 꼬르륵꼬르륵 자꾸 배가 고프다는 소리가 들려왔다. 시계를 보니 벌써 11시 45분이었다. 아침 식사도 제대로 못 하고 떠난 여행이라 배가 고플 만도 했다. 바쁘게 움직이다 보니 우리 일행을 실은 김형태 사무국장의 승합차와, 다른 일행을 실은 떠벌이 관광 가이드의 승합차가 따로따로 이동을 하게 되었다.

전화를 통해 들려오는 소식으로는 떠벌이 관광 가이드의 승합차에 탔던 나머지 일행이 북리 1구의 큰쑥개에서 우리 일행을 기다리고 있다는 것이었다. 소식을 듣자마자 우리 일행은 급하게 북리 1구의 큰쑥개로 달려가 나머지 일행들과 합류했다. 합류한 목적은 초록교육연대 회원들이 정작 덕적도를 찾은 목적인 에너지 자립 마을 으름실공동체를 방문하기 위해서였다.

본래는 산길을 좀 걸어 에너지 자립 마을 으름실공동체로 가기로 했지만 모두들 배가 고프고 힘들어 해 김형태 사무국장의 승합차에 함께 타기로 했다. 겹쳐지고 포개지고 하면서 김형태 사무국장의 승합차는 15분쯤 숲길을 달려 에너지 자립 마을 으름실공동체에 이르게 되었다.

이곳 으름실공동체는 에너지 자립을 위해 태양열 발전

은 물론 풍력발전, 수력발전 등을 실험하고 있는 마을이었다. 마을에 도착하자마자 으름실공동체의 회장은 초록교육연대 회원 일행을 태양열, 풍력, 수력 등을 통해 얻은 전기를 보관, 저장하고 있는 시설로 안내했다. 그곳에서 반짝반짝 빛을 내고 있는 여러 시설들은 크고 작은 강력 전지들인 듯했다.

으름실공동체의 회장은 내년 중에 정부의 지원을 받아 에너지 저장 시설을 새로 지을 것이라는 말도 했다. 아직은 생산되는 전기에너지가 별로 많지 않다며 겸손을 보였다. 풍력 에너지를 얻는 시설, 수력 에너지를 얻는 시설 등도 둘러보았지만 대단치는 않았다. 여기저기에서 보이는 집열판들로 미루어 보아 실제로는 태양광 전지가 주된 에너지원인 듯했다.

으름실공동체의 회장은 '으름실'이 본래 으름이 많이 열리는 이곳 계곡의 이름이라고 말했다. 지금 우리 일행이 와 있는 이 계곡 말이다.

에너지 자립 마을 으름실공동체는 당연히 에너지 자립만으로 자립하는 곳이 아니었다. 우선은 수많은 산나물과 약초를 생산, 판매해 자급자족하는 마을이 으름실공동체라는 것을 알 수 있었다. 으름실공동체는 겉으로 보기에는 그런대로 꽤 수익을 올리고 있는 싶었다. 적어도 그분들의 말은 그랬다.

내게는 이곳에서 생산, 판매되는 약초의 이름보다 나물의 이름이 귀에 익었다. 명이나물, 방풍나물, 부지깽이나물,

고사리, 엄나물, 눈개승마(마이클잭슨 나물), 취나물 등이 그 예이다. 그 밖에 산도라지, 당귀, 구찌뽕나무 등도 재배한다고 으름실공동체의 회장님은 말했다. 나는 회장님의 말씀에 따라 산도라지, 취, 구찌뽕나무 등의 씨앗을 채취해 배낭에 넣기도 했다. 내년에 텃밭에 심어 볼 참이었다.

에너지 자립 마을 으름실공동체는 처음 북 1리의 7가구가 힘을 모아 시작했다고 한다. 지금은 북 1리의 56가구 중 43가구가 참여해 에너지 자립 마을 으름실공동체를 이루고 있다고 했다. 북 1리의 80%가 넘는 가구가 에너지 자립 마을 으름실공동체에 참여하고 있는 것이다. 각종 나물과 약초 등을 재배해 성공적으로 돈을 만들고 있는 에너지 자립 마을 으름실공동체 사람들……, 이들에 대해서는 정부에서도 많은 관심을 갖고 있는 듯했다.

초록교육연대 회원들은 이곳 으름실공동체의 주부들이 직접 지은 밥으로 점심 식사를 했다. 상추, 배추, 케일 등 쌈 채소는 물론 각종 버섯과 온갖 야채들로 만든 반찬으로 먹는 점심밥은 그야말로 일품이었다. 생선구이, 생선조림, 돼지고기볶음 등 어류 및 육류도 더없이 맛있었다. 나로서는 모처럼 폭식을 하지 않을 수 없을 정도였다.

계곡을 따라 바닷가로 내려가니 그곳에는 또 다른 별천지가 펼쳐져 있었다. 바닷가 작은 별당의 뜰에서 물을 끓여 커피를 타 먹는 맛도 기가 막혔다.

으름실공동체를 떠나 산길로 들기 전 으름실공동체 회

장님은 초록교육연대 일행을 모아 놓고 몇 마디 인사말을 했다. "산길의 주변에 어린 소나무의 묘목이 엄청 많습니다. 자연산입니다. 좀 뽑아 가도 좋습니다. 다만 사람들 눈에는 띄지 않도록 하십시오. 덕적도 적송이 덕적도 밖에서도 많이 자랄 수 있기를 빕니다." 그는 도로 정비를 하면서 어린 소나무 묘목이 함부로 잘려 나가는 것을 보면 마음이 아프다고도 덧붙여 말했다.

이제 40여 분쯤 걸리는 짧은 트레킹 코스가 초록교육연대 일행을 기다리고 있었다. 이번에는 정말 산길을 걷기로 한 것이었다. 으름실공동체의 여러 사람들과 헤어져 우리 일행은 터벅터벅 산길을 따라 걷기로 했다.

산길의 주변에는 말 그대로 어린 소나무 묘목들이 아주 많았다. 솔방울에서 씨가 떨어져 길가의 이곳저곳에 아무렇게나 자라고 있는 어린 소나무 묘목들……. 나도 어린 묘목 하나를 채취해 칡넝쿨 잎으로 싸 배낭 속에 넣었다. 세종의 집에 가지고 가 화분에 키워 볼 요량이었다.

산길을 걸어 덕적중학교 근처까지 걸어오는 길은 솔 향이 짙어 우리 일행들의 발걸음을 아주 가볍게 했다. 큰길 입구까지 오자 김형태 사무국장의 승합차가 우리 일행을 기다리고 있었다. 40여 분쯤 산길을 걸어온 초록교육연대 일행은 이내 김형태 사무국장의 승합차에 몸을 실었다.

교사들의 모임인 초록교육연대 회원들은 이곳 덕적중학교와 덕적고등학교의 주변 환경도 좀 둘러보고 싶어 했다.

이곳에는 중고등학교만이 아니라 초등학교도 함께 자리해 있었다. 바닷가에 위치해 있는 작은 규모의 이들 세 학교는 무엇보다 풍광이 수려해 관심을 끌었다. 으름실공동체 김형태 사무국장의 거듭되는 학교 자랑도 우리 일행에게 이곳 세 학교를 둘러보고 싶게 했다.

덕적초등학교와 덕적중학교, 덕적고등학교의 주변 환경을 대충 둘러본 초록교육연대 일행은 터벅터벅 걸어 진리항으로 몸을 옮겼다. 3시 30분이 조금 지났을 때부터 초록교육연대 일행은 모두 진리항 쉼터에 앉아 잠시 휴식을 취했다. 4시 30분에는 인천으로 돌아가는 코리아나호에 승선을 할 참이었다.

진리항의 부둣가에는 각종 생선회와 막걸리, 기타 새우젓과 어리굴젓 등을 파는 상가가 펼쳐져 있었다. 초록교육연대 상임대표인 송윤옥 선생님은 어느새 어리굴젓 한 통을 사가지고 와 내게 먹어 보라고 권했다. 거부의 뜻으로 고개를 젓다가 보니 어느덧 인천항으로 떠나게 될 고속 페리 코리아나호가 진리항으로 들어오고 있었다. 초록교육연대 회원들은 이내 고속 페리 코리아나호에 몸을 실었다.

코리아나호 위에서 바라보는 서해의 모습은 광활했다. 일기예보에서 내일은 풍랑이 심해 배가 못 뜬다고 하더니 어느새 하늘 가득 구름이 몰려들고 있었다. 초록교육연대 회원들을 실은 고속 페리 코리아나호는 다시 또 1시간 30여 분을 달려 인천연안여객터미널에 도착했다.

저녁 6시, 10월 말의 저녁 6시는 벌써 주위를 컴컴한 어둠으로 물들였다. 초록교육연대 13명 회원들은 각자 손을 흔들며 서둘러 자신의 처소를 향해 발길을 돌렸다.(2017)

갈재에서 곡두재까지

다들 운동을 해야 한다고 야단들이다. 노년의 건강은 운동하지 않으면 지켜지지 않는다고 한다, 얻어지지 않는다고 한다. 나도 운동을 해야 할 텐데……, 늘 마음만 먹을 따름이다.

엉덩이가 지나치게 무겁기 때문일까. 내게는 운동에 대한 강박관념이 좀 있다. 좀처럼 운동에 나서지 않으면서도 늘 운동을 해야 한다는 압박감에 시달리는 것이 나이다.

그런 연유로 어제는 초사 이은식 선생에게 연락을 해 산행을 좀 하기로 했다. 내일은 초사 선생을 무조건 따라나설 테니 근교의 산 어디를 좀 데려다 달라고 한 것이다.

주말이면 나는 자주 공주시 정안면 월산리 부채밭에서 지내고는 한다. 월산리 1구 마을을 사람들은 자신들의 동네를 흔히 병풍골이라고 부른다. 덧붙여 말하면 정안면 월산리 1구 병풍골은 나와 아내의 작은 농토인 부채밭이 있는 곳이다.

내게는 파라다이스나 다름없는 부채밭! 병풍골의 '해평길 50'에 있는 이 작은 농토를 나는 부채밭이라고 부른다. 우리 부부는 내가 퇴직을 하던 2018년 봄 이 부채밭 구석에 조그만 농막을 하나 지었다. 농막의 이름을 월산재라고 불렀는데, 우선은 오늘 아침 이 농막 월산재부터 찾았다. 초사 선생 부부를 따라 산행을 하기 전 이곳부터 먼저 들른 것이다.

그런 뒤 초사 선생한테 전화를 했다. 초사 이은식 선생은 코로나 이후 대전의 아파트는 버려두고 이곳 월산재에서 가까운 고향 집인 대산리에서 살고 있었다. 내가 이곳에 조그만 밭뙈기 하나를 마련한 것도 실은 초사 이은식 선생의 도움 덕분이었다.

통화를 마친 뒤 나는 서둘러 초사 선생의 대산리 고향 집을 향해 차를 몰았다. 언제나 명쾌하고 상쾌한 것이 초사 선생 부부였다. 반갑게 인사를 나눈 뒤 초사 선생 부부는 나와 아내를 광덕산 갈재고개로 안내했다.

초사 선생은 갈재고개를 넘어 내처 차를 달리면 유구에 이른다고 했다. 일단 우리 일행은 마곡사 길을 왼쪽에 두고 갈라져 광덕사 길로 접어들었다. 광덕사를 오른쪽에 두고 산길로 접어든 뒤에는 광덕산을 넘어가는 갈재고개를 향해 차를 몰았다. 초사 선생은 갈재고개 왼쪽의 임도가 부담 없이 걷기에 좋다고 여러 차례 강조했다.

초사 선생 부부를 따라 우리 부부가 도착한 광덕산 갈재고개 왼쪽의 임도……. 오늘은 이 길을 걷는 것으로 부족한 운동을 삼을 생각이었다.

그곳까지 타고 간 승용차는 갈재의 길가에 세워 두기로 했다. 그런 뒤 신발 끈을 조여 맨 뒤 길을 나섰다. 2월 말, 바람이 조금은 차가웠다. 하지만 산길을 걷기에는 더없이 좋은 날이었다. 이내 땀이 나기 시작하고 온몸이 부드러워졌다.

갈재에서 곡두재까지 걷는 길, 그곳의 임도를 느릿느릿 걷는 길, 그것이 오늘의 산행이었다. 모두 12킬로의 산길이었는데, 책상물림인 나로서는 결코 만만치 않은 거리였다.

앞에서 산행이라고도 말했지만 실제로는 일종의 산책이었다. 맑은 공기 때문일까. 모처럼의 산책 길, 임도를 따라 걷자니 이내 마음까지 아주 상쾌해졌다.

느릿느릿 세 시간쯤 걸었을까. 이윽고 곡두재에 도착해 주위를 둘러볼 수 있었다. 산 아래의 마을들이 장난감처럼 보이기도 했다.

가지고 간 도시락을 나누어 먹은 뒤 우리는 다시 뒤돌아 걷기 시작했다. 더러 발목에서 쥐가 나기도 했지만 나른하면서도 상쾌한 걷기 운동이었다.

임도를 따라 걸으며 이제는 이렇게 나를 위한 시간, 내 건강을 위한 시간도 좀 가져야겠다고 수도 없이 다짐을 했다.

초사 이은식 선생 부부도, 나와 아내도 아주 모처럼 신선하면서도 싱싱한 하루를 살았다. 이런 것을 두고 노년의 행복이라고 하리라.(2019)

대통다리에서 우체국다리 사이

제목을 먼저 정해 놓고 시를 쓰는 경우가 있다. 제목을 정해 놓고도 끝내 시를 못 쓰는 경우도 있다. 내게는 「대통다리에서 우체국다리 사이」가 제목을 정해 놓고도 끝내 시를 쓰지 못한 예이다.

'대통다리'와 '우체국다리'는 어디에 있는가. 공주에서 살아 보지 않은 사람들은 알기가 어렵다. 대통다리와 우체국다리는 공주의 옛 도심을 흐르는 제민천 위에 놓여 있는 작은 다리이기 때문이다.

제민천의 좀 더 남쪽에 놓여 있는 것이 대통다리이고, 좀 더 북쪽에 놓여 있는 것이 우체국다리이다. 이 두 다리 사이의 거리는 얼마쯤이나 될까. 100m쯤이나 될까. 아니 120m쯤이나 될까.

이 두 다리 사이에는 지금 '루치아의 뜰' '눈썹달' '바흐' 등 아주 예쁜 카페들이 성업 중이다.

내가 공주에서 중학교를 다니던 1960년대는 어떠했나. 내가 공주에서 중학교에 다니던 때, 이 대통다리 바로 위에는 중앙식당이라는 밥집이 있었다.

당시 이 밥집 중앙식당은 내가 하숙을 하던 집이기도 했다, 중앙식당이라는 낡은 간판이 붙어 있는 이 밥집은 대파를 많이 썰어 넣고 끓이는 육개장, 곧 소고기국밥으로 유명했다. 백반의 밑반찬으로 나오는 시금치나물이며 무장아찌, 콩조림이며 멸치볶음 등도 아주 맛이 있었다. 겨울에나 맛볼 수 있기는 했지만 백반의 밑반찬으로는 어리굴젓도 일품이었다.

지금도 주소를 기억하는 공주읍 중동 370번지. 이 집, 중앙식당에서 열네 살의 나는 한동안 하숙을 하며 공주중학교에 다녔다.

이 집에는 딸이 많았는데, 무려 열 명이나 되었다. 열 명의 딸들 중에 나는 나보다 한 살 더 많은 명희보다 한 살 더 어린 연화와 친하게 지냈다. 아니 연화를 더 좋아했다. 학교 수업을 마치고 집으로 돌아오면 연화와 나는 삔치기도 하고, 사방치기도 하며 놀았다. 민화투나 나이롱뽕을 하며 놀기도 했던가. 더러는 호서극장 옆 단팥죽집이나 제과점 대통사에 들러 단팥죽이나 아이스크림을 사 먹기도 했다.

열네 살 무렵, 말하자면 중동 370번지에서 하숙을 할 무렵, 나는 연화를 여자로 알지는 못했다. 아니, 연화를 여자로 느낄 만큼 성숙해 있지 못했다.

물론 그녀가 좋기는 했다. 어떤 때는 그녀가 옆에 있기만 해도 마음이 환해지고는 했다. 그러나 그녀에게 성적 충동을 느낄 만큼 나는 까져 있지 못했다.

이런 감정을 뭐라고 해야 하나. 풋사랑이라고 해야 하나. 요즈음 말로 썸을 탄다고 해야 하나. 아무튼 나는 그냥 연화가 좋고 좋았다.

이 집, 중앙식당에서 나는 한 달에 쌀 여섯 말씩을 주고 하숙을 했다. 1967년 당시로서는 한 달에 쌀 여섯 말씩을 하숙비로 주는 것이 쉽지 않았다. 보통 하숙집의 하숙비는 한 달에 쌀 다섯 말이었다.

시간이 갈수록 이 집, 중앙식당에서의 하숙 생활이 불편했다. 왠지 마음이 편치 못했다. 연화가 좋아지기 시작했기 때문일까.

진달래꽃만 보아도 가슴이 뛰고 설레던 시절이었다. 아마도 그때 나는 막 사춘기에 들어서 있었던 듯했다.

뛰고 설레는 마음을 더는 견디지 못해 나는 하숙집을 옮겼다. 옮긴 하숙집에서도 마음이 편치 않기는 마찬가지였다. 밤이 되어 잠자리에 들면 천장의 무늬들이 연화의 하얀 세라복으로 바뀌기 일쑤였다. 연화의 이 하얀 세라복은 이내 연화의 하얀 얼굴로, 초롱한 눈망울로 바뀌고는 했다.

오래지 않아 나는 연화한테 편지를 쓰기 시작했다. 편지를 잘 쓰려면 책을 많이 읽어야 했다. 지금까지 학교 앞 형설서점에서 빌려 읽어 온 『15소년 표류기』『암굴왕』『시튼 동물기』『얄개전』『괴도 루팡』 따위만으로는 안 되었다. 그리하여 수필집도 읽기 시작했고, 시집도 읽기 시작했다. 안병욱의 『행복의 미학』, 김형석의 『운명도 허무도 아니라는 이야기』, 김소월 시선집 『못 잊어』, 정시태 번역 『영시 100선』, 조병화 자작시 해설집 『밤이 가면 아침이 온다』 등이 점차 하숙집의 내 책꽂이에 꽂히기 시작했다. 모두 편지를 잘 쓰기 위한 자료들이었다.

연화와 주고받기 시작한 편지는 고등학생이 된 이후에도 계속되었다. 대전으로 나와 보문고등학교에 다니는 동안에도 나는 그녀에게 멋진 편지를 쓰기 위해 시를 많이 읽었다.

그 무렵 내가 가장 좋아하는 시집은 신구문화사 판『한국전후문제시집』과『세계전후문제시집』이었다. 그뿐만 아니라 신구문화사 판『한국문학전집』도 열심히 읽었는데, 특히 손창섭의 소설에 깊이 빠져들었던 기억이 난다.

『한국전후문제시집』과『세계전후문제시집』등의 시를 좋아하다 보니 어느새 나는 서서히 시의 세계로 빠져 들어가기 시작했다. 이른바 습작이라는 것을 하게 된 것이다.

고등학교 1학년 때는 기꺼이 시 비슷한 것을 써 보기까지 했다. 또한 고등학교 때는 박종화의 장편소설들도 즐겨 읽었다.『임진왜란』『자고 가는 저 구름아』등이 그것이다. 특히『임진왜란』을 읽으면서부터는 박종화의 방대한 지식에 기가 질렸던 기억이 난다.

재수를 할 때까지도, 대학 1학년 초까지도 연화에게 편지를 쓰는 일은 계속되었다. 그녀와 편지를 주고받는 일을 그만둔 것이 언제인가. 대학 1학년 때 봄인가. 잘 기억나지 않는다.

내가 먼저 답장을 쓰지 않았을까. 그랬을 수도 있다. 대학에 떨어지고 또 떨어져 지방의 사립대학에 다니면서 심하게 느끼던 자괴감 때문일까. 그렇게 생각될 때도 있기는 했다. 아무튼 당시 나는 자격지심이 매우 컸다.

그녀에게 보내던 편지가 중지된 어느 날부터였다. 편지라는 쌍방의 형식은 시라는 독백의 형식으로 바뀌기 시작했다. 아니, 시라는 독백의 형식으로 바뀌었으리라고 생각하던 때가 있었다.

막 사춘기에 이를 무렵 그녀한테 처음 느꼈던 감정을 뭐라고 해야 하나. 그 역시 사랑의 하나이기는 했으리라. 풋사랑…….

'대통다리에서 우체국다리 사이'라는 제목을 마음속에 넣고 다닌 지 오래되었다. 하지만 아직도 나는 「대통다리에서 우체국다리 사이」라는 제목의 시를 쓰지 못하고 있다.

아직까지도 그때 그 장소에 대한 미적거리를 충분히 갖고 있지 못하기 때문일까. 알 수 없는 일이다. 쉽게 언어로 현현되지는 못하지만 나는 여전히 「대통다리에서 우체국다리 사이」라는 제목의 시를 마음속 깊이 잘 간직하고 있다.(2019)

행복은 어디서 오는가

매우 바쁘고 분주하게 살아가고 있는 것이 현대사회에서의 인간이다. 그렇다. 현대인은 늘 무엇인가에 쫓기고, 또 무엇인가를 쫓고 있다. 여기서 '무엇인가'라고 했을 때의 '무엇인가'는 '황금', '돈'이기 일쑤이다.

하지만 쫓기고 쫓는 가운데에도 누구나 문득 자기 자신을 되돌아볼 때가 있다. 되돌아보며 '나는 누구인가', '나는 지금 어떻게 살고 있는가' 하고 자기 자신에게 되물을 때가 있다. 자기 반문의 때 말이다.

이런 자기 반문을 갖는 계기는 단순하다. 떨어지는 거리의 가로수 잎을 보고도, 사소한 실수로 상사에게 꾸중을 듣고도 자기 반문을 가질 수 있기 때문이다.

이런 질문은 많은 경우 '나는 지금 행복한가'라는 인간 본연의 자기 성찰과 관련되어 있다. 생각해 보자. 나는 지금 행복한가. 아마도 고개를 아래위로 끄덕이는 사람보다는 좌우로 젓는 사람이 많으리라.

무엇이 우리를 불행하다고 생각하게 하는가. 우리가 쫓고 쫓겨 온 황금, 그것의 결핍 때문인가.

흔히 사람은 '빵'만으로는 살 수 없다고 한다. 빵은 황금의 다른 이름이니만큼 결국 이는 물질적 풍요만으로는 행복이 보장되지 않는다는 얘기이리라.

물론 이런 논리는 반대의 경우에도 그대로 적용된다. 오직 정신적 풍요만으로는 살 수 없는 것이 인간이라는 뜻이다. 거듭되는 굶주림 속에서는 행복을 느끼기가 어렵기 때문이다.

물질적 조건이 확보되지 않고 인간의 생존이 유지되기는 어렵다. 최소한의 '빵'이 허락되지 않고서는 어떠한 형태로든 행복이 초래되지 않는다.

최소한의 '빵'이란 어느 정도인가. 이에는 적잖은 개인적 편차가 있으리라. 또한 그것은 사람들 각자가 갖는 욕망의 크기에 비례하리라. 따라서 최소한의 '빵'의 범주는 사람들마다 각자 다양할 수밖에 없다.

오늘날에 이르러 우리 사회는 스스로 노동을 거부하지 않는 이상 밥을 굶는 사람이 없게 된 것도 사실이다. 노동이 허락되는 한 최소한의 '빵' 정도는 확보될 수 있는 것이 오늘의 우리 사회라는 것이다. 이로 미루어 보면 행복은 '빵'이라는 이름의 황금과는 다소간 거리가 있어 보이기도 한다.

혹자는 '빵'이라는 이름의 황금 그 자체에 행복이 있다고 생각할는지도 모른다. 물질적 만족으로부터 모든 만족이 나오고, 만족의 다른 형태가 행복이니만큼 그런 주장도 충분히 있을 수는 있으리라.

과연 그런가. 미국의 호프대학 데이비드 미어스 박사는 그의 저서 『행복의 추구』에서 황금의 축적과 행복의 축적은 거의 무관하다고 말한다. 황금을 축적하면 할수록 그만큼 획득할 수 있는 행복의 양이 줄어든다는 것이 그의 지적이다. 이는 부유층 지역의 사람들보다 극빈층 지역의 사람들이 훨씬 더 많이 자기 자신을 행복하다고 평가하고 있는 점을 통해서도 확인이 된다. 그의 조사에 따르면 부유층 지역 사람들의 경우 14% 정도만 행복하다고 대답하는 데 비해 극빈층 지역 사람들은 72%나 행복하다고 대답한다고 한다.

인간은 누구나 행복을 추구할 권리를 가지고 있다. 하지만 앞의 논의에서도 알 수 있듯이 행복이라는 것은 기본적으로 몸의 것이 아니라 정신의 것이다. 최소한의 '빵'이 허락된다면 행복은 대부분 정신의 충족에서 온다는 뜻이다.

정신적 충족이라는 것은 결국 주체로서의 '나'와 대상으로서의 '너'가 이루는 하나됨의 체험이다. 여기서 말하는 하나됨의 체험이라는 것은 일종의 정신적 성취감의 획득을 가리킨다.

이때의 정신적 성취감은 정신적 목표를 세웠을 때 가능해지는 것이 통례이다. 행복이라는 것은 내면의 자아가 세운 목표를 실현하는 가운데 비롯된다는 것이다. 따라서 사람들이 행복해지기를 원한다면 무엇보다 그런 사실을 먼저 자각할 필요가 있다. 본래 행복은 도달해 향유하는 것이 아니라 삶의 순간순간 체험하는 일치의 기쁨이기 때문이다.

황금의 축적이 주변의 여러 것을 부리고 통제하고 변화시킬 수 있으리라는 자신감을 갖게 하는 것은 사실이다. 하지만 행복에 좀 더 직접적으로 영향을 미치는 것은 공동체 구성원들과의 관계에서 생겨나는 하나됨의 즐거움, 즉 사랑의 감정임을 알 필요가 있다는 것이다.

나는 불행한가. 왜? 어째서? 왜라고, 어째서라고 거듭 물어보자. 도대체 행복은 어디서 오는가?(1992)

사람과 자연이 잘 어울려 살 수 있는 곳으로

가을의 끝이다. 세상이 온통 노랗고 빨갛다. 들에서는 이미 추수가 끝나 가고 있고, 산에서는 아직 나뭇잎들이 빨갛게 물들고 있다. 이런 모습을 바라보고 있으면 문득 가슴이 텅 비어 오는 것만 같다. 불현듯 외롭다는 생각이 든다.

나만 외로운가. 아니다. 사람은 다 외롭다. 사람이 되면서 사람은 외로움, 곧 고독의 구렁텅이로 굴러떨어져 버린 존재이다. 그렇다. 사람은 다 고독한 존재이다. 누군가를 그리워하고 누군가를 기다리는 존재가 바로 사람이라는 것이다. 외롭지 않으면, 고독하지 않으면 사람이 아니다.

한때 사람은 자연의 하나로, 신의 부분으로 살았던 적이 있다. 에덴에서 살 때가 바로 그랬다. 하지만 그때의 사람은 사람이라고 하기 어렵다. 물론 하나의 생명이기는 하다. 풀잎 혹은 나뭇잎, 땅강아지 혹은 굼벵이, 노루 혹은 토끼! 그러니까 그때의 사람은 사람이 아니다.

사람이 아닌 사람은 외롭지도, 고독하지도 않다. 외로움이, 고독이 무엇인지 모르기 때문이다.

그런 연유만으로도 외롭지 않으면, 고독하지 않으면 사람이 아니다. 외로움 혹은 고독은 자연과 분리되면서, 신과 분리되면서 사람이 받은 선물이다. 따라서 에덴에서의 아담과 이브는 엄밀한 의미에서의 사람이 아니다.

사람은 자연 혹은 신으로부터 분리되면서 비로소 사람이 된다. 그렇다. 에덴에서 탈출하면서 사람은 사람이 된다. 에덴의 밖에서야 비로소 사람은 타자를 지각한다. 타자를 지각하면서, 부끄러움을 알면서 사람은 사람이 된다.

자연의 하나로 살 때, 곧 신의 부분으로 살 때 사람은 외롭지 않았다. 사람이 아닌 사람은 그때 이리저리 몰려다니며 문화라는 것을 만들지 않았다. 아니 만들지 못했다.

식물일 때는 식물로 제자리에서 광합성 작용을 하면 되었고, 동물일 때는 동물로 어슬렁거리며 먹이를 찾아다니면 되었다. 하지만 지금의 사람은 동물처럼 먹이만을 찾아 어슬렁거리며 살 수 없다. 이리저리 몰려다니며 끊임없이 문화라는 것을 만들게 되어 있는 것이 오늘의 사람이다.

문화는 본래 자연이나 신을 갈고, 닦고, 다듬고, 고치고, 꾸미며 만들어지는 것이다. 하지만 '코로나'라는 엉뚱한 생명체 때문에 최근의 사람은 한동안 문화라는 것으로부터 소외된 채 살아가고 있다.

코로나도 또한 자연의 하나이다. 코로나라는 자연은 벌써 2년 동안이나 사람을 사람이 아닌 것으로, 곧 물物로 살게 한다. 사람을 사람이 아닌 나무 비슷한 것으로, 풀 비슷한 것으로 살게 한다는 것이다. 이를 두고 사람을 신의 부분으로, 자연의 부분으로 살게 한다고 해도 좋다.

하지만 최근 들어 사람은 이미 다시 사람이 되지 않았는가, 사람으로 살게 되지 않았는가. 조금씩 코로나 밖을 살기 시작하지 않았는가.

코로나로 하여 나무나 풀 비슷한 것으로 살 때 가장 견디기 힘든 것은 권태와 짜증이다. 권태와 짜증은 새로운 문화를 만들지 못하고 동일한 삶을 반복하게 될 때 사람에게 부여되는 일종의 숙명이다.

권태와 짜증이라는 감정, 이것이 반복되고 누적되면 고독이 된다. 고독이 반복되고 누적되면 우울이 되고, 우울이 반복되고 누적되면 누구나 삶 자체를 견디지 못하게 된다.

지난 2021년 10월 24일의 일이다. 더는 권태와 짜증을, 고독과 우울을 견디지 못해 시를 쓰는 친구들이 모이는 자리를 만든 적이 있다. 계속되는 격리와 소외, 거듭되는 짜증과 권태, 고독과 우울 속에서도 시집을 간행한 시인들이 꽤 되었기 때문이다.

이날 모임에서 주최 측인 나는 시집을 간행한 시인들에게 향기로 가득한 꽃다발 하나씩을 선물했다. 실제로는 시집을 간행한 내가 시집을 간행한 내게 선물하는 꽃다발일 수도 있다. 내가 내게 꽃다발을 선물한들 어떠랴. 그런 뒤에는 모두들 최근에 쓴 시를 한두 편씩 읽었다.

벌써 2021년 11월의 초이다. 이달 중순이면 명실공히 위드 코로나 시대로 진입한다고 한다. 일상으로 돌아갈 수 있는 첫걸음을 뗄 수 있다고 한다. 너도, 나도 그동안 참으로 고생했다.

나는 지금 위드 코로나 시대를 맞이하기 위해 두 손을 흔들며 제자리걸음을 하고 있다. 사람과 자연이 잘 어울려 살 수 있는 곳으로 가기 위해 힘차게 연습하고 있다. 열중 쉬엇! 차렷! 준비—, 탕!(2021)

제4부

열대야 견디기

오늘도 너무 덥다. 하루하루가 견디기 힘들다. 벌써 며칠째 열대야라고 한다. 에어컨을 켜지 않으면 잠을 이룰 수 없을 정도다. 1994년 여름 이래 최고의 더위인 듯싶다.

만나는 사람마다 피서避暑 운운한다. 피서? 피서는 지방으로 떠나는 것이 아니라 서울로 떠나는 것이 상책일는지도 모른다.

지난주 목요일의 일이다. 나는 아내를 부추겨 서울 집을 떠나 어머니 혼자 사시는 대전 집으로 행했다. 대전에서는 문상할 일이 있기도 했다. 친구의 부친이 작고했기 때문이다. 이 더위에 부친의 장례를 치러야 하는 친구라니! 다소간은 안쓰럽지 않을 수 없었다.

어머니 혼자 사시는 대전의 집도 너무 더웠다. 내가 살던 서울의 집을 떠날 때는 잘 몰랐는데, 어머니가 사는 대전의 집에 도착하니 도무지 견디기가 어려울 만큼 더웠다.

대한민국이, 아니 전 세계가 이상기온으로 들끓고 있는 즈음이었다. 지구 환경이 심한 위기에 처해 있기 때문이리라. 이런 현상도 지구온난화 문제와 무관하지 않을 것으로 보인다.

대전 집에서의 밤, 가슴이 터질 것같이 더워 마침내는

에어컨을 켜고 잤다. 에어컨을 켤 때까지 열 번, 스무 번을 더 망설였다. 이렇게 전기를 많이 쓰다가 원전을 하나 더 세우자고 하면 어쩌지…….

원전을 반대하면서도 에어컨을 켜자니 조금은 염치가 없었다. 그런 마음으로 대전에서 며칠을 묶다가 광주의 숙소로 향했다. 방학 중이라 비워 두었던 광주의 숙소, 광주의 숙소에는 에어컨이 없는데 어쩌나.

광주의 숙소는 대전의 집보다 훨씬 더 더웠다. 가슴에서 불이 활활 솟는 듯했다. 우선은 아내가 더위를 견디지 못해 심리적인 아노미 상태에 빠졌다. 와락, 절망감이 밀려왔다.

이러다가 무슨 일이 생기면 어쩌나. 광주의 집에는 어머니도 모시고 갔는데, 에어컨이 없으니 잠시도 견딜 수 없었다.

겨우겨우 하룻밤을 자고 난 뒤에는 생각이 더욱 복잡해졌다. 이를 어쩌나! 이를 어쩌나! 일단은 공간을 바꾸는 수밖에, 이동하는 수밖에 없었다.

이런 생각을 하는 중에도 함부로 전기를 쓰다가 원전 하나를 더 만들자고 하면 어쩌지, 하는 생각이 떠나지를 않았다. 그래도 일단은 더위를 피하는 것이 상수였다. 섬진강 어디로 가 볼까. 무등산 계곡 어디로 가 볼까. 이번 기회에 에어컨을 사 볼까.

마침내는 몇 군데 전자 제품 대리점을 전전하기도 했다. 그러다가 급기야는 광주를 떠나기로 했다. 광주의 숙소에서 힘들게 하룻밤을 더 잔 뒤 나와 아내와 어머니는 도망치듯 서울로 향했다.

서울 집은 광주의 숙소보다는 덜 더웠다. 새벽녘에는 에어컨을 틀지 않아도 견딜 만했다.

지구 생태계가 건잡을 수 없을 정도로 망가지고 있는 듯했다. 사계절이 뚜렷하다는 대한민국, 이제는 지구온난화에 무릎을 꿇을 수밖에 없게 되었다.

이 더위를 어찌할 것인가? 피서? 피서는 지방으로 떠나는 것보다 서울로 떠나는 것이 상책인지도 모른다.

서울이 오히려 더 시원하다고 하면 사람들이 이해를 잘못 할까. 일단은 어디론가 떠나고 볼 일이다.(2012)

포항제철을 찾아서

우리 일행을 실은 버스는 동해의 시퍼런 물결을 왼쪽으로 끼고 달렸다. 이윽고 버스가 포항 시내에 도착했다. 그러고도 다시 버스는 한동안 포항 시내의 어딘가를 향해 달렸다. 오른쪽 창가 쪽으로 조경이 잘된 아파트 단지와 학교 건물 등이 보이기 시작했다. 안내인이 자리에서 일어나 마이크를 들고 포항제철의 직원들을 위한 아파트와, 그 자녀들을 위한 학교라고 설명했다.

높지 않은 담장 위에서는 빨갛게 꽃을 피우고 있는 철부지 넝쿨장미들이 7월의 땡볕을 더욱 어지럽게 했다. 버스는 그렇게 얼마간 더 달렸다.

마침내 왼쪽 창가 쪽에서 포항제철의 거대한 화로火爐들이 보이기 시작했다. 자리에서 일어선 안내인이 1960년대 이래 각각의 화로를 만들기 위해 바친 땀과 눈물에 대해 중언부언 말 무더기를 쏟아 냈다. 누군가는 박태준 포항제철 전 회장의 무지막지한 밀어붙이기식 건설 과정에 대해서도 수근댔다.

회사 안에는 여기저기 원자재인 철광석이 산더미처럼 쌓여 있었고, 철을 추출하고 남은 폐석들도 같은 크기로 쌓여 있었다. 하지만 그것들은 모두 거대한 천으로 덮여 있었다. 안내인은 묻지도 않았는데 그것이 비산 먼지를 막기 위한 것이라고 말했다. 일단은 대기오염을 방지하기 위한 것일 터였다.

회사 안으로 들어온 뒤에도 버스는 한동안 더 달렸다. 마침내 버스에서 내리게 되었다. 주위를 둘러보니 커다란 연못이 먼저 보였다. 연못에는 잉어들이 떼를 지어 놀고 있었다. 일단은 수질오염을 충분히 방지하고 있다는 표시로 보였다. 길가 곳곳에는 장미며 달리아, 칸나 따위의 꽃들이 정성스레 가꾸어져 있었고, 그것들도 정성스레 꽃을 피우고 있었다. 이들 꽃 역시 토질오염을 얼마나 잘 처리하고 있는가를 알리기 위한 것으로 보였다.

7월의 땡볕은 매섭고 혹독했다. 너무도 따가워 숨이 턱턱 막힐 정도였다. 연신 땀을 닦았지만 온몸이 열기로 축축이 불어 터져 있었다. 아스팔트 저쪽의 흙빛은 까맣게 죽어 있었지만 공기는 그런대로 깨끗했다. 호흡하는 데 별로 지장이 없었기 때문이다. 버스를 타고 오는 동안에도 느꼈지만 포철 경내는 크고 광활했다. 이런 정도의 규모로 철을 생산하기 때문에 산업화가, 근대화가 가능했구나 하는 감탄이 절로 나왔다. 이렇게 거대한 철의 생산 없이 어찌 우리나라가 이처럼 빠르게 경제성장을 할 수 있었겠는가.

곧바로 우리 일행은 근처의 크고 웅장한 건물 속으로 안내되었다. 계단을 오르며 꼬불꼬불 복도를 따라 걷다 보니 어느덧 붉은 불덩이를 토해 내는 고로의 옆에 이르게 되었다. 고로에서는 전설의 짐승 용가리가 불을 토해 내듯 계속 해 벌건 쇳덩이가 쏟아져 나오고 있었다. 하지만 그런 모습이 크게 힘들어 보이지 않았다. 그 붉은 쇳덩이들은 이내 두터운 강판의 모습을 갖추기 시작했다. 직사각형의 거대하고 붉은 떡 조각처럼, 그것들은 순식간에, 그리고 가볍게 한 토막씩 한 토막씩 잘라져 모습을 드러냈다. 동시에 그것들 위로 엄청난 양의 물줄기가 분수처럼 하얗게 쏟아져 내렸다.

붉고 거대한 강판 덩어리가 레일 위를 굴러가는 동안에도 웅장한 물줄기는 계속해 그것을 덮어 내렸다. 당연히 물과 불이 어울려 내뱉는 안개가 제철소 내부를 뿌옇게 만들고는 했다. 습기로 가득한 열기가 후끈후끈 몰려와 얼굴이며 손목, 가슴이며 다리를 눅눅하게 데웠다.

저처럼 두껍고 커다란 강판으로 무엇을 할까. 또 몇 차례 가공의 공정을 거칠 터였다. 제철의 단계들을 지켜보며 나는 말을 잃었다. 눈으로 직접 이 나라 근대화의 동력을 지켜보았기 때문이다. 불행하게도 잠시 나는 이 나라의 오늘을 바라보는 태도를 수정할 수밖에 없었다. 지금의 한국 사회를 경영자의 눈으로도 바라볼 수 있게 된 것이었다. 어쩌면 이는 내가 나이가 들어 가고 있다는 증거인지도 몰랐다.

이번의 포항제철 방문이 한국 현대사에 대한 좀 더 생생한 이해를 갖게 한 것은 사실이다. 그렇기는 하더라도 다시 서울로 돌아왔을 때 내 절망이 희망으로 바뀐 것은 아니다. (1992)

동짓달마다 찾아오는 귀신들

음력으로 11월을 동짓달이라고 한다. 동짓달이 오면 대충 연말이 된다. 연말과 멀지 않은 동짓날이 되면 지난 시절 시골 마을에서는 이런저런 액막이 행사를 했다. 이들 행사 중에는 집집마다 붉은색이 돋보이는 팥죽을 쑤어 먹는 일도 있다.

팥죽을 쑤어 먹는 일이야말로 액막이 행사 중의 하나이다. 액막이를 위해 동짓날 팥죽을 쑤면 굴뚝이며 정지, 토광이며 우물 등 집 안의 곳곳에 조금씩 그것을 흩뿌리고는 했다. 붉은색의 팥죽이 액을 막아 줄 것으로 믿었기 때문이다.

세상을 살아온 경험으로 보더라도 동짓달이 되면 온갖 액이 끼어 들어오는 일이 적잖다. 현직에 있을 때도, 퇴직한 이후에도 동짓달이 되면 나쁜 일이 생겨 애를 먹고는 한다. 사람들 사이에 오해가 생기고 불화가 생겨 고생해야 했다.

올해 2021년에도 어김없이 음력으로 동짓달이 되자 나쁜 기운이 횡행하기 시작했다. 작년에도 이맘때쯤 나쁜 일들이 생겨 참으로 고생했는데…….

이런 일이 생기는 동안 나는 조심해야지, 조심해야지 마음속으로 수없이 되뇌며 살아야 했다. 더러는 두 손을 모은 채 사람들과 대립하지 말자고, 갈등하지 말자고, 길항하지 말자고 몇 번씩이나 외우고 다짐했다. 같은 뜻으로 고개를 주억거리며 기도를 한 적도 수없이 많았다.

하지만 동짓달이 지나고 섣달 중순이 다 되어도 나쁜 기운은, 나쁜 귀신은 내 곁을 떠나지 않았다. 내 곁을 맴돌며 떠나지 않는 이들 악귀 때문에 나는 몸과 마음이 많이 아팠다.

돌이켜 보면 작년에도 삼짇날이 되어야 겨우 악귀들을 물리칠 수 있었다. 올해도 삼월이 되어야 진정한 의미에서 마음의 평화가 올는지 모른다. 그렇다. 아직도 참고 견디기 힘든 날들이 계속되고 있다.

나쁜 기운, 나쁜 귀신이라 했지만 실제로는 지나친 사랑, 과도한 애정이 만든 비례非禮일 수도 있다. 감정 처리를 잘못하는 데서 오는 불협화음일 수도 있다.

감정 처리의 주체는 누구인가. 나와 아내인가, 아들과 며느리인가. 쉽게 말하기 어렵다. 어찌 보면 나와 아내가 감정 처리를 잘못해 자식과 사달이 난 것일 수도 있다. 하여, 내 탓이오, 내 탓이오 하는 마음으로 악귀들을 바라본 적도 있다. 하지만 이 나쁜 귀신들, 곧 악귀들이 어디서 어떻게 우리 가족을 찾아왔는지를 알기는 힘들다.

하여, 나로서는 거듭 내 마음을 갈고닦는 수밖에 없었다. 물론 갈고 닦는 일은 비는 일이다.

거듭거듭 나는 조화정造化定이 필요하다고 빌었다. 정안定安이 필요하고 빌었다. 정안이 필요한 까닭을 여기서 다 말하기는 어렵다. 하지만 지난 동짓달 이래 덧쌓이는 상처 때문에 나도, 아내도 힘들었던 것은 사실이다.

요즘의 시간에는 오토바이 엔진이 달려 있다고 한다. 나도, 아내도 그것을 잘 알고 있다. 시간이 다 해결해 주리라, 시간을 이기는 장수가 어디 있으랴, 이런 말들을 속으로 되뇐 적이 수도 없이 많았다.

오토바이 엔진으로 달리는 시간 속에 몸을 맡기다 보면 어떤 것도 다 이겨 내도록 되어 있다. 그 또한 지나갈 것이기 때문이다. 인생이라는 것이 본래 참고 견디는 것이 아닌가.

나와 아내는 이런 말을 중얼거리며 거듭거듭 다짐했다. 다짐하며 속삭였다. 보아라. 어떤 고통도 달리는 시간 속에 뒤섞여 한순간 지나가게 되어 있다. 내일만 지나면 올해도 끝이다. 새해에는 또 새롭고 밝은 기운이 세상에 다시 도래하리라. 지난 동짓달 이래 나는 이렇게 마음을 다잡으며 살아왔다.

나쁜 기운이라고도 하고, 나쁜 귀신이라고도 했지만 실제로는 다 내 지나친 욕심이 만드는 광기일 수도 있다. 이 광기, 그것이 비록 내게서 발한 것이 아니라고 하더라도 나와 전혀 무관한 것은 아니다. 사람의 삶에는 사람 자신으로서는 어쩔 수 없는 광기가 들어 있기 때문이다. 그렇게 받아들이며 참고 견디는 수밖에 없었다.

어쩌랴. 비속하고 천해 보이더라도 이들 광기는 다 내 피의 오늘이 만드는 것이거늘! 그러니 더욱 슬프지 않을 수 없다. 더욱 슬프더라도 어쩌랴.

지금으로서는 눈 딱 감고 기다리는 수밖에 없다. 이것도 다 내 속에서 내 피가 만드는 악귀의 광기이거늘!

……동짓날이 지나간 지도, 팥죽을 나누어 먹은 지도 제법 되었다. 이제는 밤보다 낮이 훨씬 길어졌다. 어둠보다 밝음이 훨씬 길어졌다.

내일이면 올해, 곧 2021년도 끝난다. 올해, 곧 2021년이 지나면 더는 나쁜 기운이, 나쁜 귀신이 내 곁을 맴돌지 않으리라. 악귀들도 더는 새해의 상서祥瑞로운 기운을 이기지 못하리라.

새해에는 좋은 기운이, 밝고 환한 기운이 천천히 내 생활을, 내 삶을 너그럽고 넉넉하게 지켜 주리라.(2021)

코로나-19 팬데믹 시대와 서정시의 역할

2019년 연말부터 전 세계로 퍼진 중국 우한발 바이러스 질병을 두고 대한민국에서는 코로나-19라고 부른다. 미국 등 서방 국가에서는 COVID-19라고 부르는데 말이다. 지금은 익숙하게 받아들여지지만 당시에는 코로나-19이라는 말도, COVID-19라는 말도 낯설고 어색하게 받아들여졌던 것이 사실이다.

코로나-19 바이러스 질병이 전 세계화 되자 이내 펜데믹이라는 용어도 보편화된 바 있다. 이 말도 또한 사람들의 언어 감각을 긴장시킨 바 있다. 물론 그것이 오직 이들 용어 때문만은 아니다. 마스크 시대니 언택트 시대니 하는 용어도 많은 사람들의 언어 감각을 긴장시킨 바 있기 때문이다.

'마스크 시대'라는 말은 지금 이곳의 전 국민이 마스크를 쓰고 사는 만큼 특별한 설명이 필요하지 않을 수 있다. 그럼에도 불구하고 사람들이 지금 사용하는 마스크가 저 자신의 얼굴을 감추기 위한 복면이 아니라는 것은 분명하다. 의적 일지매가 자신의 얼굴을 숨기기 위해 썼던 복면과는 성격이 전혀 다른 것이 지금 이 시대의 마스크라는 것이다. 다른 무엇보다도 오늘의 마스크는 남에게 안심을 주고 나 자신도 안심을 하기 위한 것, 곧 코로나-19 바이러스를 차단하기 위한 의료 기구라고 해야 마땅하다.

마스크 시대를 두고 항용 '언택트 시대'라고도 하거니와, 언택트 시대라는 말의 우리말 표현은 '비대면 시대'라고 해야 옳을 듯싶다. 비대면 시대라고도 불리는 코로나-19 바이러스 시대를 두고 혹자는 '코로나-19 병란의 시대'라고도 부른다. 지금의 이 시대를 두고 '코로나-19 병란의 시대'라고 부르는 것도 얼마간은 일리가 있다. 코로나-19 바이러스가 일으키는 질병이 전 세계 곳곳에서 엄청난 난리를 일으키고 있기 때문이다.

지금의 이 '병란의 시대'에는 질병, 즉 코로나-19 바이러스가 사람들의 주적일 수밖에 없다. 주적인 코로나-19 바이러스와 싸우며 살아갈 수밖에 없는 것이 현재의 사람들이라는 것이다. 그렇다고는 하더라도 평범한 일상을 살아가는 사람들까지 코로나-19 바이러스와 전선을 마주하며 싸울 필요는 없다. 팬데믹화된 코로나-19 바이러스와 직접 총칼을 들고 싸우는 사람들은 아무래도 보건복지부 산하 질병관리청의 관료들일 수밖에 없다. 화이자이든 모더나이든 아스트라제네카이든 백신을 생산하고, 확보하고, 주사하는 사람들은 보건복지부 산하 질병관리청의 공무원들이기 마련이다.

그렇다고는 하더라도 지금 이곳을 사는 작가들이, 특히 시인들이 '코로나-19 병란의 시대'를 맞아 뒷짐을 지고 구경이나 할 수는 없다. 시인은 본래 자기 시대의 현실에 대해 어떤 방식으로든 발언을 하는 사람들이 아닌가. 정작의 시인이라면 지금의 이 시대, 이른바 마스크 시대, 곧 언택트 시대에 대해서도 어떤 형태로든 시적 발언을 해야 마땅하다는 것이다. 이 나라의 시인들은 모두 이를 잘 알고 있거니와, 많은 문예지와 여러 문인 단체가 코로나-19와 관련한 특집을 기획하고 있는 것도 이와 무관하지 않다.

한국시인협회에서는 지난 7월 1일 코로나-19로 고통받고 있는 전 국민에게 희망을 주기 위해 『포스트 코로나』(홍영사)라는 제목의 사화집을 발간한 바 있다. 총 446면에 이르는 이 사화집에는 한국시인협회 소속 430명의 시인이 코로나-19에 대해 쓴 430편의 시가 수록되어 있다. 이 사화집의 '머리글'에서 나태주 회장은 코로나-19로 인해 "집 안에 갇혀서 답답해하실 회원님들"을 향해 "세종 임금이 주신 선물인 한글로 더욱 아름다운 글을" 쓰자고 강조한 바 있다.

나도 마땅히 이 사화집에 참여해 창작시 1편을 게재했다. 코로나 태풍이 휘몰아쳐 오지만 때가 되면 이 또한 "다 그치기 마련, 멈추기 마련"이라는 것이 내가 쓴 시의 주요 내용이다. 시의 전문을 읽어 보자.

코로나 태풍이 휘몰아쳐 온다
무릎을 꿇고, 꿇은 무릎 속에
대가리를 처박아야 한다
어떻게든 참아 내야 한다

모래 태풍이 휘몰아쳐 올 때
낙타가 무릎을 꿇고 눈 감고
주둥이 꽉 다물고 견뎌 내듯이

그대여 나여 이 땅의 사람들이여
자주자주 손 씻어야 한다
단단히 마스크도 해야 한다
외로워도 혼자서 견뎌 내야 한다

아무리 세찬 태풍도 때가 되면
다 그치기 마련, 멈추기 마련
지나가지 않는 것이 어디 있으랴.

—「코로나 태풍」 전문

정부는 이번 주부터 수도권 일대의 코로나-19 거리 두기를 4단계로 격상하기로 했다. 대한민국 국민이라면 누구라도 크게 긴장을 하지 않을 수 없다. 대전시와 충청남도도 코로나-19 거리 두기를 2단계로 향상시킨 바 있다. 그러니 무슨 대책이 따로 있겠는가. 보건복지부 산하 질병청의 방역대책에 온 국민이 힘을 모을 수밖에 없다.(2021)

수집하고 기증하는 삶의 아름다움

—'송백헌 선생 회고전'을 준비하며

사람들은 누구나 무엇인가를 모으는 습관을 갖고 있다. 어렸을 때는 구슬과 딱지를, 청소년 시절에는 우표를, 나이가 들면 동전과 지폐를 모으기도 한다.

돌아가신 아버님은 한때 동전과 지폐를 모았다. 지금도 오래된 지폐를 모아 붙인 첩책이 어머니 방의 화초장 어딘가에 있다.

아버님은 그 밖에도 수석과 괴목槐木을 모으는 취미를 갖고 있었다. 그뿐만 아니라 세상의 온갖 새들을 모아 기르기도 했던 것이 아버지이다.

아버지가 작고한 후 이것들은 집안의 큰 골칫거리였다. 고향 집의 커다란 새장에는 별별 꽃새들이 가득했는데, 보기에는 참 좋았다. 아버지가 돌아가신 후에는 그 꽃새들을 건사하는 일이 큰 짐이 되었지만 말이다.

무엇인가를 모으고 수집하는 일은 사람들의 오랜 본능일 수도 있다. 본능에 충실해서일까. 나는 아버지와 달리 책을 모으는 버릇, 곧 시집, 소설집, 평론집으로 모으는 버릇이 있다. 책을 모으는 버릇이 있다고는 했지만 실제로는 그것들을 버리지 못하는 버릇일 수도 있다. 심지어는 매달 수십 권씩 배달되는 문예지조차 쉽게 버리지 못하고 있다. 문예지는 물론 각종 문학 행사의 팸플릿조차 잘 버리지 못하는 것이 나이다. 그런 버릇 때문에 우리 집은 늘 깨끗하지 못했다.

이렇게 모으고 수집한 책들은 이내 문제가 되기 시작했다. 광주대학교 문예창작과에서 정년퇴직할 무렵에는 이 문제로 큰 고민을 하지 않을 수 없었다. 10여 평이 더 되는 연구실이 책으로 가득했기 때문이다.

나중에는 꽃게처럼 옆으로 기어 들어가고 기어 나와야 할 만큼 연구실이 책으로 가득했다. 퇴직할 무렵이 되자 책 문제로 우여곡절이 계속되었다. 그러던 끝에 전남 고흥군의 중앙도서관에 7톤 트럭 2대 분의 책을 기증할 수 있었다. 참으로 다행이었다.

7톤 트럭 2대 분을 실어 내고도 연구실에는 중요한 책이 적잖이 남아 있었다. 이들 책은 내가 여생을 보내기로 한 고향인 세종시로 가져와 지금 '세종인문학연구소'의 벽면을 채우고 있다.

서울 집, 대전 집, 주산 집에 남아 있던 책 등도 상당했다. 서울 집과 대전 집 양쪽에 남아 있던 책은 세종 집 및 '세종인문학연구소'로 모으고, 주산 집에 남아 있던 책은 대전문학관에 기증을 했다. 이런 형식으로 나는 그동안 모은 책을 대충 정리했다. 대전문학관 상설 전시장의 기증자 명단에 내 이름이 들어 있는 것은 바로 이런 이유에서였다.

그동안 책을 정리하면서 쓰레기로 버리고 만 것도 엄청났다. 그냥 폐지 더미로 버리고 만 것들 말이다. 운반 시설을 마련하지 못해 그렇게 버린 책들을 문학관이나 도서관 등에 기증하지 못한 것이 아쉽다.

책 중에는 그 자체로 중요한 연구 자료나 전시 자료인 것도 없지 않다. 고려시대나 조선시대에 발간한 책은 그것 자체로 역사의 자료라는 점에서 중요한 가치를 갖는다. 특히 이름 있는 선현들의 문집은 소중한 문헌 자료로 충분히 수장收藏할 가치가 있다. 수장할 가치를 갖는 것은 예의 고전 자료들만이 아니다. 이제는 근대문학 초기의 시집이나 소설집 등도 충분히 수장할 가치를 지니고 있는 것으로 평가되고 있다.

내가 관장으로 있는 대전문학관에도 이런저런 가치를 지니고 있는 근대문학 초기의 자료들이 3만 권 넘게 수장되어 있다. 이들 중에서는 옥션에서 일억 원이 넘을 만큼 고가에 거래되는 것들도 있다. 물론 대전문학관에 수장된 그것들은 모두 대전 충남의 여러 문인들에게서 기증받은 것이다.

대전문학관에 근대문학 초기의 문헌을 기증해 주신 문인들은 너무도 많다. 일일이 이름을 거론하기가 힘들 정도인데, 구태여 한 분을 거론하라면 송백헌 선생을 들지 않을 수 없다. 이재복, 송재영, 홍희표, 변재열, 박헌오, 강태근, 박진용 선생 등등이 기증해 주신 자료도 소중하지만 송백헌 선생이 기증해 주신 자료는 단연 뛰어나다. 시인의 친필 사인이 들어 있는 시집 『사슴』(백석), 우리나라 최초의 번역 시집 『오뇌의 무도』(김억), 최초의 번안 소설집 『해왕성』(이상협), 최초의 신소설 『혈의 누』(이인직) 등이 송백헌 선생이 기증해 주신 대표적인 근대문학 자료이다.

송백헌 선생은 이른바 월·납북 문인들의 문학 자료도 많이 기증해 주셨다. 김남천, 이기영, 엄흥섭, 이태준, 현덕, 임화, 박태원, 한설야, 안회남, 김동석, 김기림 등의 창작집 및 평론집 등이 그 예이다. 사람들이 송백헌 선생님을 두고 '대전문학관 할아버지'라고 부르는 것은 다름 아닌 이런 이유에서이다.

송백헌 선생은 이처럼 근대문학 초기의 수많은 자료들을 수집하고 기증하는 아름다운 삶을 몸소 실천해 온 분이다. 그런 송백헌 선생이 지난 2021년 1월 9일 불현듯 이승을 떠났다. 조화도 보내고 조의금도 보냈지만 대전문학관의 입장에서는 참으로 아쉽지 않을 수 없었다.

때마침 기획 전시장을 새롭게 꾸밀 필요가 있던 무렵이었다. 그래서 대전문학관에서는 오는 4월 9일부터 '송백헌 선생 회고전—별을 담은 서재'를 개최하기로 마음을 모았다. 물론 이번 기획 전시는 송백헌 선생의 업적을 선양하고, 그 분의 대전 문학 사랑을 알리려는 생각에서 출발했다. 전시의 중심은 기증해 주신 근대문학 자료가 되겠지만 그것만을 전시하지는 않을 생각이다. 인간적 풍모도 알 수 있게 '인간 송백헌' 코너도 두고, 학문적인 업적을 알 수 있게 '연구자 송백헌' 코너도 두고, 기증해 주신 문헌 자료를 알 수 있게 '수집가 송백헌' 코너도 둘 예정이다, 기타 학생 등 일반인이 참여할 수 있는 '체험 전시' 코너도 둘 생각이다.

이번 기획 전시에서는 이처럼 모두 제4장으로 구성해 대전 문학의 성장과 발전을 위해 많은 애를 써 온 송백헌 선생의 전모를 밝히려고 한다. 이런 모습으로나마 대전문학관에 귀중한 자료를 기증해 주신 송백헌 선생의 은혜에 보답하려는 것이 대전문학관이다.(2021)

'나'와 내 '마음'에 대한 몇 가지 상념

기억에 대하여

내 마음속에는 참으로 많은 것들이 들어 있다. 내 마음속에 들어 있는 것들은 모두 생명을 갖고 있어 각자 그곳에서 그 나름으로 살림을 살고 있다.

내 마음속에 살고 있는 것 중에는 '기억'이라는 것도 있다. 사람의 기억은 본래 부정확하다. 단지 부정확한 것만이 기억은 아니다. 끊임없이 가공되는 것이 기억이기도 하다. 가공된다는 것은 꾸며진다는 것이고, 덧붙여지고 빼진다는 것이다. 기억은 이렇게 계속해서 저 스스로 첨삭을 한다.

이는 기억이 얼마간은 허구라는 것을 뜻하기도 한다. 주체의 진실을 위해 끊임없이 실제를 유리遊離시키고 보수補修시키는 것이 기억이라는 것이다.

그런 점에서 기억은 곧바로 상상력과 통한다. 기억이라는 것이 본래 상상력의 산물이라는 얘기이다. 실제實際에 좀 더 가까이 가려는 의지가 이처럼 기억을 가공해 내는 원천이기는 하지만 말이다.

따라서 완벽하게 믿을 수 있는 기억은 없다. 기본적으로 기억은 이성을 바탕으로 하는 것이 아니라 감성을 바탕으로 한다는 점을 알아야 한다. 이성을 바탕으로 하는 기억이 아주 없는 것은 아니지만 말이다. 알갱이로서의 지식에 대한 기억의 경우가 바로 그렇다.

하지만 여기서 논의하고 있는 기억은 정서와 함께하는 것들, 곧 체험을 바탕으로 한 것들이다. 그러니만큼 이때의 기억은 시(문학)의 질료가 되는 것들이기도 하다. 본래 정서와 함께하는 기억, 곧 체험과 함께하는 기억은 원천적으로 허구를 전제로 한다. 기본적으로 가공되고, 꾸며질 수밖에 없는 것들이 여기서 말하는 기억이다.

내가 내 기억을 믿지 못한다는 것은 내가 '나'를 믿지 못한다는 것이기도 하다. 이때의 '나'는 무엇인가. 몸인가, 마음인가. 단정적으로 말하기 어렵다.

몸이 나인가, 마음이 나인가. 물론 몸도 나이고, 마음도 나이리라. 반드시 꼭 그런가?

그렇기는 하더라도 몸과 마음 중에서 선행하는 것은 있다. 내게 몸과 마음 중에서 상대적으로 선행하는 것은 몸이다. 하지만 내가 '나'를 믿지 못한다고 할 때의 '나'는 몸이 아니라 마음이다. 내가 내 마음을 믿지 못한다는 것이다. 그렇다. 참으로 믿지 못할 것이 '나'이다.

'나'는 끊임없이 변하고 바뀌고 꾸며지기 마련이다. 그렇다. 끊임없이 흘러가는 것이, 움직이는 것이 나이다. 그러니 나를 두고 꼭 집어 무엇이라고 말하기가 어려울 수밖에 없다.

어제의 나는 아프고 서럽지만 오늘의 나는 기쁘고 즐겁

다. 그것이야말로 항용 있을 수 있는 일이다. 이처럼 어제의 '나'와 오늘의 '나'는 다를 수 있다. 변덕이 심한 나, 자주 바뀌는 '나'와 함께 살 수밖에 없는 것이 지금의 '나'이다. 이처럼 자꾸 변하는 '나'를 바라보고 있는 내가, 지켜보고 있는 내가 슬픈 것은 당연하다.

이처럼 슬픈 나를 어찌 내가 사랑하지 않을 수 있으랴.

'나'에 대하여

이런 '나'를 바라보는 내가, 이런 나를 생각하는 내가 정작의 '나'일까, 나는 자주 이런 질문에 빠지고는 한다.

내가 내게 하는 이런 질문은 우문일 수 있다. '나'는 끊임없이 움직이고 변화하고 바뀌는 카멜레온 같은 존재, 아니 흐르는 물 같은 존재이니까.

내게 고정된 실체가 있을까. 그런 '나'는 어디에도 없다. 어제의 '나'는 어제의 '나'일 뿐이다. 물론 오늘의 '나'는 오늘의 '나'일 뿐이지만.

따져 보면 진흙 덩이 같은 것이 '나'라는 존재일는지도 모른다. 흐르는 물속에 들어가면 스르르 녹아 버리는 진흙 덩이 말이다.

혼자 있을 때 나는 나를 곰 인형으로 만들기도 하고, 돼지 저금통으로 만들기도 하고, 못난이 삼형제로 만들기도 한다. 나의 의지와는 전혀 상관없이 나를 부수었다가 다시 만드는 일을 계속하는 것이 '나'이다. 혼자 있을 때의 '나' 말이다.

따라서 나를 어떻게 만들 것인가는 전적으로 내게 달려 있다. 한갓 진흙 덩이인 나를 나는 어떻게 빚을 것인가. 질그릇을 빚은 뒤 불에 구워 도자기를 만들 수도 있으리라.

그렇다면 내가 생각하는 나는 정작의 나일까. 이런 질문은 기본적으로 전제가 잘못된 것일 수도 있다. 내 속에는 신경림도, 고은도, 백낙청도, 염무웅도, 이시영도, 최동호도, 송윤옥도, 김대중도, 김영삼도, 최형우도, 은빛 여우도, 최난화도, 조인숙도, 나희덕도, 박찬호도, 클린턴도, 노무현도, 이인제도, 문재인도 들어 있다. 이들 중 실제의 나와 가장 비슷한 사람은 누구인가.

미안하지만 나는 내가 만난 모든 사람을 다 나의 안으로 받아들인다. 받아들이거나 배우지 못할 것은 어디에도 없다.

이제 나는 어떤 누구의 얼굴을, 어떤 누구의 표정을 받아들이고 배울 것인가. 받아들이고 배워 어떻게 살 것인가. 받아들이고 배우는 것들은 전적으로 내가 선택하는 것일 수밖에 없다.

이때 선택하는 것은 내가 나를 고르고, 다듬고, 꾸미고, 고친다는 것을 가리킨다. 이처럼 나는 나를 끊임없이 고르고, 다듬고, 꾸미고, 고치기 마련이다.

그러니 지금 이곳의 나로서는 고독하지 않을 수 없고, 우울하지 않을 수 없다. 어머니의 배꼽에서 미끄러지면 곧바로 고독해지는 것이, 우울해지는 것이 사람이다. 고독과 우울을 바로 알아야 고독을, 우울을 바로 이길 수 있다.

고독과 우울에 대하여

고독은 분리의 감정이다. 대지 자연과 분리되면서 갖게 되는 감정, 에덴에서 소외되면서 갖게 되는 감정이 고독이다.

우울의 감정은 고독의 감정이 심화되면서 발생한다. 더 이상 고독의 감정을 감당할 수 없을 때, 나아가 분리의 감정을 감당할 수 없을 때 이르게 되는 감정이 우울이다.

고독이든 우울이든 이들 감정은 이내 주체를 무기력하게 한다. 삶의 활기活氣를 잃게 하고, 삶의 운기運氣를 잃게 하는 것이 고독과 우울이다. 그래서일까. 고독과 우울은 주체로부터 저 자신을 멀리 벗어나 있게 한다. 밝고 환한 마음에서 어둡고 칙칙한 마음으로 주체를 데려가는 것이 고독과 우울이다.

형편이 이러하니 주체, 곧 나는 고독과 우울의 머슴이 아니라 고독과 우울의 주인이 되어야 한다. 고독과 우울의 주인이 되어야 한다는 것은 고독과 우울로부터 주체, 곧 내가 끌려다녀서는 안 된다는 뜻이다. 그렇다. 주체가, 내가 고독과 우울의 노예가 되어서는 안 된다는 것이다.

고독과 우울에 점령당해 있다고 하더라도 고독과 우울을 즐기며 살 수는, 그것들을 향유하며 살 수는 없을까. 그것들과 더불어 놀며, 장난치며, 깔깔대며 살 수는…….

고독과 우울은 사람에게만 나타나는 감정이다. 소나 말도 고독과 우울에 시달릴 때가 있을까. 고독과 우울에 시달리며 자살을 꿈꾸는 소나 말을 발견하기는 불가능하다. 사람만이 고독과 우울에 시달리며 허덕허덕 살아가고 있다. 왜, 어째서 사람만이 고독과 우울에 짓눌리며 살아가는 걸까.

고독과 우울은 얼마간 서로 다른 감정이다. 하지만 그것들이 모두 부정의 감정인 것은 사실이다. 여기서 말하는 부정의 감정은 죽음의 감정을 뜻한다.

죽음의 감정은 단일하지 않다. 많고 다양한 부정의 감정을 포괄하고 있는 것이 죽음의 감정이다.

죽음의 감정은 플러스 감정이 아니라 마이너스 감정이다. 밝고 활기찬 감정이 아니라 어둡고 칙칙한 감정이다. 우울, 고독, 소외, 외로움, 쓸쓸함, 허무, 공허, 불안, 초조, 싫증, 짜증, 권태, 상실, 무료, 나태(나타) 등의 감정이 바로 그것이다. 이들 언어는 인간의 여러 감정에 붙인 여러 이름 중의 하나이다. 물론 자본주의 근대에 이르러 부쩍 강화된 것이 이런 이름을 갖는 정서이기는 하다.

베르댜예프는 이들 마음을 가리켜 '죽음의 감정'이라고 부른다. 베르댜예프는 왜 이들 마음에 '죽음의 감정'이라는 이름을 붙였을까. 그는 왜 이들 감정을 죽음의 정서라고 불렀을까.

죽음의 정서라니? 그렇다면 죽음의 정서 반대편에 생명의 정서도 있다는 말인가. 생명의 정서는 어떤 이름을 갖고 있을까? 베르댜에프는 생명의 정서들에 어떤 이름을 붙였을까.

다시 한번 강조하거니와 사람은 근본적으로 분리된 존재이다. 에덴으로부터, 대지 자연로부터, 어머니로부터, 자궁으로부터, 이브(아담)로부터, 그리하여 신으로부터 분리된 존재가 사람이다.

이런 분리는 사람의 마음에 분리의 정서를 만든다. 분리의 정서 반대편에 존재하는 것은 통합의 정서, 하나됨의 정서, 일치의 정서이다. 환희의 정서, 기쁨의 정서, 즐거움의 정서, 행복의 정서도 하나됨의 정서이고, 일치의 정서이다.

누가 이처럼 밝고 환한 정서를 만들고, 누가 이처럼 밝고 환한 정서를 사는가. 주체인 '나'인가? 맞다. 주체인 '나'다. 나도 맑은 물이 흐르는 물꼬를 찾아 헤엄치는 송사리 떼처럼 맑은 물이 흐르는 물꼬를 찾아 헤엄친다.

여행과 연애에 대하여

송사리 떼처럼 맑은 물이 흐르는 물꼬를 찾아 헤엄치는 일, 그것은 구체적인 사람살이에서 어떻게 드러나는가.

맑은 물이 흐르는 물꼬를 찾아 헤엄치는 일은 항용 여행으로 드러난다. 여행이라고 말했지만 실제로는 먹이를 찾아 떠도는 유목일는지도 모른다.

여행이라는 유목……. 여행은 누구에게나 새로운 체험을 하게 한다. 새로운 체험은 언제나 '나'라는 주체를 긴장시킨다.

이때의 긴장 속에는 이미 일치가, 통합이, 하나됨이 자리 잡고 있다. 여기서 말하는 일치가, 통합이, 하나됨이 즐거움의, 기쁨의, 환희의 감정을 불러오리라는 것은 자명하다.

긴장이 만드는 즐거움의, 기쁨의, 환희의 정서는 연애로부터도 온다. 그렇다. 무엇보다 '나'라는 주체를 긴장시키는 것이 연애 감정이다. 많은 사람이 연애에 몰두하는 것도 실제로는 이 때문이리라. 연애에 몰두하는 것 또한 긴장이 주는 쾌락(?)을 끊지 못하는 데서 비롯된다는 것이다.

바로 이런 점에서 여행은 연애와도 통한다. 저 자신의 생에서 카사노바가 끊임없이 보여 주었던 연애도 일종의 여행이다.

여행은 목적이 있는 것도 있고 없는 것도 있다. 목적이 있는 여행은 정작의 여행이라고 하기 어렵다. 목적이 없는 여행, 곧 이곳저곳을 널리 돌아다니는 여행이 정작의 여행이다.

목적이 없이 이곳저곳 떠돌아다니는 여행을 편력이라고 한다. 편력은 주체에게 많은 것을 경험하게 한다. 이곳저곳을 떠돌아다니며 수많은 경험을 쌓게 하는 것이 편력이다.

편력은 마땅히 주체인 '나'를 흥분시킨다. 아니, 편력을 준비하는 마음 자체가 이미 '나'라는 주체를 긴장시킨다.

이런 긴장의 정서를 두고도 '생명의 감정'이라고 할 수 있을까. '생명의 감정'이라는 것이 있기는 한 것인가. 거듭 물어보자. 도대체 '생명의 감정'은 무엇인가.

주체들 각각의 생명을 고양시키고, 상승시키는 것이 '생명의 감정'이다. 따라서 '생명의 감정'은 단일하기 어렵다. 하지만 생명의 감정을 대표하는 것이 사랑의 감정인 것만은 분명하다.

사랑의 감정을 대표하는 것은 연애의 감정이다. 누구도 연애의 감정이 사랑의 정서를 대표한다는 것을 부인하기는 어렵다.

사랑이란 무엇인가. 참으로 알기 어려운 것이 사랑이다. 알기 어렵다는 것은 정의하기 어렵다는 뜻이기도 하다. 누가, 어떤 말로 사랑을 정의할 수 있겠는가.

그렇다고는 하더라도 모든 사랑은 진정성에 기초한 자기 형식을 갖기 마련이다. 물론 사랑이 이루어지는 과정에는 공식이 없다. '백만 송이의 장미'는 저마다 각기 '백만 송이의 사랑'을 하기 마련이다. 이처럼 모든 사랑은 각기 다를 수밖에 없다.

하지만 사랑의 감정이 생명의 감정인 것은 확실하다. 생명을 고양시키고, 상승시키는 정서가 다름 아닌 사랑의 감정이라는 것이다.

생명의 감정에 대한 얘기를 여기서 다 할 수는 없다. 그에 대한 좀 더 깊이 있는 논의는 아무래도 판을 바꿔 얘기할 수밖에 없다. 여기서는 상세하고 자세하게 말하기가 어렵다는 뜻이다.

오늘도 갑자기 너무 많은 말을 했다. 입이 아프다. 그뿐만이 아니다. 이런 얘기를 떠들어 대는 일이 조금은 멋쩍고 쑥스럽기도 하다. 그러니 내일의 일은 내일로 미루자.

말 욕심, 글 욕심이 다 좋은 것은 아니다. 지금으로서는 내일 내 마음이 어떻게 변할는지 알기 어렵다. 내일의 일이라고 해도 내일 하지 않으면 또 어떤가. 모레도 있고, 글피도 있지 않은가.(2002)

자비선사慈悲禪寺 템플스테이를 다녀와서

지난 2021년 5월 29일~30일의 일이다. 자비선사의 템플스테이에 참여하게 되었다. 자비선사는 경상북도 성주군 수륜면 계정길 208을 주소로 하는 사찰이다. 창건된 지 15년밖에 안 되는 신생 사찰인 자비선사는 신생 명상원이기도 하다.

여기에서 일박 이 일을 하는 동안 말만 들었던 독특한 명상 체험, 명상 시스템을 체험할 수 있었다. 자비선사를 주석하는 지운 스님이 이끌어 가는 자비수관慈悲手觀의 명상법을 체험했다는 것이다.

자비수관의 명상법을 체험하는 동안 참으로 많은 것을 배우고 깨달았다. 그날 거기서 배우고 체험한 것을 여기에 간략하게 정리한다.

이번 템플스테이는 5월 29일 오후 자비선사에 도착하자마자 곧바로 시작되었다. 지운 스님은 자신이 계발한 명상법인 자비수관에 대한 설명으로 템플스테이의 첫 문을 열었다.

지운 스님의 자비수관에 대한 특강은 짧지 않았다. 자비수관에 대한 설명을 중심으로 하며 계속되는 사마타奢摩他와 위파사나(毘婆舍那)에 대한 그의 강의는 무려 80여 분이나 계속되었다.

자비선사의 템플스테이에 참여했을 때 내게는 자비수

관의 명상법에 대한 사전 지식이 전혀 없었다. 그뿐만 아니었다. 당시 나는 명상이나 명상법 자체에 대해서도 전혀 아는 것이 없었다.

그래서일까. 처음에는 지운 스님의 강의를 잘 알아듣지 못했다. 강의를 들으면서도 무슨 명상법에 대한 설명이 이렇게 복잡하다는 말인가 하고 어안이 벙벙했을 뿐이다.

하지만 지금은 지운 스님의 자비수관을 비롯한 도에 대한 강의를 대강은 이해한 듯하다. 그런 연유로 이곳에 그날 템플스테이에 참여했던 소감을 대충 요약, 정리해 본다.

물론 이 글이 지운 스님의 강의를 요약, 정리한 것만은 아니다. 도를 비롯한 마음공부에 대한 평소의 내 생각도 상당 분량 덧붙여져 있다. 어찌 보면 지운 스님의 강의는 평소의 내 생각을 요약, 정리하는 촉진제일 수도 있다. 이 글을 쓰는 지금도 자비선사 템플스테이에 와서 참으로 많은 것을 배웠다고 생각하는 것은 사실이지만 말이다.

지운 스님의 강의에 따르면 자비수관의 명상법 또한 좋은 마음을 기르고 가꾸는 수행법의 하나이다. 물론 자비수관의 명상법이 기르고 가꾸는 좋은 마음은 자慈와 비悲의 마음으로 대표된다. 따라서 자비수관의 명상법은 자와 비라는, 곧 사랑과 연민이라는 좋은 마음, 훌륭한 마음을 기르고 가꾸는 수행법이라고 할 수 있다.

이번 템플스테이에서는 자와 비, 곧 사랑과 연민에 대해 안 것만으로도 큰 공부를 했다고 생각된다. 자와 비, 곧 사랑과 연민에 대한 공부만큼 크고 중요한 것이 어디에 또 있겠는가. 나름대로 한 소식을 한 것이다. 자와 비야말로 병든 마음을 치유하는 가장 크고 중요한 약이라는 것을 깨닫게 되었다고 해도 좋다. 자라는 사랑과 비라는 연민이 이처럼 크고 중요한 명약이라는 것을 내가 온몸으로 알게 된 것이다.

주지하다시피 '자'와 '비' 역시 마음의 한 가닥이다. 그런데 마음이라는 것이 실제로 있기는 한 것인가. 마는 무엇이고, 음은 무엇인가. 마음이라고 할 때의 '마'와 '음'은 각기 다른 것인가, 같은 것인가. 마음의 '마'와 '음'이 나누어질 수 있는 것이기는 한가.

물론 마음의 '마'와 '음'은 나누어질 수 있는 것이 아니다. 마음이라는 말의 '마'와 '음'은 정신精神이라는 말의 정精과 신神이 아니다. 심리心理라는 말의 심心과 리理도 아니다.

정신이나 심리와는 말의 구조 자체가 다른 것이 '마음'이다. 마음이라는 말의 마와 음은 분리될 수 있는 것이 아니다. 마음은 그것 자체로 하나다.

그렇다고는 하더라도 마음이라는 말이 심리心理라는 말의 리理보다는 심心에 좀 더 가까운 것은 사실이다. 심心이라는 말을 두고 흔히 마음 심心이라고 훈독訓讀하기 때문이다.

부처님의 『아함경』에 따르면 나(我)는 없다고, 아상我相은 없다고 한다. 이를테면 무자기無自己, 무자성無自性이라는 것이다.

그렇다면 마음이라는 것은 있는가. 나라는 것은 없다고

하더라도 마음이라는 것도 있는가.

나는 무엇인가. 마음인가, 몸인가. 내가 없으면 내 마음도 없는가. 내가 없어도 내 마음은 있는가.

내버려 두면 이내 때가 끼는 것이 마음이다. 마음은 갈고닦지 않으면 이내 더러워지기 마련이다. 마음의 대부분이 욕망으로 이루어져 있기 때문이다. 본래 더러워지기 쉬운 것이 욕망 아닌가. 계속해 갈고닦지 않으면 안 되는 것이 마음인 까닭이 바로 여기에 있다.

흔히 사람들은 '나'를 닦는 것을 두고 수행修行이라고 한다. 수행修行이라는 한자 말은 행동, 행위를 닦는다는 뜻을 갖고 있다. 행동, 행위는 몸의 움직임을 가리킨다. 몸의 움직임은 마음의 움직임이 없으면 불가능하다.

결국 수행은 몸과 더불어 마음을 닦는 것을 의미한다. 따라서 몸과 더불어 마음을 닦는 것은 나를 닦는 것이 된다. 몸과 더불어 마음이 곧 나이기 때문이다.

내가 없으면 내 마음도 없을 수밖에 없다. 그렇다면 내가 없다는 것은 내 마음이 없다는 뜻이 된다.

내 마음이 없다는 것은 무엇을 뜻하는가. 내 마음이 없다는 것은 아마도 변하지 않는 내 마음이 없다는 것이리라. 변하지 않는 마음이 없다는 것은 물론 항구 보편한 마음이 없다는 뜻이다.

항구 보편한 마음은 당연히 영원한 마음을 가리킨다. 영원한 마음이 없다는 것은 마음이 쉽게 변한다는 것을 의미

한다. 마음이 무엇인지 알기 어려운 것은 마음이 쉽게 변하기 때문이다.

하지만 다시 물어보자. 마음이라는 것은 무엇인가. 흔히 마음을 두고 보이지도 않고, 냄새도 나지 않고, 만질 수도 없는 것이라고 한다. 끊임없이 변하고 바뀌어 본래의 형태가, 형색이 없는 것이 마음이라는 것이다. 그렇다고는 하더라도 마음이라고 하는 것이 있는 것은 사실이 아닌가.

마음은 본래 몸에서 불거져 나오는 것이다. 몸속에 들어 있다가 일련의 자극과 함께 순간적으로 튀어 오르는 것이 마음이다. 사람들은 이렇게 튀어 오르는 마음을 두고 오감五感, 곧 다섯 개의 감각이라고 한다.

따라서 감각으로서의 마음은 물질이면서도 정신이고, 정신이면서도 물질이다. 일차적으로 현현되는 본성을 가리켜 감각이라고 하는 셈이다. 본성, 감성, 이성이라고 할 때의 본성 말이다.

본성은 식욕과 성욕을 동시에 취하고 있다. 식욕과 성욕으로서의 본성은 마음이 미처 질서를 이루기 이전의 형태이다. 충동적이고 카오스적인 동시에 들끓는 에너지로 존재하는 것이 본성이다. 따라서 감각으로서의 본성은 미처 의식에, 질서에 이르러 있다고 하기 어렵다. 아직은 몸에, 물질에 기대고 있는 것이 본성이다.

외적인 자극이 오면 몸속의 본성은 즉각적으로 반응한다. 이때의 반응은 몸의 여러 곳에서 동시에 튀어나온다. 몸의 여러 곳이라고 했지만 실제로는 다섯 개의 감각, 오감五感으로 요약된다.

다섯 개의 감각, 오감은 보통 안이비설신眼耳鼻舌身의 형식을 취한다. 이로 미루어 보면 본성이 맨 처음 현현되는 현상을 가리켜 감각이라고 하는 셈이다. 따라서 감각은 미처 의식意識이라고 하기 어렵다. 아직 몸의 차원에, 물질의 차원에 머물러 있는 것이 감각이다.

본성은 몸속에 들어 있는 마음의 본체를 가리킨다. 마음은 본성에서 출발해 감각에 이르고, 감각에 이어 감성의 구체적인 현상인 감정에 이른다. 그렇다. 마음은 우선 감각에 이어 현현되는 감성의 구체적인 산물인 감정으로 드러난다.

감정, 그것은 겉으로 드러나는 마음, 겉으로 지각되는 마음의 일차적인 형식이다. 감정으로 불거지는 마음은 정제되고 정화된 뒤 점차 이성의 모습을 취한다. 이성의 모습을 취한다고는 했지만 실제로는 그것의 구체적인 형식인 의식이나 의지로 드러나기 마련이다.

이상의 논의를 정리해 보면 외부의 자극(접촉)에 즉각적으로 반응해 생성되는 마음을 가리켜 감각이라고 한다. 감각이 심화되면 감정이 되고, 감정이 심화되면 의식이 되고, 의식이 강화되면 인식이 되고, 인식이 강화되면 지식이 된다. 마음은 의식에 이르게 되면 언어를 만나게 되고, 언어를 만난 마음이 구체화되면 인식이 되고, 인식이 좀 더 축적되면 지식이 된다.

이런 과정을 밟는 만큼 마음이 본래 복잡하고 다난하다는 것은 불문가지이다. 그렇다고는 하더라도 그 과정의 마음 중에 자慈라고 하는 것이 있고, 비悲라고 하는 것이 있는 것은 사실이다.

자비慈悲도 마음의 하나이다. 이른바 자비慈悲의 마음 말이다. 앞에서도 말했지만 자는 사랑을, 비는 연민을 뜻한다.

낱낱의 사람살이에서 사랑과 연민을 실현하는 것만큼 중요한 것은 없다. 그렇다. 자비를 수행하는 일, 곧 자비의 마음을 기르고 키우는 일만큼 중요한 일은 없다.

수행의 일들 중에 선행善行을 하는 것만큼 자비의 마음을 기르고 키우는 것은 없다. 착한 일을 행하지 않고 자비의 마음을 기르기는 어렵다.

자비는 본래 순간적인 것이고 즉각적인 것이다. 직접적으로 길러지고 키워져 문득, 별안간 각자 알고 깨닫는 것이 자비이다. 이른바 선적禪的으로 축적되는 것이 자비인 것이다.

따라서 자비는 사마타奢摩他라고 해야 마땅하다. 사마타는 순간적으로 문득, 별안간, 갑자기 깨닫는 명상법이다.

이런 사마타인 자비에 못지않게 중요한 것이 관觀이다. 자비수관慈悲手觀이라고 할 때의 관觀 말이다.

관觀한다는 것은 찰察한다는 것이다. 자세히 살펴 아는 것이 관觀하는 것이다. 따라서 관하는 것은 간접적이고, 이성적이고, 논리적이고, 합리적인 추이를 거쳐 앎을 획득하는 것을 가리킨다. 앎의 도구로서 언어와, 언어의 추이를 십분 인정하는 것이, 곧 합리적으로, 논리적으로 아는 것이 관觀이라는 것이다.

그렇다면 관觀해 아는 것은 '위파사나'를 통해 아는 것과 다르지 않게 된다. 관觀하고 찰察해, 곧 논리적인 추이를 거쳐 아는 것을 두고 흔히 '위파사나'라고 하지 않는가.

정작 중요한 것은 보고 생각하는 것이다. 보고 생각해야 진리를, 도를 알 수 있기 때문이다. 이때의 아는 것은 물론 '알아차리는 것'이다. 그렇다. 알려면 보고 생각해야 한다. 보고 생각해야 진리를, 도를 알 수 있다. 사지思知와 학지學知가, 생각해 아는 것과 배워 아는 것이 공히 다 중요한 까닭이 바로 여기에 있다.

알아야 지혜가 생긴다. 지즉지知卽智이지 않은가. 지혜가 생겨야 마음을 지止할 수 있고 정定할 수 있다. 마음을 지止하고 정定한다는 것은 마음을 다듬고 고치는 것을, 수행하고 수련하는 것을 가리킨다.

강조하거니와, 앎의 출발점은 감각이다. 모든 앎은 감각에서 시작된다. 감각은 안이비설신眼耳鼻舌身이 만드는 이미지이다. 이른바 오감五感이 감각의 실제이다. 감각의 실제인 오감은 이미지이고, 이미지는 물질이다.

안이비설신의 이미지 작용은 물질의 작용으로 귀결되고, 의意의 작용은 식識의 작용으로 귀결된다. 색성향미촉色聲香味觸의 이미지 작용은 물질의 작용으로 귀결되고, 법의 작용은 식識의 작용으로 귀결된다.

색계의 작용은 물질의 것이고, 공계의 작용은 의식의 것이라는 뜻이다. 이처럼 안이비설신이 만드는 다섯 개의 이미지는 색계의 핵심 자질이다. 색계는 이들 이미지, 곧 색성향미촉의 이미지, 곧 물질계로 이루어져 있다.

색즉시공이라고 할 때의 공계空界는 6식識, 7식識, 8식識, 9식識, 10식識의 식識이 핵심 자질이다. 공계는 6식識인 의식意識, 곧 법식法識으로부터 심화되고 확장된다. 흔히 6식識인 의식意識 이후의 7식識을 말나식末那識, 8식識을 아뢰야식阿賴耶識, 9식識을 아마라식阿摩羅識, 10식識을 건율타야식乾栗陀耶識이라고 부른다. 대체적으로는 6식 이후의 7식, 8식, 9식, 10식의 정신계를 두고 무의식이라고 한다. 그러니까 후 5식後五識 중 4식이 무의식인 셈이다.

색즉시공色卽是空의 색이 공인 만큼 안이비설신의 전 5식과, 의식(법식) 이후의 4식, 곧 후 5식은 다르지 않다. 아니, 안이비설신의 다섯 가지 이미지는 자신의 안에 의식(법식)을 비롯한 5식을 거느린다.

본래 겉과 속은 하나이기 마련이다, 현상과 본질도 마찬가지이다. 모든 현상은 상징인 만큼 모든 상징은 본질을 거느리기 마련이다. 현상 즉 본질이라는 것을 잊어서는 안 된다. 항상 현상 즉 상징, 상징 즉 본질의 과정을 기억해야 한다.

모든 앎은 되물음으로부터 비롯된다. 마음속에 형성되는 앎은 빨리 이루어지기도 하고 늦게 이루어지기도 한다.

한순간에, 한꺼번에 이루어지기도 하고, 뒤늦게, 분석적으로 이루어지기도 한다. 사마타로 이루어지기도 하고, 위파사나로 이루어지기도 한다는 것이다.

사마타는 옳고 위파사나는 그른 것이 아니다. 위파사나는 옳고 사마타는 그른 것이 아니다. 돈오(수)만 중요하고 점수는 중요하지 않은 것이 아니다. 돈오(수)와 점수는 늘 상생한다.

자慈와 비悲도 그렇다. 자는 중요하고 비는 중요하지 않은 것이 아니다. 자慈인 사랑도 중요하지만 비悲인 연민도 중요하다. 남의 고통을 덜어 주는 비悲, 연민도 중요하고, 남에게 기쁨을 챙겨 주는 자慈, 사랑도 중요하다. 물론 자비는 공히 사마타이다.

사마타라는 집중 명상도 중요하지만, 위파사나라는 분석 명상도 중요하다. 실제로는 이 둘을 병행해야 좀 더 빨리 깨달음에 이를 수 있다. 물론 자비는 사마타이고, 관은 위파사나이다.

자비수관은 자비와 수관이 결합된 복합어이다. 자비와 수관은 모두 중요한 명상법이고, 수행법이다. 자비와 수관이 따로 존재할 수 없는 까닭이 바로 여기에 있다.

'자비수관'의 개념이 중요한 까닭도 바로 여기에 있다. 직접 인식과 간접 인식을 병행하는 것, 직관적 인식과 논리적 인식을 병행하는 것이 참다운 앎에 이르는 길이기 때문이다. 이를테면 선교일치禪敎一致, 선교상장禪敎相長이라는 것이다. 이는 송광사 문중의 돈오점수 이론의 발전된 모습이기도 하리라.

자비慈悲의 자慈와 비悲는 나를 치료하는 명약이기도 하지만 남을 치료하는 명약이기도 하다. 나를 치료할 때는 소승의 역할을 하고, 남을 치료할 때는 대승의 역할을 한다.

자慈와 비悲는 나를 치료할 때도, 남을 치료할 때도 늘 내 손을 통해 실현된다. 따라서 내 손은 내 손이면서 남의 손이다.

손은 촉감을 만든다. 자비수관慈悲手觀에서 사용하는 손의 촉감은 무엇보다 치유하는 자慈와 비悲의 마음을 불러일으킨다. 손의 촉감에 따라 일깨워지는 감각이 생성하고, 성장하고, 소멸하는 과정을 알아차리는 것에서부터 '자비수관의 명상'은 시작된다.

자와 비, 곧 사랑과 연민은 감각인가, 감정인가, 의식인가. 사랑과 연민, 자와 비는 감각이 축적되어 만드는, 그리하여 감각을 넘어서는 감정이다. 감정은 감각과 의식 사이에 존재한다. 감정은 감각보다는 후행하지만 의식보다는 선행한다. 실제로는 의식으로서의 사랑과 연민, 자와 비도 있을 수 있지만 말이다.

의식으로서의 자비와는 달리 감정으로서의 자비는 휘발성을 갖는다. 휘발성이 있다고는 하더라도 어디에서나 머무를 수 있도록 가꾸고 기르는 것이 자비라는 감정, 곧 사랑과 연민이라는 감정이다. 그렇다. 구체적인 손으로 감각하며 사랑과 연민을 실천하는 것이 자비수관이다.

명상冥想이란 무엇인가. 자비수관慈悲手觀에서 명상은 마음속에 자리해 있는 자慈와 비悲, 곧 사랑과 연민을 온전히 잘 기르고 가꾸는 것이다.

이때의 명상을 두고 자비수관에서는 수행이라고도 한다. 명상이 곧 수행이고, 수행이 곧 명상인 것이다. 그러니까 자비수관은 그 자체로 자와 비, 사랑과 연민의 마음을 잘 가꾸고 기르는 명상법이고, 수행법이라고 할 수 있다,

따라서 자비수관에서 감각을 일깨우고, 그것이 이루는 생성, 성장, 소멸의 과정을 잘 알아차려 마음을 치유하는 일은, 그 과정과 방법에 대해서는 좀 더 상세한 공부와 논의가 필요하지 않을 수 없다. 하지만 이 글에서는 이런 정도의 상념과 깨달음을 기록하는 것으로 논의를 다하려고 한다. 생각할수록 필자의 앎이 부족하다는 것을 실감한다.(2021)

사랑하기와 미워하기

산다는 것은 세상과 관계한다는 것이기도 하다. 결국은 세상과 관계하는 일이 사는 일이다. 사는 일이 계속되면 누구라도 나이가 들게 된다.

나이가 들고 점차 세상의 물정을 알게 되면 사람살이에 지혜가 생기기 마련이다. 이는 물론 지극히 당연한 일이다.

지혜를 쌓기 위한 것의 하나라고나 할까. 최근에 들어 나는 자주 살아가는 일에 대해 이런저런 생각을 하고는 한다.

살아가는 일의 주체는 물론 사람이다. 살아가는 일에 대한 생각 또한 사람에 대한 생각이지 않을 수 없다.

세상에는 별별 사람들이 오글오글 모여 산다. 사람들이 오글오글 모여 살며 세상은 세상이라는 이름에 값한다.

세상에는 많은 사람들이 살고 있다. 그중에는 책 줄깨나 읽어 얼굴에 서권기 문자향書卷氣 文字香이 흐르는 사람도 있다. 이른바 지식인이라고 하는 사람들이 바로 그이다.

그들의 대부분은 비판을 업으로 삼고 살아간다. 물론 그들의 비판은 그저 비판에만 그치지 않는다. 스스로는 비판이라고 하지만 실제로는 비난에 지나지 않는 경우도 많다.

그들의 비난 중에는 다음과 같은 일도 있다. 사람들이 서로 술잔을 기울이며 안줏거리로 주변 동료들의 흠점이나 단점을 씹어 대는 일 말이다.

이런 일을 하는 사람도 저 스스로는 지식인이라고 생각한다. 세상에는 이런 지식인도 상당하다. 그저 남을 씹어 대는(?) 맛이나 즐기는 사람 말이다.

안타까운 것은 이처럼 씹는 맛을 즐기는 일이 이성의 결과가 아니라는 점이다. 그렇다. 씹는 맛을 즐기는 일은 감정의 결과로 드러나는 경우가 대부분이다. 그렇다고는 하더라도 정작의 비판은 이성을 전제로 할 때 성립이 가능해지기 마련이다.

본래 비판은 이성을 전제로 할 때 생산적인 결과를 낳는 법이다. 따라서 감정, 특히 증오의 감정에 매몰되어 있는 비판은 비판이라고 하기 어렵다. 스트레스를 해소하기 위한 일에 그치기 쉽기 때문이다.

내가 보기에는 스트레스 해소에도 별로 도움이 되지 않는 것이 이런 종류의 비판인 듯싶다. 그런 종류의 비판은 항용 감정의 배설에 그치기 때문이다.

감정은 감정을 부르기 마련이다. 증오의 감정은 증오의 감정을 부르고, 짜증의 감정은 짜증의 감정을 부른다. 슬픔의 감정이 슬픔의 감정을 부르는 것처럼 말이다.

'씹는 맛'을 즐기는 사람들이 건강한 정신을 갖고 있기는 힘들다. 그들의 대부분은 비뚤어지고 일그러진 정신을 갖고 있기 일쑤이다. 이들은 건강한 비판 정신과 병적 증오의 감정을 구별하지 못한다. 누군가를 미워하지 않고서는 견디지 못하는 사람들이 그들이기 때문이다.

이런 사람들은 대상을 바꿔 가며 누군가를 끊임없이 미워하기 마련이다. 누군가를 끊임없이 미워하는 사람들이 창조적인 일을 하기는 힘들다.

물론 이와 반대의 경우도 있다. 누군가를 사랑하지 않고는 견디지 못하는 사람들도 있다. 이런 사람들은 대상을 바꿔 가며 누군가를 끊임없이 사랑한다. 이런 사람들도 편협하고 극단적이기는 마찬가지이다. 사랑에 함몰되어 있는 사람들 또한 창조적인 일을 별로 하지 못한다.

내가 아주 소중히 여기는 한 친구가 있다. 그를 만나게 되면 누구라도 탁월한 재담에 감탄한다. 하지만 곧바로 그의 재담에는 배후가 있다는 것을 알게 된다. 그가 행하는 재담의 배후에 도사려 있는 것은 도대체 무엇인가.

물론 그것은 세상에 대한 그의 날카로운 비판이다. 이때의 비판에는 무엇보다 세상에 대한 깊은 증오심이 자리해 있어 누구라도 놀라지 않을 수 없다. 그러고 보면 그의 재담의 상당 부분은 세상에 대한 '욕지거리'인 것이다.

곰곰이 살펴보면 그는 누군가를 미워하지 않고서는, 비난하지 않고서는 견디지 못하는 사람이다. 끊임없이 누군가를 헐뜯으며 까탈을 부리는 사람 말이다. 하지만 겉으로 보기에는 세련되고 개성 있고 매력 있는 비판적 지식인이 그이다.

내 친구 중에는 또 다른 소중한 사람이 있다. 그를 만나게 되면 일단 넘치는 정감에 감탄하게 된다. 친절하고 상냥하고 밝고 싹싹하고……. 그는 누군가를 사랑하지 않고는 견디지 못하는 사람이다.

하지만 조금만 자세히 살펴보면 꼭 그렇지만도 않다. 그의 이런 사랑의 배후에는 세계 일반에 대한 깊은 무책임이 도사려 있기 때문이다. 이를 알게 되면 누구라도 놀라지 않을 수 없다.

그는 오직 그가 사랑하는 대상에만, 그리고 오직 그때만 헌신적이다. 그 밖의 것에 대해서는 관심이 없다. 그는 끊임없이 무엇인가를 사랑한다. 하지만 그가 끊임없이 사랑하는 대상은 수시로 바뀐다. 끊임없이 대상을 바꿔 가는 그의 사랑 앞에 서면 누구라도 속수무책이다.

그에게 사랑의 행위는 일종의 정신적 도피 행위이다. 그렇다고는 하더라도 그의 사랑을 받을 때 사랑을 받는 사람은 신이 되고는 한다. 신처럼 추앙을 받기 때문이다.

그에게는 사랑 이외의 감정이 없다. 하지만 겉으로는 그도 너그럽고 여유 있고 자상한 신사이다.

사랑과 미움을 적절히 조절하며 살 수는 없을까. 잘 걸러진 사랑의 감정과 잘 다듬어진 미움의 감정을 동시에 실천하며 살 수는 없을까. 동등하게 통제하는 가운데 사랑과 미움을 가슴 가득 끓어오르게 할 수는 없을까.

사람은 원천적으로 부족한 점이 많은 존재다. 사람살이의 나날이 결점투성이로 이루어지는 것도 이 때문이다.

단위 시간 안의 노동량으로 보면 지구상의 어떠한 생명체보다도 탁월한 것이 사람이다. 온갖 기계와 기술을 이용해 주어진 시간 안에 엄청난 노동을 하는 것이 사람이다. 사람을 두고 만물의 영장이라고 하는 것도 이 때문이다.

강조하거니와, 너무도 부족한 것이 사람이다. 그렇다고 하더라도 나와 너의 장점 및 단점을 동시에 받아들이며 그것을 토대로 관계를 맺을 수는 없을까. 그것이 쉽지는 않겠지만 말이다.

그것이 쉽지 않은 것도 사람이 갖는 여러 한계와 무관하지 않다. 지식인이라고 하는 사람도 사람이 갖는 일반적 한계에 갇혀 있기는 마찬가지이다.

물론 온전히 장점만 갖는 사람은 없다. 온전히 단점만 갖는 사람도 없듯이 말이다. 이로 미루어 보더라도 단점을 매개로 사람을 평가하기보다는 장점을 매개로 사람을 평가하는 것이 훨씬 더 낫다. '미워하기'보다는 '사랑하기'가 훨씬 더 낫다. '사랑하기'를 중심으로 사람과 함께할 때 사람살이는 좀 더 넉넉해지고, 행복해진다. '미워하기'보다는 '사랑하기'가 나날의 사람살이를 훨씬 더 즐겁고 기쁘게 한다는 것이다.

그러나, 그렇지만 말이다. 사람들 모두 예의 사랑과 미움이라고 하는 '감정'으로부터 해방될 수는 없을까. 이들 감정으로부터 휘둘리지 않고 하루하루를 굳건히 살아갈 수는 없을까. 사랑과 미움이라는 감정을 갖게 되면서 사람은 비로소 사람이 되겠지만 말이다.

사람은 상대적 존재이다. 내가 먼저 남한테 좋은 감정을 갖게 되면 남도 따라 내게 좋은 감정을 갖는 법이다. 내가 먼저 남한테 나쁜 감정을 갖게 되면 남도 따라 내게 나쁜 감정을 갖기 마련이다.

사랑은 사랑을 부르고, 미움은 미움을 부른다. 좋은 감정은 좋은 감정을 부르고, 나쁜 감정은 나쁜 감정을 부른다. 그러므로 억지로라도 사랑을 부르며, 좋은 감정을 부르며 살아가는 수밖에 없다.(1999)

대학 교육과 자본주의적 가치

인간을 가리켜 흔히들 꿈을 먹고 사는 존재라고 한다. 나도 꿈을 먹으며 평생을 살아왔다.

고등학교 시절 직업으로서의 내 꿈은 교사였다. 대학 시절에도 이 꿈은 변하지 않아 나는 줄곧 좋은 선생이 되고 싶었다. 좋은 선생이 되고 싶어 나름대로 나는 많은 준비를 했다. 부지런히 교육학 관계의 책을 읽어 청소년들에 대한 이해를 넓혔고, 틈틈이 야학에 나가 교육 경험을 쌓기도 했다.

대학원 시절에는 교육학과의 조교로 일하게 되어 뜻밖에도 많은 것을 배울 수 있었다. 이 무렵 읽은 교육 관계 책으로 언뜻 기억나는 것으로는 『억압받은 자들을 위한 교육』『학교는 죽었다』『탈학교의 사회』『네게 파도 같은 사랑』『청소년 이해와 지도』등이 있다. 특히 은사님인 연문희 교수님의 권유로 읽게 된 미국 인본주의 심리학자들이 쓴 책도 현대사회의 인간들을 이해하는 데 많은 도움이 되었다.

이 무렵 나는 교육과 관련해 정작 중요한 것은 자잘한 지식이나 논리가 아니라 학생들이 저 자신의 주체를 발견하게 하는 일이라고 생각했다. 주체로서 자기 정체성을 확립하게 되면 지식의 습득은 자연스럽게 따라오는 것이라고 믿은 것이다. 따라서 나는 학생들이 타자와의 관계에서 자신의 주체를 자각하게 하는 것이 교육의 일차적인 목표라고 받아들였다.

아무튼 나는 지금 명색은 교수라고 불리지만 실제로는 선생이 되어 새 천 년의 첫 학기 강의를 마쳤다. 늘 그래 왔던 것처럼 이번 학기를 마치면서도 무언가 부족하고 미진하기는 마찬가지였다. 우선은 수업일수를 채우지 못해 학점을 받지 못한 학생들이 적잖은 것이 안타까웠다. 청춘을 대충대충 낭비하며 살아가고 있는 저들을 내가 그냥 방치하고 있는 것 아닌가 하는 의문도 오래도록 마음을 무두질했다.

많은 사람이 교수의 임무와 관련해 강의, 연구, 사회봉사라고 한다. 하지만 교수에게는 교사로서의 역할, 교육자로서의 역할도 상당하다는 것이 내 생각이다. 말할 것도 없이 교수는 자기 전공 분야의 더없는 전문가이어야 한다. 그러나 때로는 훌륭한 스승의 역할도 할 수도 있어야 한다.

요즈음 나는 스승으로서의 자세를 포기하고 사는 듯싶어 안타깝다. 학생들의 엉망진창인 생활에 아무런 참견도 못하고 있기 때문이다. 지식과 기술 이외에는 자신 있게 가르칠 것이 모두 없어진 듯싶은 것이다.

그래서일까. 지금 나는 다소 어지럽다. 이런 증세는 이른바 '국민의 정부'가 들어선 이후에 훨씬 강화된 것 같아 당황스럽기까지 하다. 참으로 힘들고 어렵게 이룩한 것이 지금의 이 '국민의 정부'가 아닌가.

돌이켜보면 '신지식인' 운운하며 돈을 많이 번 것을 기준으로 사람을 평가하는 것은 참으로 어처구니없는 일이다. 자본주의사회의 경우 누가 뭐라고 해도 돈 중심의 사회일 수밖에 없기는 하다. 돈을 좀 벌었다고 박수를 치지 않더라도 돈을 향해 정신없이 달려가는 것이 오늘의 이 사회가 아닌가.

'국민의 정부' 초기에 IMF 체제가 발등의 불로 떨어져 있었던 것을 부인하지 않는다. 그렇다고는 하더라도 국가의 최고 책임자가 돈이 최고의 가치라는 뜻을 지닌 '신지식인'의 논리를 앞장서 조장한 것은 별로 좋아 보이지 않는다. IMF 체제의 극복이 가장 시급한 과제라고 하더라도 이는 마찬가지이다.

최근 의약분업과 관련해 의사들이 보여 준 행태도 마찬가지이다. 분노를 넘어 절망을 느끼지 않을 수 없는 것이 의사들의 이번 단체 행동이다. 인체의 질병뿐만이 아니라 사회 전반의 질병까지 치료하겠다고 나서야 할 의사들이 자신들만의 자잘한 이익을 얻기 위해 국민의 생명을 볼모로 파업투쟁을 벌이다니! 그들이 파업을 철회하자 곧바로 롯데호텔의 노동자를 무차별로 때려잡는 것은 또 무슨 불평등한 처사인가. 복잡하게 생각할 것이 없다. 그들이 보기에 의사는 사람인 것이고, 노동자는 짐승인 것이다.

이렇게 정부를 비판하고 나서더라도 헷갈리기는 마찬가지이다. 학생들에게 무엇을 삶의 지표라고 가르쳐야 하나. 무엇을 올바른 길이라고 제시해야 하나. 따져 보면 고민할 것도 없다. 그렇지, 돈이라는 것이 그냥 있었지. 무엇보다 돈이 중요하잖아, 하며 마침내 돈의 가치를 인정하기로 마음을 먹는다. 돈이 없으면 생존 자체가 불가능하잖아. 우선은 살아야지, 살아 나가야 하지, 하고 다짐하면서 말이다.

그러나, 그러나 말이다. 돈이 어떤 것보다 우선하는 가치라면, 돈의 가치를 전면적으로 수락하고 나면 지금까지 살아온 내 삶의 향방이나 지표는 말짱 헛것이 되고 말지 않는가. 막말로 하면 내 인생은 웃기는 짬뽕이 되고 마는 것이다. 내가 살아온 문학이라는 길도, 선생이라는 길도 돈과는, 자본과는 너무도 먼 것이기 때문이다. 삶의 가치가 돈이라는 것을 수락하고 나면 차라리 사업을 하지, 라는 반문에 사로잡히다가 비쩍 말라 죽고 말는지도 모른다.

판사가 되지 못해, 의사가 되지 못해 문학을 하려고 해서는 안 된다고 학생들에게 가르친 적이 있다. 문학은 국회의원이 되지 못해, 대통령이 되지 못해 어쩔 수 없이 하는 것이 아니라고 덧붙여 강조한 적도 있다. 문학은 정치나 경제의 영역과 섞여 있기도 하지만 그것으로부터 독립되어 있기도 한 것이다, 제대로 된 시인이라면 누가 재벌을, 장관을 부러워하겠냐고 떠들어 대면서 말이다.

이제는 그런 말을 할 수 없게 되었는지도 모른다. 언제부터인지는 모르지만 급작스럽게 문학도 돈으로 환원되기 시작했기 때문이다. 그러니 거듭거듭 사는 일이 어지럽지 않을 수 없다. 물론 이는 돈 이외에는 모든 가치 있는 것이 사라져 버린 세상이거늘 내가 그것을 미처 수락하고 있지 못하기 때문인지도 모른다.

돈을 위해서라면 친구며, 부모며, 선생한테도 가볍게 사기를 쳐 대는 것이 오늘의 학생이다. 물론 여기서 말하는 학생은 문학 지망생을 뜻한다.

그런 학생에게 나는 아무 할 말이 없다. 아니, 할 말이 있어도 하지 못한다. 내 말을 믿고 그대로 살아가다가는 이 돈 중심, 자본 중심의 사회에서 소외되거나 낙오될 것이 분명하기 때문이다.

이런 생각을 하고 있으면 내 젊은 시절의 꿈이 참으로 부질없게 느껴진다. 세상이 이 모양 이 꼴이 될 줄도 모르고 좋은 선생이, 좋은 시인이 되려 했다니!

나는 아직도 너무 순진하고 바보 같아 이처럼 낡은 생각에 빠져 있다. 그동안 내가 갈고닦아 온 것이, 정성을 다해 준비해 온 것이 한갓 쓰레기로 전락해 버린 지 이미 오래인 이 시대에…….

그런데 누가 말했던가, 바보와 성자는 종이 한 장 차이일 뿐이라고.(2000)

창공을 생각하는 시간

2011년 6월 21일 오후의 일이다. 인터넷 포털 뉴스에서 공군 T-103 훈련기 1대가 충북 청원군 인근의 상공에서 비행 훈련을 하다가 추락했다는 뉴스를 접했다. 이 사고로 훈련기에 타고 있던 공군사관학교 212 비행교육대대의 남관우 교수와 이민우 소위가 순직했다고 한다.

뉴스를 접하자마자 머리가 띵하고 가슴이 멍했다. 그동안 공군의 비행 사고를 접한 것이 한두 번이 아니었다. 하지만 오늘은 가슴을 때리고 치는 충격이 유달리 컸다. 아마도 이는 지난 6월 8일부터 6월 10일까지 공군 애호 단체 안보현장 견학 및 답사에 참여해 공군이 처한 형편을 좀 더 잘 알게 되었기 때문이리라.

내가 공군 애호 단체 안보 현장 견학 및 답사에 참여하게 된 것은 큰 행운이었다. 겉으로 드러난 것으로만 보면 '창공클럽' 차인숙 총무의 적극적인 권유 때문이었지만 말이다.

내가 공군을 사랑하는 문인 단체인 '창공클럽'에 가입한 것은 창립 당시인 2006년 9월 7일이었다. 하지만 그때 이래 나는 서울에서 멀리 떨어진 광주에서 밥벌이를 하고 있었다. 그런 연유로 나는 창공클럽의 정식 모임에 거의 참석하지 못했다. 분주하고 바쁜 일상이 늘 내게 책임을 다하지 못하게 한 것이다.

꼼꼼하고 친절한 차인숙 총무의 배려로 몇몇 해프닝을 즐기며 우리 일행이 서울발 KTX를 타고 동대구역 TMO에 도착한 것은 6월 9일 정오를 좀 지나서였다. 그런 뒤에야 나는 비로소 이번의 행사에 참여하는 사람들이 6개의 친공군 단체 대표들이라는 것을 알았다. 말하자면 공군본부 정훈실 주관으로 '공사모' '제트윙즈' '창공클럽' '로카피스' '한국항공소년단' '자주국방네트워크'의 대표 30여 명이 특별히 초대된 것이다.

이번의 행사는 모두 공군본부의 정훈실이 준비했다. 호국 보훈의 달을 맞아 그동안 친공군 활동을 해 온 각 단체의 간부들에게 공군에 대한 이해를 넓혀 주는 한편 각 단체의 화합과 교류를 증진해 주기 위한 것이었다.

공군에서 제공한 버스를 타고 동대구역 TMO를 출발한 우리 일행은 우선 대구의 남부사령부에 도착했다. 공군 남부사령부에서 겪은 일 중에는 무엇보다 사령관의 말과 행동이 인상 깊었다. 그분의 말과 행동에는 공군에 대한 자부심, 군 전반에 대한 해박한 지식, 조국에 대한 충성심 등이 진하게 묻어 나왔다. 행사의 처음부터 나는 공군 남부사령관님의 말과 행동에 깊이 매료되었다.

그런 뒤에는 곧바로 《빨간 마후라》에 이어 공군의 활약상을 그리는 영화 《비상! 태양 가까이》 중 F-15K 전투기의 공중 활약 부분을 관람했다. 미국에서 공중촬영 전용기를 투

입해 아주 가까이에서 촬영한 전투기의 여러 장면은 깊은 감동을 자아내기에 충분했다.

곧이어 우리 일행은 남부사령부와 제2MCRC, 그리고 각종 공중 무기에 대한 설명을 들었다. 특히 24시간 동안 깨어 있는 조국의 눈 제2MCRC를 관람하는 일은 매우 신선했다.

공군 남부전투사령부는 한반도 남부 지역의 영공을 방위하는 한편 공군 최강의 전투기 F-15K를 운영하는 전투비행단 및 훈련비행단을 관할하는 일을 했다. 제2MCRC는 영공의 감시 및 통제, 식별, 관제 등을 위한 공군의 중추적인 항공 통제 체계라고 했다. 11전투비행단으로 이동해서 들은 동북아 최강의 전투기 F-15K와, 각종 탑재 무기에 대한 설명도 매우 유익했다.

그날 오후 4시, 우리 일행은 대구의 공군 남부사령부 기지에서 CN-235 수송기를 타고 제주로 이동했다. 이번 여행을 떠나도록 나를 부추긴 가장 큰 계기는 수송기를 탈 수 있다는 것이었다. 별로 크지 않은 비행기인 CN-235 수송기는 그 내부에 그물망 의자를 갖추고 있었다. 우선은 아, 이것이 수송기구나, 하는 생각을 갖게 했다.

날씨가 흐려 비행기 밖은 조망이 밝지 않았다. 잠깐 잠이 들었다가 깬 나는 순서에 따라 조종실까지 갈 수 있는 기회를 얻게 되었다. 복잡한 계기들과 함께 탁 트인 하늘을 볼 수 있어 좋았다. '창공클럽'의 회원으로 초대를 받지 않았으면 도저히 볼 수 없는 것들이었다.

제주 공군 공항에 도착해 공군 버스에 옮겨 탄 우리 일행은 제주 로카피스 회원들의 안내를 받았다. 로카피스 회원님들이 베푸는 선상의 환영 만찬에 참석하기 위해서였다. 하지만 환영 만찬의 시간까지는 다소 여유가 있었다. 그래서 일단은 제주공항에서 가까운 이호 해수욕장부터 들렀다.

이호 해수욕장에 도착한 '창공클럽' 회원들은 송문헌 시인의 카메라로 단체 사진을 찍으며 바닷가의 풍경을 즐겼다. 김영욱 시인, 차인숙 소설가, 송문헌 시인, 신수현 시인, 최춘희 시인, 김용범 시인, 그리고 나……, 이들이 이번 행사에 참여한 '창공클럽'의 회원들이었다.

잠시 후 우리 일행은 유람선의 선상 식당으로 자리를 옮겼다. 식사를 하는 1시간 30분 동안 유람선은 제주 바다 인근을 항행했다. 이내 우리 일행 두 분과 제주 로카피스 회원 한 분이 각각 같은 테이블 앞에 앉아 식사했다. 생선회를 곁들여 소주 한 잔씩을 했는데, 배가 고팠던 참인지 모든 음식이 다 맛있었다.

식사가 끝난 뒤에는 행사에 참가한 단체들이 모두 자기를 소개하는 시간을 가졌다. 이번 여행에서는 남은숙 님 등 공사모의 회원들을 알게 된 것도 큰 성과였다.

식사를 마친 뒤에는 대정읍 상모리 해변가에 위치한 펜션 '바다의 향기'로 자리를 옮겼다. 여장을 풀기 위해서였다.

숙소 배정을 마친 다음에는 일행들 모두 펜션의 앞뜰에 모여 차와 술을 마시며 대화의 시간을 가졌다. F-X 3차 사업과 최근 논란이 되는 군의 조직 개편이 주요 의제였다. 나는 줄곧 『월간항공』 기자, 자주국방네트워크 대표, 한국항공소년단 사무총장 등이 말하는 전문적인 견해를 듣기만 했다. 내게는 이들 모두의 얘기가 새로웠기 때문이다.

이날 저녁 대화 시간을 통해 나는 말 그대로 자주국방에 대한 많은 지식을 얻을 수 있었다. 그리고 공군의 현재나 미래에 대해서도 어느 정도는 이해를 할 수 있게 되었다.

숙소의 방은 침대로 이루어져 있었다. 김용범 시인과 짝이었는데, 그와 동침을 할 수는 없어 침대를 그에게 주고 나는 바닥에 이불을 펴고 잤다. 다음 날에도 아침 일찍 눈을 뜨자마자 곧바로 일정이 시작되었다.

제주도 여행은 자연에 중심을 두더라도 사람을 생각하지 않을 수 없다. 제주도의 자연이 슬픈 사람의 역사를 워낙 깊이 품고 있었기 때문이다. 아름다운 섬 제주도에는 민족 수난의 슬픔이 곳곳에 배어 있어 생각할수록 가슴을 아리게 했다.

버스에서 내린 우리 일행은 송악산 쪽으로 이동했다. 그런 다음에는 해안의 동굴 진지부터 둘러보았다. 제주 최남단의 오름인 송악산은 해송海松이 많아 송악산이라고 불렸다고 한다.

일제는 전략적 요충지인 알뜨르비행장을 경비하기 위해 태평양전쟁의 말기에 송악산 아래 해안에 13개의 동굴을 뚫었다. 송악산 아래의 해안을 걷는 동안 나는 줄곧 최춘희 시인과 동행하며 이런저런 얘기를 나누었다.

곧이어 우리 일행은 308관제대대로 이동했다. 그런 다음 중령인 대대장의 안내로 공군 최남단 레이더 기지부터 둘러보았다. 잔뜩 안개가 끼어 있는 등 날씨가 좋지 않아 제주 바다의 먼 풍경까지 감상하지는 못했다. 따라서 레이더 기지를 살펴보는 것으로 만족해야 했다.

308관제대대 대대장은 제주 인근의 풍물들에 대한 지식이 아주 해박해 나를 놀라게 했다. 제주 지역의 역사, 지리, 풍습, 언어, 문화, 농수산물 등 모르는 것이 없는 사람이 그였다. 특히 군인을 비하해 '군바리'라고 하는 표현이 제주도에서 시작되었다는 의견을 제시해 일행의 주목을 받았다. 제주에서는 처녀를 높여 비바리라고 불렀는데, 이 말에서 군바리라는 말이 기원했다는 것이다. 그렇다면 군바리라는 말은 군인을 비하하는 말이 아니지 않은가.

308관제대대 기지 내의 식당에서 장병들과 함께 식사한 후 공군 애호 단체 중 '창공클럽'에서는 시 낭송회를 개최했다. 시 낭송회는 '창공클럽' 김영욱 부회장의 인사말과, 자작시 「아버지의 모슬포 육군훈련소」부터 시작되었다. 김영욱 시인의 낭송 시는 자신의 아버지가 6 · 25 전쟁 당시 육군 제1훈련소가 있던 이곳 제주도 대정읍에서 신병 훈련을 받았던 경험을 시로 쓴 작품이었다.

시 낭송회 중에 공군 군악대의 피지혜 하사는 아름다운 오보에 연주를 들려주기도 했고, 윤상호 일병은 놀라운 마술 시범을 보여 주기도 했다. 나는 자작시 「물고기」를 모슬포 해안에 맞게 개작해 낭송해 박수갈채를 받았다. 시 낭송회를 마친 뒤 '창공클럽'에서는 준비한 도서 및 간식을 308관제대대 장병들에게 전달했다. 로카피스, 제트윙스 등에서도 감사패를 전달해 308관제대대에 공군 애호 단체의 고마움을 표했다.

그런 뒤에는 대정초등학교를 방문했다. 대정초등학교는 1908년에 개교한 유서 깊은 교육기관인데, 6 · 25 전쟁 때 공군사관학교의 임시 교정으로 사용된 적이 있었다. 이를 기리기 위해 1987년에 세운 '공군사관학교 훈적비'를 확인하기 위한 방문이었다. 운동장에 들어서자마자 대정초등학교 교장 선생님 일행이 달려와 우리 일행을 반겨 주었다. 공군에서는 이 학교 학생들에게 축구공과 농구공을 증정해 고마움을 표했다.

곧이어 가까이에 있는 '강병대교회'를 찾았다. '강병대교회'는 6 · 25 전쟁 중인 1952년에 건립이 되었다. 육군 제1훈련소 장병들의 정신 전력을 강화할 목적으로 세워진 교회라고 했다. 지금도 공군의 기지 교회로 사용되고 있는 것이 이 '강경대교회'였다.

그런 다음에는 알뜨르비행장으로 자리를 옮겼다. '아래의 큰 뜰'이라는 뜻을 갖는 알뜨르비행장은 일제가 1938년 태평양전쟁을 승리로 이끌기 위해 송악산 서북쪽 일대에 조성한 비행장이었다. 당시의 격납고, 지하 벙커, 진지동굴 등이 아직도 남아 있어 사람들의 눈길을 끌었다.

다음으로는 제주 올레 10코스 중 약 7km 정도를 걸었다. 화순포 해수욕장에서 숙소 '바다의 향기'까지 약 7km 정도를 2시간에 걸쳐 걸은 것이었다. 이 길을 걷는 동안 나는 주로 신수현 시인과 동행하며 얘기를 나누었다. 무엇보다 신수현 시인을 잘 알게 되어 기뻤다.

제주 올레길을 걸은 뒤에는 곧바로 저녁 식사를 했다. 저녁 식사 메뉴 중에서는 제주도의 돼지고기 맛이 일품이었다. 이러다가 살이 찌지 않을까 걱정이 되기도 했다.

둘째 날 밤은 첫째 날보다는 익숙해져 제법 깊은 잠을 잤다. 마음에 다소 여유가 생긴 듯했다. 아침 일찍 잠이 깬 나는 김용범 시인과 함께 숙소 '바다의 향기' 근처 바닷가 길을 산책했다. 안개비가 내려 옷섶을 적시기는 했으나 기분은 아주 상쾌했다. 산책 중에 김용범 시인과 함께 'LG 25시'에서 사 마신 커피의 향은 오래도록 마음을 황홀하게 했다.

아침 식사 후 제일 먼저 찾은 곳은 항공우주박물관을 건설하는 현장이었다. 항공우주박물관은 제주도 '신화역사공원' 부지에 자리 잡고 있었다. 야외 전시장, 비행 역사관, 항공 탐험관, 우주 탐험관, 4D 영상관 등과 함께 꾸며지는 항공우주박물관은 2013년에 개관할 예정이라고 했다. 현장 브리핑을 마친 소장은 USB를 선물로 주어 공군 애호 단체 일행을 즐겁게 했다.

마지막 여정으로는 항파두리의 항몽 유적지를 둘러볼

예정이었다. 하지만 비가 너무 많이 내려 주최 측에서는 일정을 변경하지 않을 수 없었다. 일단은 먼저 항공우주박물관 인근에 자리해 있는 '오설록' 차박물관을 둘러보기로 했다.

설록차밭을 신수현 시인과 함께 걷는 동안 잠시 나는 소년의 마음이 되기도 했다. 그렇게 약간은 들뜬 마음으로 설록차밭 이곳저곳을 걸어 다녔다.

그런 뒤에는 해군호텔 매점에서 잠시 휴식을 취했다. 얼마 후에는 제주 시내의 '차문화관'으로 자리를 옮겼다. 그곳의 초청에 따라 이런저런 차茶를 시음하는 것으로 이번 행사는 끝이 났다. 차를 매개로 이처럼 엄청난 공예품을 만들 수 있다니! '차문화관'의 전시물들은 감탄을 자아내기에 충분했다.

이어 우리 일행은 제주 공군비행장에서 C-130H 4발 터보프롭 다목적 수송기를 타고 대구비행장을 거쳐 서울의 성남기지에 도착해 마지막 여정을 매조지했다. 서울로 돌아올 때 탄 수송기는 제주도를 향해 출발할 때 탄 수송기보다 훨씬 규모가 크고 안정감이 있었다. 엔진 소리가 아주 요란하기는 했지만 좌석 등 비행기의 규모가 상대적으로 컸다.

공군 정훈실에서 주도하는 '공군 애호 단체 안보 현장 견학 및 답사'에 참가하면서 나는 무엇보다 공군의 도저한 자부심부터 확인할 수 있었다. 공군의 저 도저한 자부심은 어디서 나오는 것일까. 아마도 이는 공군이 조국 독립운동에 적극적으로 참여한 세력에 의해 창군된 점 때문인 듯했다.

그런 이래 독립운동의 전통을 면면히 이어 온 것이 오늘의 공군으로 보였다. 공군을 지금처럼 자유롭고 선진적인 군대로 만든 것은 건군 당시부터 가지고 있던 이런 자부심과 확신 때문이지 않을까. 공군 정훈실의 최영훈 실장님과 손경수 과장님의 넉넉하고 너그러운 마음도 실제로는 공군의 이런 창군 정신에서 비롯되었으리라.(2011)

백두산, 그리고 간도 기행 이야기

첫째 날(2016년 8월 5일)

약속된 시간에 맞추려면 아침 7시에는 인천공항행 리무진 버스를 타야 했다. 아내인 송윤옥 초록교육연대 사무처장과 나는 새벽부터 출발을 서둘렀다. 하지만 지나치게 서두르면 실수를 하기 마련! 공항버스가 길음동 정류장에 도착해 짐을 실으려는데 배낭이 없었다. 집에다 두고 온 아내의 승용차에 배낭을 두고 내린 것이었다. 그러니 택시를 타고 집으로 돌아가 승용차 안의 배낭을 다시 가지고 오는 수밖에 없었다.

이런 일로 호들갑을 떨다 보니 자연스럽게 인천공항에 도착하는 시간이 늦어지게 되었다. 허겁지겁 인천공항에 도착하자 최두열 팀장이 우리 부부에게 딱 알맞은 시간에 도착했다고 웃으며 격려를 해 주었다.

비행기는 초록교육연대 일행을 싣고 이내 중국 대련으로 날아갔다. 입국 소속을 밟고 대련공항을 빠져나오는데, 거무죽죽한 얼굴의 사내 하나가 하얀 이빨을 드러내며 우리 일행을 반겼다. 사내는 '최두열'이라고 크게 쓴 A4용지 하나를 들고 있었다. 초록교육연대 일행, 즉 이번 백두산, 간도 여행 팀을 싣고 운행할 중형 버스의 기사였다.

버스의 기사는 자기 자신을 장따거라고 소개했다. 버스의 트렁크에 짐을 실으며 나는 이번 백두산, 간도 여행을 함께할 우리 일행의 이름을 백간 팀이라고 부르기로 했다. 백두산, 간도 여행 팀의 준말이었다. 백간 팀은 모두 16명이었다.

백간 팀은 장따거를 앞세워 점심 식사부터 해결해야 했다. 여러 곳에서 퇴짜를 맞은 후 겨우 도착한 식당의 이름은 한인식당 '메아리'였다. 일괄해 비빔밥을 시켜 점심밥을 먹었다. 밑반찬으로 김치찌개, 도라지무침, 건두부무침 등이 나왔는데, 첫날의 첫 식사치고는 그런대로 좋았다. 내가 워낙 비빔밥을 좋아하기 때문인지도 몰랐다.

버스는 서둘러 단동을 향해 달렸다. 창밖으로 보이는 풍경을 향해 자꾸만 눈망울이 따라다녔다. 우선은 고속전철의 전깃줄에 지은 까치집이 확대되어 눈에 들어왔다. 저처럼 위험한 곳에 집을 짓다니!

달리는 버스가 일정한 속도를 유지하자 초록교육연대 김광철 상임대표가 마이크를 잡았다. 11박 12일이라는 긴 여정을 함께하는 백간 팀의 단합을 위해서는 몇 가지 의식이 필요했다. 김 대표는 백간 팀 한 사람 한 사람에게 10분 이상씩 마음껏 자기소개를 하라고 했다.

크게 파이팅을 외친 김 대표는 우선 먼저 백간 팀의 팀장인 최두열 선생부터 앞으로 불러냈다. 고성과 통영에서 활동해 온 최두열 팀장은 저 스스로를 여행 예술가라고 말했다. 교련 교사 출신으로 전교조와 환생교(환경을 생각하는 교사 모임) 등에서 활동을 해 온 그는 이번 여행의 가이드 겸 지휘자였다.

다음으로 마이크를 잡은 사람은 김덕성 선생! 그는 경남 고성 지역에서 겨울을 나는 독수리 보호 운동으로 유명한 사람이었다. 이어 벌레 엄마라고도 불리는 애벌레생태학교의 김도경 선생이 마이크를 잡았다. 짚풀공예 전문가로 작년에 명퇴한 유금자 선생, 욕지도 중학교 교사인 박창명 선생과 건강보험공단에 근무하는 김인숙 부부, 올해에 명퇴한 김현숙 선생, 현직 초등학교 교사(망원초)인 문수정 선생, 3년 전에 명퇴한 기타리스트 정기훈 선생, 단국대학교 법대의 이동희 교수와 현직 초등학교 교사(염경초)인 권향순 부부, 현직 초등학교 교사(세곡초)인 김익승 선생, 작년에 명퇴한 식물 전문가 이희천 선생 등도 차례로 마이크를 잡고 자기소개를 했다. 당연히 광주대학교 문창과 교수인 나와 올해 한성여중에서 명퇴한 '초록교육연대' 사무처장인 아내 송윤옥도 온갖 우스개를 섞어 가며 자기소개를 했다.

이렇게 웃고 떠들며 백간 팀이 압록강 가에 도착했을 때는 벌써 저녁노을이 지고 있었다. 장따거는 자신의 버스를 압록강의 하류에서부터 상류로 서서히 몰고 올라갔다. 아, 압록강! 백간 팀은 모두 탄성을 내뱉었다. 하류의 압록강은 호수처럼 드넓었다. 버스는 하류의 압록강을 가슴에 품고 단동의 중심가를 향해 성큼성큼 달려 나갔다. 멀지 않은 곳에서

'비단섬'이 보였고, '황금평'이 보였다.

이번 여행 중 첫날 밤을 보내야 하는 호텔은 단동 시내의 한복판에 있었다. 압록강이 훤히 바라다보이는 곳이었다.

백간 팀은 호텔에 짐을 풀자마자 우르르 압록강 가로 몰려 나갔다. 압록강 가는 산책하는 사람들로, 여행객들로, 물건을 파는 장사치들로 엄청나게 북적거렸다. 명동 거리를 방불케 할 만큼 사람들이 많았다.

잘 알려져 있는 압록강 단교를 향해 서둘러 걸었는데, 벌써 어둠이 내려와 있었다. 자연스럽게 그곳까지는 오를 수 없었다. 내일 아침 부지런한 사람들이나 각자 다녀와야 할 형편이었다.

하지만 압록강 유람선은 밤에도 탈 수 있었다. 최두열 팀장의 지휘에 따라 백간 팀은 느린 걸음으로 압록강 유람선 위에 올랐다. 유람선은 미끄러지듯 압록강의 하류와 상류를 오갔다. 뱃전에서는 줄곧 중국의 흥겨운 대중가요가 흘러나왔다.

단동은 상해처럼 불빛이 밝고 환했지만 강 건너편 신의주의는 어둡고 캄캄했다. 이 모습을 바라보고 있는데, 문득 '초록교육연대'에서 벌이는 탈핵 운동이 떠올랐다. 핵발전소가 없으면 단동도 신의주처럼 어둡고 캄캄하겠지. 생각해 보면 핵발전소가 없는 북한이 어둡고 캄캄한 것은 당연했다. 단동의 핵발전소가 햇빛발전소였으면 얼마나 좋을까, 하는 생각도 살짝 들었다.

옛날부터 뱃놀이를 마다하는 사람은 없다고 한다. 그만큼 재밌고 즐거운 것이 뱃놀이다. 하지만 배 안에서의 시간은 한순간에 지나갔다. 하는 수 없이 곧바로 유람선에서 내려야 했다. 유람선을 타고 있었던 시간이 30분 정도나 될까.

호텔로 돌아오는 길에 손짓 발짓으로 겨우겨우 식당에 자리를 얻어 저녁밥을 먹었다. 이번 여행의 가이드 겸 팀장인 최두열 선생이 애를 많이 썼다.

둘째 날(2016년 8월 6일)

오늘은 환인의 졸본산성(오녀산성)에 올랐다가 집안까지 가는 일정이었다. 식당에서 간단히 식사를 마친 백간 팀은 서둘러 장따거가 운전하는 전용 버스에 올랐다. 버스는 일단 오른쪽으로 압록강을 끼고 달렸다. 백간 팀은 잠시 차를 세워 철조망으로 가려져 있는 압록강 저쪽 북한 땅을 바라보며 사진을 찍기도 했다. 저기 저렇게 보이는 곳이 오도 가도 못하는 북한 땅이구나. 다들 회한의 한숨을 쉬었다.

버스를 타고 달리다 보니 압록강은 섬들의 어머니였다. 곳곳에 삼각주를 만들며 흐르는 것이 압록강이었다. 저 멀리 물버들나무, 아까시나무, 미루나무 등등 사이로 북한 측 초소가 보였다. 더러는 무궁화 가로수들이 이어져 있어 백간 팀의 마음을 들뜨게 했다.

몇 그루 자귀나무가 한동안 이어지더니 이내 복숭아 과수원이 펼쳐졌다. 하나하나 봉지에 싸여 있는 복숭아들……. 샛강으로 이어지는 압록강 가에는 더러 오리 농장도 보였다.

차창 밖으로 '호산장성'이 보였다. 최두열 팀장은 '호산장성'을 두고 만리장성의 출발지라고 했다. 하지만 그는 이곳 역시 실제로는 고구려 산성일 것이라고 덧붙였다. 고구려의 강역疆域이 확실하다면 '호산장성' 역시 고구려의 산성일 것은 분명했다.

장따거는 고속도로보다 풍경이 좋은 국도를 따라 버스를 몰았다. 고속도로를 통해서는 '졸본산성'을 찾아가는 길을 모르는 듯했다. 몇 번씩 길을 묻더니 급기야 장따거는 고속도로로 들어가 차를 몰았다. 고속도로 위에서도 그의 버스는 느리고 게으르게 달렸다. 거듭 안전이 제일이라며 장따거는 엄지손가락을 내밀었다.

터널이 많은 고속도로 위를 한참 달리자 졸본산성과 멀지 않은 곳에서 갈림길이 나타났다. 그곳 갈림길에는 주유소도 있었는데, 백간 팀은 주유소 옆의 식당에서 급하게 점심밥을 먹었다.

이 식당의 음식 중에는 잉어로 보이는 커다란 생선찜이 특이했다. 아마도 비류수를 막아 만든 호수에서 잡은 물고기인 듯했다.

백간 팀은 서둘러 점심 식사를 마치고 졸본산성 정류장을 향해 바쁘게 떠났다. 버스가 10여 분쯤 달렸을까. 김광철 대표가 갑자기 식당에 휴대폰을 두고 왔다며 호들갑을 떨었다. 차를 돌려 식당을 향해 3, 4분쯤 달렸을까. 그가 '휴대폰이 여기 있다', 하고 소리쳤다. 일행들 모두 가슴을 쓸어내렸다. 너무 서둘다 보니 생긴 실수였다.

졸본산성 입구의 주차장은 휑뎅그렁하게 컸다. 화장실에 들러 정신없이 볼일을 보고는 꽤 비싼 입장권을 최두열 대표로부터 받아 잘 챙겼다. 동북공정의 하나로 만들어진 졸본산성 입구의 박물관으로 막 들어가려는 참이었다. 입장권이 어디로 숨어 나오지를 않는 것이었다. 한참 동안 소란을 피운 다음에서야 가방 속에 곱게 모셔 놓은 입장권을 찾을 수 있었다. 얼마 전 김광철 대표의 실수를 두고 크게 웃은 것을 후회했다.

졸본산성에 올라갔다가 내려오려면 시간이 넉넉하지 않았다. 최대한 시간을 단축해야 했다. 깎아지른 절벽 위에 세워져 있는 졸본성! 졸본산성에 오르는 길은 999개의 돌계단으로 이루어져 있었다.

졸본산성에 오르는 일은 당연히 쉽지 않았다. 그래도 나는 땀을 뻘뻘 흘리며 졸본산성 입구까지 직접 걸어 올라갔다. 폐의 일부가 석회화되어 있어 이런 계단 길을 걸을 때마다 숨을 헐떡거려야 했다.

김도경 원장은 약식 가마를 타고 귀부인처럼 그윽하게 졸본산성의 안에까지 올라갔다. 김 원장의 이런 행차에는 약식 가마를 메는 사람들한테 경제적인 배려를 하려는 작은 마음이 숨어 있었다.

산성의 문 안으로 들어서자 작은 가게 하나가 눈에 띄었는데, 아이스크림을 팔고 있었다. 너무 덥고 목이 탄 백간 팀은 모두 그것부터 하나씩 깨물었다.

시간에 쫓기는 일행은 성안에서 보아 왼쪽으로 난 길을 잡았다. 이처럼 높은 절벽 위에 이처럼 넓은 평지가 있다니! 한참을 걷다 보니 환히 터진 평야가 내려다보이는 전망대가 눈에 띄었다. 일행들 모두 사진을 찍으며 감탄사를 연발했다.

조금 더 걸으니 여기저기 사람들이 집을 짓고 산 흔적들이 보였다. 이윽고 비류수를 막아 가득 물을 모은 큰 저수지가 보였다. 가슴이 턱 터질 정도로 전망이 시원했다. 그곳에도 작은 가게가 있었는데, 옥수수와 아이스크림을 팔았다. 나도 몇 푼 털어 아이스크림을 사서 일행들과 나누어 먹었다.

이곳 '졸본산성'은 북부여에서 도망친 주몽이 고구려를 개국한 첫 수도로 알려져 있었다. 국내성으로 수도를 옮기기까지 초기의 고구려를 일으켜 세운 곳이 이곳 졸본산성이었다.

학자 중에는 졸본산성을 이곳으로 추정하는 것에 반대하는 사람도 없지 않았다. '오녀산성'이라고도 불리는 이곳은 청나라의 신화가 담겨 있는 영산이라는 것이 그들의 주장이었다. 그들의 주장에 따르면 졸본산성은 이곳보다 훨씬 동쪽일뿐더러 훨씬 아래로 요하에서 가까운 영주 언저리라고 했다.

졸본산성을 내려오는 길은 훨씬 힘이 덜 들었다. 하지만 땡볕의 더위는 여전했다. 버스는 5시가 되어서야 겨우 졸본성의 주차장을 출발했다.

버스가 집안集安으로 향하자 정기훈 선생이 마이크를 잡았다. 기타를 치며 합창을 하던 중에도 대학 시절의 재미있던 얘기를 소개해 백간 팀을 즐겁게 했다. 참 재주가 많은 사람이 정기훈 선생이었다.

그렇게 한참을 달려가던 중인데 경찰이 쫓아와 버스를 세웠다. 졸본산성 근처에서 경찰이 버스를 세웠는데 운전자인 장따거가 그것을 모르고 지나왔다는 것이다. 한참을 주춤대다가 출발한 버스는 다음의 검문소 앞에 다시 섰다. 장따거는 그곳 검문소에 들러 한동안 교육을 받아야 했다. 그러다 보니 집안에 도착하는 시간이 늦어질 수밖에 없었다.

집안集安에 도착해 늦은 저녁 식사를 마친 백간 팀은 이내 호텔에 들어가 쉬었다. 일행들 모두 내일의 일정을 위해 오늘은 좀 쉬는 것이 좋겠다고 생각했다. 집안과 백두산 서파 일대는 지난 2010년 여름 광주대학교 동료 교수들과 한 차례 둘러본 곳이기는 했다. 그래서 그런지 긴장감과 흥분이 조금은 덜했다.

셋째 날(8월 7일)

집안의 호텔을 나선 백간 팀은 서둘러 제5호 고분의 관람에 나섰다. 제5호 고분은 백호와 주작 등 사신도가 있어 유명한 곳이었다. 백간 팀을 우르르 빨아들이는 제5호 고분……. 고분의 벽화를 둘러보니 여기저기 덧칠한 흔적이 역력했다. 현실 벽면에는 더러 물기까지 보였다.

제5호 고분 주변에도 고분들 여러 개가 보였다. 이들 고분은 발굴은 했더라도 공개는 하지 않는 듯했다.

백간 팀은 곧바로 버스로 이동해 고구려의 역사와 호태왕의 치적이 새겨져 있는 광개토대왕비를 찾았다. 광개토대왕비는 사진에서 보았던 것처럼 누각으로 잘 보존되어 있었다. 광개토대왕비에 대한 최두열 팀장의 자세한 설명을 듣자 고구려의 역사가 더욱 확연해졌다.

광개토대왕릉도 그곳에서 별로 멀지 않은 곳에 있었다. 이로 미루어 보면 광개토대왕비는 일종의 신도비神道碑였던 셈이다. 광개토대왕릉은 강돌을 쌓아 올린 뒤 그 위에 현실玄室을 배치하고 네 면을 피라미드로 쌓아 올리는 방식을 취하고 있었다.

하지만 광개토대왕릉은 이미 도굴된 지 오래였다. 네 면에 쌓아 올린 피라미드도 반쯤은 무너져 내린 상태였다. 이곳의 해설사는 지석이 발견되어 이곳이 광개토대왕릉이라는 것만은 의심이 없다고 했다.

장수왕릉은 광개토대왕릉에 비해 그런대로 잘 보존되어 있었다. 물론 잘 다듬어진 대리석으로 만든 피라미드 안에는 무작위로 쌓아 올린 강돌이 보였다. 더불어 여기저기 잡풀들이 자라고 있기도 했다. 견고하고 웅장한 장수왕릉의 위용은 백간 팀을 압도하기에 충분했다.

장수왕릉의 뒤에는 역시 석재로 만든 작은 규모의 무덤이 있어 주의를 끌었다. 왕비의 무덤일까. 비장의 무덤일까. 지석이 나온 광개토대왕릉과는 달리 장수왕릉은 아직도 장수왕릉일 것이라고 추정만 하고 있을 뿐이었다. 나로서는 이들 무덤이 모두 피라미드 형식을 취하고 있는 것이 신기했다. 피라미드 형식의 무덤은 이집트만이 아니라 이곳 중국 내륙 깊숙한 곳에까지 널리 퍼져 있었다.

장수왕릉을 꼼꼼히 둘러본 백간 팀은 서둘러 환도성으로 향했다. 고구려의 역사를 이해하는 데는 환도성과 국내성을 묶어 생각해야 좋았다. 환도성은 산성이었고 국내성은 평지성이었다. 사람들이 흔히 환도성을 환도산성이라고 부르는 것도 바로 이 때문이다. 고구려 사람들은 평상시에는 평지성인 국내성에서 살다가 외침을 받으면 산성인 환도성에 들어가 싸우는 방식으로 국가를 운영했다.

동북공정 이후 환도성은 상당 부분 복원이 되어 있었다. 그런대로 산성의 꼴을 갖추고 있는 것이 환도성이었다. 버스 등 차들이 설 수 있는 주차장도 잘 정비되어 있었고, 산성 입구의 관람 지역도 잘 정비되어 있었다. 성곽의 돌들도 일실되지 않도록 철조망으로 싸여 있었다.

산성의 작은 전망대에 올라 국내성 지역을 둘러보니 풍경이 장관이었다. 고구려의 장수나 된 것처럼 어깨를 활짝 펴고 마음껏 호연지기를 키워 보기까지 했다.

환도산성에 이르는 입구 오른쪽에는 작은 피라미드 형식의 옛 고분들이 즐비했다. 그러나 이번 여행 중에도 이들 고구려 고분군까지는 둘러보지 못했다. '공사 중'이라는 팻말이 붙어 있고 철조망이 쳐져 있어 들어가 살펴보기가 어려웠다.

실제로도 공사를 하고 있는 듯했다. 여기저기 파헤쳐 놓은 흔적들과 함께 몇몇 중장비들도 눈에 띄었다. 아마도 피라미드 형식의 옛 고분들이 즐비한 이곳은 고구려 귀족들의 공동묘지인 듯싶었다.

환도성을 빠져나온 백간 팀은 서둘러 주변의 한식당 '아사달'로 향했다. 아사달은 한국식 불고기 식당이었는데, 식당 안에는 중국인들로 벅적벅적했다. 여러 사람이 아사달을 두고 집안 일대에서 가장 잘 알려진 맛집이라고 웅성댔다.

모처럼 포식을 했지만 몇몇 사람들은 벌써 배앓이를 하기 시작했다. 나도 배 속이 좋지 않아 포식하면서도 먹기를 삼갔다. 식당을 나오니 모처럼 빗방울이 듣기 시작했다.

집안에서의 마지막 일정은 '집안역사박물관'을 둘러보는 일이었다. 이곳에는 석기시대에서부터 광개토대왕 시대에 이르기까지 여러 유물이 체계적으로 정리되어 있었다. 특히 광개토대왕비와 관련한 전시관이 눈길을 끌었다.

집안역사박물관을 둘러본 백간 팀은 모두들 국내성을 보고 싶어 했다. 하지만 국내성은 여기저기에서 성곽의 흔적만 살펴볼 수 있었다. 허물어진 성안에는 이미 많은 사람이 집을 짓고 살고 있어 복원하기조차 쉽지 않아 보였다.

하는 수 없이 백간 팀은 북한의 만포가 보이는 압록강 가로 나왔다. 차에서 내리는데 갑자기 비가 내렸다. 군말 없이 모두들 장따거한테 10위안씩을 주고 비옷을 사서 입었다.

원래는 이곳 압록강 가에서도 유람선을 타기로 되어 있었다. 하지만 비도 내리고 시간도 부족해 일단은 그 일을 생략하기로 했다. 비를 맞자 백간 팀 모두 마음이 좀 들뜨는 듯했다. 작은 일에도 까르르 웃어 대고는 했다. 사진을 못 찍게 하는데도 일행 중 몇몇은 망원렌즈가 달린 카메라로 압록강 건너편 만포 땅 군인들의 모습을 슬쩍슬쩍 찍어 보기도 했다.

이제 백간 팀이 가야 할 곳은 백산시였다. 장따거가 운전하는 버스는 시속 50km의 느린 속도로 백산시를 향해 달렸다. 달리면서 살펴보니 동북 3성은 지금 한창 건설 중이었다. 이어지는 거점 도시마다 아파트 등 대형 공사로 교통이 엉망진창이었다. 백간 팀을 태운 버스가 통화시를 거쳐 백산시에 이르렀을 때는 이미 해가 진 뒤였다.

나로서는 처음 들어 보는 도시가 백산시였다. 상주인구가 130만이 넘는 백산시는 압록강 상류 쪽에 있는 매우 큰 도시였다. 백산시 부근의 새로 지은 아파트에는 태양열 집열판까지 눈에 띄었다. 백산시에서 밤을 보낼 호텔의 이름은 '함월루주점'이었다. 몇몇 사람들은 백산시 시내로 밤마실을 나갔다. 하지만 우리 부부는 너무 지쳐 그냥 일찍 잠자리에 들었다.

넷째 날(8월 8일)

오늘은 이른 아침부터 서둘러야 했다. 일정이 너무 멀고 길었기 때문이다. 호텔에서 조식을 마친 백간 팀은 비교적 이른 아침인 오전 8시에 장따거의 버스에 올랐다. 뜻밖에도 백산시는 크고 넓었다. 인구가 130만이 넘는 백산시의 크기는 대전이나 광주쯤은 되지 않나 싶었다.

장따거는 백산시를 빠져나와 임강시까지 가는 길을 잘 모르는 듯싶었다. 백산시의 밖으로 나가는 길을 몰라 장따거는 버스를 몰고 한참이나 백산시의 여러 도로를 헤맸다. 여러 사람에게 물으면서도 그의 버스는 이쪽으로 갔다가 돌아나오고, 저쪽으로 갔다가 돌아 나오고 했다. 급기야는 어느 친절한 택시 운전수의 도움으로 겨우겨우 백산시를 탈출해 임강시를 향해 달릴 수 있었다.

임강시로 향하는 버스 안에서 둘러보니 중국의 산야도 이제는 제법 숲이 우거져 있었다. 1994년 처음 왔을 때만 해도 중국의 산은 북한의 산과 다름없이 헐벗은 곳이 많았다. 하지만 이제는 그렇지 않았다. 2014년에 태항산 일대를 돌아보았을 때도 산림녹화가 어느 정도는 이루어져 있었다. 이제는 연료 정책도 바뀌었을 뿐만 아니라 정부 차원의 조림 사업도 많이 진전을 이룬 듯했다.

장따거가 운전하는 버스는 여전히 시속 60km를 크게 넘지 않았다. 도로의 표지판에도 속도를 60km나 70km로 유지하라고 쓰여 있었다. 최근에 뚫은 듯한 길고 짧은 터널이 계속 이어졌는데, 터널 안에서는 시속 40km를 유지하라고 쓰여 있었다.

임강시까지 가는 길은 아주 멀고 지루했다. 무엇보다 생리적인 욕구를 해결하기가 쉽지 않았다. 어렵게 참으며 임강가의 어느 공원에 도착했는데, 그곳의 공측公厕 역시 쪼그려 앉아 볼일을 보는 전통 변기였다. 변기의 재료는 사기였지만 앞부분이 잘 막혀 있지 않아 이곳저곳에 오줌을 지리기 일쑤였다.

동북 3성의 공측公厕 중에는 아직도 좌변기를 사용하는 곳이 별로 없었다. 그래도 1994년 내가 처음 중국에 왔을 때보다는 공측公厕의 형편이 훨씬 좋아져 있기는 했다. 공측 전체가 훨씬 깨끗해져 있어 좋았다.

1994년까지만 해도 공측의 대변소는 칸막이만 덩그렇게 쳐져 있고는 했다. 그뿐만 아니었다. 곳곳마다 사람들이 지키고 앉아 꼬박꼬박 1~2전 정도의 돈을 받고는 했다.

볼일을 본 나는 아내와 함께 그곳에서 멀지 않은 압록강가로 달려갔다. 좀 더 가까운 곳에서 압록강의 강물과 북한을 보기 위해서였다. 압록강 가에는 빨래하는 사람, 쫄대로 고기를 잡는 사람, 목욕을 하는 사람 등이 보였다.

일단 나는 압록강 물부터 만져 보았다. 압록강의 강물이라고 해도 크게 다르지는 않았다. 김광철 대표 등과 함께 그렇게 주춤거리고 있는데, 최두열 팀장이 그곳까지 우리를 데리러 왔다. 서둘러 장백시를 향해 출발을 해야 한다는 것이었다.

이제 백간 팀은 임강시에서 장백시까지의 600리 길을 압록강을 따라 달려야 했다. 이른바 압록강 600리 길이 시작되는 곳이 바로 이곳 임강시였다.

강가에는 미루나무가 숲을 이루고 있었다. 틈틈이 건너다보이는 북한 땅에서는 우선 군인들의 초소들부터 눈에 띄었다. 백간 팀은 이미 한껏 들떠 있어 누가 시키지 않아도 강 노래, 산 노래를 이어 불러 젖혔다. 더러는 아리랑 가락도 흥얼거렸다.

바로 그때였다. 달리는 버스 오른쪽 압록강 위로 군집을 이루며 흘러 내려가는 거대한 뗏목들이 보였다. 아, 뗏목! 뗏목! 뗏목은 하나가 아니었다. 여러 개의 뗏목이 군집을 이루며 압록강을 환하게 빛내고 있었다.

뗏목 위에는 서너 사람이 타고 앞에서 뒤로, 뒤에서 앞으로 오갔다. 백간 팀 모두가 바쁘게 그 모습을 카메라로 찍어 댔다. 내 고향 금강도 한때는 이처럼 맑은 물이 흘렀는데, 미루나무와 여울물이 햇빛을 받아 하얗게 반짝였는데…….

한참을 달려가자 북한 쪽 산비탈의 뙈기밭들이 눈에 들어왔다. 뙈기밭들이 이어지는 곳에는 영락없이 마을이 있었다. 마을 앞 강가에는 빨래하는 아낙네들, 미역 감는 아이들, 풀을 뜯는 소들……. 참으로 한가롭고 평화로워 보였다.

이런 모습을 카메라에 담느라고 일행들은 잠시 바쁘고

분주했다. 상류라고 하지만 아직도 압록강은 넓고 시원했다.

차를 달리고 달려도 압록강 600리 길은 쉬지 않고 계속 이어져 있었다. 압록강의 풍경을 보는 것도 지쳤는지 백간 팀의 몇몇은 그만 잠에 빠져들기도 했다. 버스의 뒷자리에 몰려 앉은 김덕성, 김광철, 이희천 선생 등은 무료를 달래기 위해 술을 마시기 시작했다. 지난번 휴게소에서 술을 사서 버스에 오른 듯했다. 한 잔씩 마시자 자연스럽게 노랫소리가 흘러나오기 시작했다.

이번에도 역시 정기훈 선생이 기타를 잡고 분위기를 흥겹게 이끌어 가기 시작했다. 처음에는 강 노래, 바다 노래를 부르더니 이윽고 〈심장에 남은 사람〉〈휘파람〉 등 북한 노래도 즐겁게 불러 댔다.

여름 노래가 이어지는 중에 장따거의 버스는 백두산 자락의 계곡 망천아望天鵝의 입구로 들어섰다. 백간 팀은 장따거의 인척이 운영한다는 망천아 입구 근처의 식당에 들러 점심밥부터 먹었다. 역시 기름기 많은 중국 음식이었다. 따뜻한 물을 주지 않아 몇 번씩이나 부탁해 겨우 한 잔을 얻어 마실 수 있었다.

점심 식사를 마친 후 버스는 조금쯤 더 달려 백간 팀을 망천아의 주차장 앞에 데려다주었다. 점심밥을 먹었으니 이제부터는 망천아 계곡을 걸어 볼 참이었다.

망천아 계곡은 곳곳에 주상절리의 바위 토막들이 널브러져 있어 아주 절경이었다. 맑은 물이 흐르는 백두산 자락의 깊은 계곡 망천아는 백간 팀의 마음을 사로잡기에 충분했다. 3시간 정도의 자유 시간이 부여되어 있었는데, 아내와 나는 해찰을 해 가며 느린 걸음으로 계곡을 따라 걸었다. 계곡의 양쪽 옆에는 나무로 만든 데크 길이 군데군데 연결되어 있어 산림욕을 하기에 좋았다.

여기저기 흩어져 있는 주상절리들, 여기저기 쏟아져 내리는 폭포들……. 이것들이 거듭 독특하고 새로운 풍광을 만들고 있었다. 망천아의 계곡이 만드는 이들 풍광은 계속해 나와 아내의 발길을 잡아당겼다. 용암이 갑자기 굳어지면서 만들어진다는 주상절리의 바위 토막들! 시원하고 신선한 바람이 불어오는 망천아 계곡은 걷고 또 걸어도 끝이 없었다.

두어 시간 가까이 걸어가자 드디어 되돌아가라는 차단막이 나왔다. 이곳으로는 백두산에 오르지 말라는 뜻이었다. 4시까지는 돌아가야 했는데, 너무 멀리 와 시간을 맞추기가 어려울 듯했다. 뒤에 떨어져 있던 나와 아내는 마음이 급했다. 다리가 너무 아파 절룩이며 걷고 있는데, 때마침 차량을 길게 매단 유람차가 지나갔다. 손을 들어 세우자 기꺼이 태워 주었다. 그러다 보니 나와 아내는 가장 앞장을 서 걷던 최두열 팀장보다도 빨리 장따거의 버스가 있는 중간 정류장에 도착할 수 있었다.

백간 팀을 태운 장따거의 버스는 망천아를 돌아 나와 다시 장백시를 향해 달리기 시작했다. 장따거의 버스가 조선족 자치현인 장백시에 도착했을 때는 아직 해가 지기 전이었다. 우선은 발해시대에 만들어졌다는 영광탑부터 찾아 나서기로 했다. 장따거의 버스는 영광탑을 찾아 꼬불꼬불 산길을 돌아 올라갔다.

그렇게 한참 동안 산길을 돌아 올라가 보니 장백시 뒤쪽의 산언덕 위였다. 이처럼 높은 산언덕에 이처럼 넓은 평지가 있다니! 영광탑은 이 산 언덕 위 평지 위에 우뚝 솟아 있었다. 왼쪽으로 적당히 몸을 기울이고 있는 영광탑은 산 아래 압록강 건너의 북한 땅인 해산시를 바라보고 있는 듯도 했다.

발해시대 귀족의 무덤으로 추정되는 영광탑! 영광탑 아래쪽에는 엉성한 가게가 하나 있었다. 가게의 주인은 망원경으로 해산시를 조망할 수 있는 시설을 해 놓고 10위안씩을 받았다. 나와 아내는 기꺼이 10위안씩을 내고 압록강 건너 북한의 해산 땅을 오래도록 바라보았다. 물건을 사고파는 인민들, 군용 트럭을 세워 놓고 누군가를 기다리는 군인들이 보였다.

영광탑에서 내려오는 길은 올라가던 길보다 훨씬 수월했다. 버스를 타고 있었지만 별로 불안하거나 불편하지 않았다. 내려오는 길에 버스 안에서 보니 여기저기 '단고기집'이라는 간판들이 눈에 띄었다. 다른 상점들의 간판들도 다 한글과 한자를 병용해 쓰고 있었다. 장백시가 조선족 자치현이라는 것을 실감 나게 했다.

백간 팀이 오늘 밤 묶을 곳은 장백호텔이었다. 일단은 호텔 체크인부터 했다. 그런 뒤 우르르 몰려 나가 저녁 식사를 했다. 음식은 중국식 샤부샤부였는데, 내 입맛에는 잘 맞지 않았다.

내일은 아침 일찍 장백시를 떠나 백두산을 향해 달려야 한다. 점심도 백두산에 올라가 먹어야 할 판이었다. 따라서 각자 백두산에 올라가 내일 먹을 음식을 장만해야 했다. 백간 팀은 밤의 장백시를 오가며 과일도 사고 기타 음식도 장만했다. 나와 아내는 따로 미숫가루 등을 가지고 와 크게 걱정하지는 않았다. 부족하다 싶으면 장백호텔에서 빵과 달걀을 좀 장만하면 되었다. 그렇기는 해도 우리 부부는 포도와 복숭아 등 몇 가지 맛있는 과일을 좀 샀다.

다섯째 날(8월 9일)

호텔에서 아침 식사를 하며 나와 아내는 전날 밤 마음먹은 대로 빵과 달걀을 좀 주머니에 집어넣었다. 그런 뒤 장따거의 버스를 탔다. 장따거의 버스는 이른 아침인 7시 30분 해산시가 잘 보이는 압록강 가로 백간 팀을 데려다주었다. 한참 동안 강가를 걸으며 해산시를 바라보았지만 사람이 사는 모습은 잘 눈에 띄지 않았다. 길가로 몰려가는 오리 떼가 보여 일행 중 몇몇은 연거푸 카메라의 셔터를 눌러 댔다. 웃통을 벗어젖힌 한 중국인이 망원경을 내밀며 북한 땅을 보라고 권했다. 몇 푼 또 돈을 내야 하는 것도 싫었지만 구태여 나는 북한 땅을 보지 않았다. 이제 북한 땅을 더 바라다보아 무엇

할 것인가. 옛날 같으면 징검다리를 놓고 밤마을을 가듯 건너다녔을 곳이 장백시와 해산시였다.

장따거의 버스는 한참을 더 달리다가 백간 팀을 내려놓았다. 다시 또 북한 땅을 조망하라는 것이었다. 철길도 보이고, 오가는 사람들도 보이고, 차들도 보였다. 카메라의 셔터를 좀 누르다가 백간 팀은 다시 버스에 올랐다.

오래잖아 버스는 백두산의 정기가 느껴지는 삼림 속으로 들어서기 시작했다. 양쪽 모두 숲만 보이는 어느 한 지점에 검문소가 있었다. 자연스럽게 장따거의 버스가 섰다가 떠났다. 검문소를 지나자 잠시 포장도로, 곧이어 비포장도로, 이곳 도로도 공사 중이었다.

잠깐 졸다가 깨어 창밖을 바라보니 버스는 백두산의 중턱을 달리고 있었다. 자작나무 숲이 이어져 있었는데, 문득 마을이 나타나자 장따거의 버스는 주유소를 찾아 주유부터 했다. 버스는 다시 출발했지만 도로의 곳곳에 감시 카메라가 있어 장따거는 거듭 조심했다. 어느덧 버스는 백두산의 밀림 지역을 달리고 있었다. 해발 1,200m 쯤은 오른 듯했다.

백두산 서파 쪽 주차장을 향해 거침없이 달려 나가는 장따거의 버스라니! 서파 쪽 주차장 근처에 이르자 문득 아주 익숙한 느낌이 들었다. 생각해 보니 6년 전쯤 광주대학의 이영석, 김종선, 강대경 교수 등과 함께 와 본 곳이었다.

장백산이라는 간판이 크고 높은 서파의 입구에 모여 최두열 팀장은 매표부터 했다. 일인당 입장료가 5만 원가량이

나 된다고 했다. 입구를 통과해 좀 걸어 나가자 셔틀버스가 백간 팀을 기다리고 있었다. 백간 팀을 태운 셔틀버스는 거칠 것 없이 백두산 서파의 정류장을 향해 달렸다.

백두산 서파의 정류장에 도착해 셔틀버스에서 내렸는데, 관광객들이 남대문시장의 장바닥만큼이나 넘쳐흐르고 있었다. 날씨도 더웠지만 너무 많은 사람 때문에 가슴이 턱턱 막혔다. 겨우 화장실을 찾아 일을 본 나와 아내는 더듬거리며 백두산 천지까지 천 개가 넘는 계단을 기어 올라가기 시작했다.

폐가 좀 석회화되어 있는 나는 이번에도 계단을 오르는 일이 너무 힘들었다. 겨우겨우 올라가며 둘러본 백두산은 들꽃들의 천국이었다. 온갖 꽃들이 피어 치마와 저고리를 흔들며 백간 팀을 반겼다.

김광철 대표와 이희천 선생한테 꽃 이름을 듣고 배우며 백두산 천지를 향해 올라가다 보니 나만 힘든 것이 아닌 듯했다. 너무 지친 김도경 선생과 김현숙 선생은 아예 다리를 펴고 앉아 편히 쉬며 과일을 깎아 먹고 있었다. 나와 아내도 과일을 꺼내 먹으며 잠시 쉬었다. 그러다가 다시 기운을 차려 백두산 천지를 향해 올라가기 시작했다. 그렇게 힘을 모아 기어 올라갔지만 나와 아내는 여전히 백간 팀의 맨 뒤에 처져 있는 듯했다.

안간힘을 쏟으며 기엄기엄 걷고 있는데, 갑자기 파란 물결이 내 눈두덩을 때려 왔다. 이른바 백두산 천지였다. 백 번

가면 두 번 겨우 볼 수 있다는 백두산 천지가 맑고 투명한 모습으로 내 눈앞에 펼쳐져 있었다. 탄성이 절로 나오지 않을 수 없었다, 지난번 등정 때에도 백두산 천지를 보기는 했지만 이렇게 맑고 투명한 모습은 아니었다. 마음이 급해져 나는 정신없이 사진부터 찍었다. 정신이 없기는 아내도 마찬가지였다.

얼마쯤 들뜬 시간을 보낸 나와 아내는 배낭을 뒤져 늦은 점심밥을 먹었다. 백간 팀의 다른 일행도 각자 간략하게 점심 식사를 해결했다. 백두산 천지 서파의 절반은 중국 땅이 아니라 북한 땅이었다. 그곳을 중국이 임대해 관광객을 받는다고 했다. 백간 팀은 우르르 북한 땅을 밟아 보기 위해 자리를 옮겼다. 중간에 북한 땅임을 표시하는 작은 탑이 있어 나와 아내는 그곳에서도 사진을 찍었다.

하지만 그곳에 오래 머물러 있을 수는 없었다. 최두열 팀장이 벌써 하산을 독촉했기 때문이다. 하산을 하면서도 나와 아내는 김광철 대표와 이희천 선생한테 금방 듣고도 금방 잊어버리는 백두산의 들꽃에 대해 배웠다. 그러다 보니 자연스럽게 하산이 늦어질 수밖에 없었다. 셔틀버스를 갈아타고 내려오다가 잠시 내려 이번에도 여전히 금강 대협곡을 둘러보았다. 이곳은 백두산의 화산 폭발로 인해 용암이 흐르면서 만든 길이가 15km나 되는 넓고 긴 대협곡이었다. 군데군데 뾰쪽뾰쪽하게 보이는 바위산이 장관이었다. 금강 대협곡을 둘러보다 보니 시간이 부족해 예정에 있는 고산화원이나 쌍제자하는 둘러볼 엄두조차 내지 못했다. 장따거의 버스로 옮겨 탄 백간 팀은 잠시 행선지 때문에 옥신각신 논쟁을 했다. 상황이 좋지 않아 결국 두만강 수원지 코스는 생략하기로 했다.

곧바로 내일 일정에 대해서도 얘기를 주고받았다. 최두열 팀장은 좀 쉬고 느긋하게 내일의 일정을 소화하자고 했다. 하지만 대부분 회원은 내일도 일찍부터 북파를 통해 백두산에 오르자고 했다. 내일도 아침부터 서둘러 일정을 소화하자는 결정이 회원들 상호 간에 큰 갈등을 만들 줄은 아무도 몰랐다.

버스로 일단 이도백하까지 내려온 백간 팀은 식당을 찾아 저녁 식사부터 했다. 모처럼 입맛에 맞는 저녁밥을 먹었다. 그런 뒤 백간 팀은 우르르 몰려가 전신 마사지를 받았다. 이동희 부부를 제외하고 모든 남성은 여성에게, 여성은 남성에게 몸을 맡겼다. 나는 값이 조금 싼 엉터리 마사지를 받았는데, 나를 마사지한 사람은 매우 뚱뚱한 45세 정도의 중년 여자였다. 마사지 솜씨가 너무 형편없어 별로 시원한 곳이 없었다.

늦은 밤 장따거의 버스는 백간 팀을 백두산 기슭의 어느 펜션으로 데리고 갔다. 체크인을 한 펜션은 밤에 보기에도 낡고 엉성했다. 이동희, 권향순 부부와 같은 집의 옆방을 써야 했는데, 마음에 드는 숙소가 아니었다. 오늘 밤을 지낼 숙소는 최두열 팀장이 좀 멋을 부리려고 하다가 스타일을 구긴 듯했다. 백간 팀들 중 몇몇은 다소간 불편한 캠핑카에서 잠을 자야 했다. 백간 팀 모두 내일 하루를 더 묶기로 한 것이 이곳 펜션이었다. 낡고 엉성한 숙소였지만 너무 피곤했던지 나와 아내는 정신없이 잠에 빠져들었다.

여섯째 날(8월 10일)

오늘은 아침 일찍 서둘러 북파를 통해 백두산의 천지에 오르기로 한 날이었다. 모두들 일찍 잠에서 깨어 오전 7시 30분에 장따거의 버스에 올랐다. 버스는 종종걸음으로 북파를 통해 백두산 천지에 오르는 정류장을 향해 달렸다. 백간 팀이 백두산 천지에 오르는 정류장을 지나 북파의 매표소에 이르렀을 때는 채 8시 30분이 되지 않았을 때였다. 아직 이른 아침인데도 매표소 주변은 엄청난 사람들로 북적였다.

백간 팀은 늦어도 오후 2시까지 백두산 천지에 올랐다가 다시 이곳 정류장으로 내려오기로 약속했다. 좀 쉬어야겠다는 최두열 팀장은 오후 2시에 장따거와 함께 버스를 이곳에 대기시키기로 했다. 그는 또한 도착이 늦는 사람들을 위해 오후 3시에 다시 한번 이곳에서 버스를 대기시키도록 하겠다고도 말했다.

매표소 주변은 사람들로 아수라장이었다. 대부분 중국인이었는데, 말 그대로 인산인해였다. 줄을 서 입장을 하고 셔틀버스를 타는 데까지만 해도 두어 시간이 족히 걸렸다.

그때 이미 백간 팀은 엄청나게 지쳐 있었다. 나도 신경질이 나고 짜증이 나 견딜 수 없을 정도였다. 모두들 우왕좌왕하며 갈피를 잡지 못했다. 북파로 오르는 백두산 천지 등정에 최두열 팀장이 참여하지 않아 백간 팀은 더욱 갈팡질팡했다.

더구나 아내인 송윤옥 초록교육연대 사무처장은 배탈이 나 걸핏하면 온몸을 비틀어 댔다. 정로환을 네 알씩 두 번, 여덟 알이나 먹었는데도 설사가 멎지 않는 듯했다. 나도 그제부터 계속 배 속이 좋지 않아 여러 차례 정로환을 먹으며 속을 달래던 참이었다.

북파로 백두산 천지에 오르려면 셔틀버스를 타고 가다가 환승장에서 내려 입장료를 한 번 더 내고 지프차로 갈아타야 했다. 그러나 백간 팀 중에 그런 사실을 제대로 아는 사람이 없었다. 백감 팀 모두 셔틀버스를 타면 자연히 북파로 백두산 천지에 오르는 환승장 입구에서 내리는 것으로 알고 있었다. 최두열 팀장이 안내하지 않으니 다들 갈피를 잃고만 것이었다.

아무튼 셔틀버스에서 내리고 보니 북파로 백두산에 오르는 환승장이 아니었다. 잠시 둘러보니 장백폭포로 걸어 올라가는 정류장이었다. 모두 여기까지 왔다가 북파로 백두산 천지에 오르는 환승장으로 되돌아갈 수는 없다고 생각했다. 일단 백간 팀은 장백폭포부터 둘러보기로 의견을 모았다.

몇몇은 화장실에 가는 것이 급했다. 나이가 드니 나도 자주자주 대지 위에 물기둥을 세우고 싶어졌다. 누군가는 큰 것도 보고 싶은 듯했다. 볼일을 본 뒤 화장실 앞에서 기다렸지만 정기훈, 김익승, 이희천 등은 아예 그곳에서 살림을 차린 듯했다.

나와 아내는 하는 수 없이 그들을 거기에 두고 장백폭포를 향해 걸음을 재촉했다. 폐의 일부가 고장이 난 나는 이번에도 헉헉대며 고생을 해야 했다. 언덕길을 오를 때마다 겪는 일이니 크게 걱정할 것은 없었다. 그러면서도 자꾸 배앓이를 하는 아내에게 짐이 되지는 않아야 하는데 하는 생각이 들고는 했다.

늘 그랬던 것처럼 우리 부부는 좀 늦게 장백폭포를 가까이에서 볼 수 있는 전망대에 오를 수 있었다. 장백폭포를 더 잘 보기 위해 더 이상 가까이 다가갈 수는 없었다. 그쯤에서 바라보는 장백폭포는 예상했던 것처럼 장엄하면서도 멋졌다. 숭고하면서도 화려한 장백폭포 앞에 서니 가슴이 쿵쿵쿵 뛰었다.

우리 부부보다 먼저 이곳에 도착한 몇몇은 벌써 사진을 다 찍고는 하산 준비를 하고 있었다. 아무리 급해도 이곳까지 왔는데, 사진 찍기를 포기할 수는 없었다. 너무 지쳐 얼굴이 잘 펴지지는 않았지만 나와 아내는 서로 사진을 찍고 찍어주는 일을 거듭했다. 조금은 멀리 떨어져 내리는 장백폭포의 장엄한 알몸도 있는 그대로 카메라에 담았다.

내려가는 길은 올라오는 길과 얼마간 달랐다. 내려가는 길은 그곳 나름의 또 다른 풍경을 간직한 채 사람들을 기다리고 있었다. 풍경을 미처 즐길 사이도 없이 나와 아내는 뒤쳐지지 않으려고 안간힘을 다해 걸음을 재촉했다. 정류장에 내려와 보니 아직도 뒤에 떨어져 있는 일행은 정기훈, 김익승, 이희천뿐이었다. 김현숙 선생이 일행들을 기다리며 계속 이런저런 도움을 주었다. 장백폭포에서 백두산 북파행 환승장으로 내려가는 정류장 역시 사람들로 인산인해였다. 사람들이 너무 많아 줄을 서서 셔틀버스를 기다리는 일 그 자체가 지옥의 불바다 속에 내던져지는 일이었다.

백간 팀의 얼굴에서는 각기 짜증과 신경질이 덕지덕지 밀려 나오는 듯했다. 무엇보다 너무 더웠다. 치지고 힘이 드는지 문수정 선생이 밀리고 쓸리는 줄 속에서 북파로 백두산 천지에 오르는 것을 재고하자는 제안을 했다. 사람들이 이렇게 많으니 백두산 천지에 오르는 것 대신 소천지, 녹원담, 지하삼림을 둘러보는 것이 낫겠다는 제안이었다. 일부는 그에 동조했지만 나와 아내는 묵묵히 듣고만 있었다.

그러는 소란 속에서도 다들 잘 참고 셔틀버스를 타고 북파로 오르는 백두산 천지행 환승장으로 내려왔다. 예상했던 대로 그곳에도 역시 사람들이 부글부글 줄을 서고 있었다. 다들 심각한 절망감에 빠져 있는 듯했다.

이미 시간은 정오를 훨씬 넘기고 있었다. 나는 너무 지쳐 이쪽 그늘 밑에 그냥 쭈그려 앉아 있었다. 저쪽 땡볕 위에서는 나머지 사람들이 모여 뭐라고 자꾸 쑥덕거렸다. 쑥덕거리는 내용의 핵심은 북파로 백두산 천지에 갔다가 오면 도저히 3시 안에 매표소 주차장에 도착할 수 없다는 것이었다. 몇 사람이 최두열 팀장과 연락을 시도해 보았지만 되지 않았다. 김도경 원장의 핸드폰이 데이터를 사용할 수 있어 4시까지는 돌아오겠다는 문자메시지를 보냈지만 확인했다는 문자메시지는 오지 않았다. 옥신각신하다가 김덕성 선생과 몇몇은 최두열 팀장이 기다린다며 여기서 곧바로 매표소 주차장으로 돌아가겠다고 했다. 김광철, 이희천, 김도경, 유금자, 박창명 김인숙 부부 등이 김덕성 선생과 행보를 함께하기로 했다. 나머지 몇몇은 북파로 오르는 백두산 천지행은 포기하더라도 소천지, 녹원담, 지하삼림행은 포기하지 않기로 했다.

나도 마찬가지였다. 여기까지 왔으니 북파로 오르는 백두산 천지행은 포기하더라도 소천지, 녹원담, 지하삼림 등은 보고 싶었다. 하지만 배앓이로 쩔쩔매는 아내의 선택을 존중하지 않을 수 없었다. 아내는 잠시 망설이다가 김광철 대표를 따라 매표소 주차장행을 택했다. 어차피 북파로 오르는 백두산 천지행을 포기하기로 했으니 최두열 팀장과의 약속을 지키기 위해 하산을 하자는 것이었다. 아쉽기는 했지만 나는 배가 아파 쩔쩔매는 아내의 의견을 따를 수밖에 없었다. 그렇게 마음을 먹고 일부 몇몇은 또 한참 줄을 서서 매표소 주차장으로 향하는 셔틀버스에 몸을 실었다.

뒷자리에 앉아 백두산 자락의 풍경에 취해 있는 참이었다. 갑자기 김광철 대표가 소리를 쳤다. 여기서 내려요, 내려! 그의 거친 소리에 놀란 나와 아내는 급하게 배낭을 둘러맸다. 중국 사람들로 가득한 셔틀버스 안에서 모처럼 듣는 한국말이었다. 나와 아내는 스톱 스톱 소리를 지르며 김광철 대표를 따라 종종걸음으로 셔틀버스에서 내렸다. 내리고 보니 '지하삼림'이라는 간판이 보였다. 정신을 차리고 김광철 대표의 얘기를 들어 보니 최두열 대표와 연락이 되어 4시까지 내려가면 된다는 것이었다. 그와 연락이 되었으니 '지하삼림' 일대라도 둘러보자는 것이 김광철 대표의 생각이었다.

지하삼림 정류장에 내린 일행 중 이희천 선생은 셔틀버스에 소형 카메라를 두고 내려 아주 암담해했다. 암담해하는 것은 이곳에서 내리자고 제안한 김광철 대표도 마찬가지였다. 김광철 대표로서는 참으로 미안하고 어색한 일이었다.

'지하삼림' 휴게소에 자리를 잡자 몇몇 사람들은 급하게 화장실부터 다녀왔다. 역시 배앓이 때문이었다. 생각해 보니 '지하삼림' 일대라도 둘러보려면 점심밥부터 먹을 필요가 있었다. 일부는 라면으로, 일부는 준비해 온 빵과 과일로 각각 점심을 때웠다. 나와 아내는 복숭아를 좀 산 뒤 미리 마련해 온 미숫가루로 쉐이크를 만들어 점심밥을 대신했다.

'지하삼림'은 '금강대협곡'처럼 송화강 상류의 백두산 숲 속에 나무 데크를 깔아 만든 산책 길이었다. 마땅히 삼림욕을 하기에 아주 좋은 곳이었다. 숲 향기에 취해 걷다가 보니 발밑으로 송화강 상류의 계곡물이 흐르고 있었다. 숲길을 따라 더 깊이 들어가다 보니 낭떠러지가 보였다. 그곳에는 앞으로 더 나가지 못하도록 작은 나무 방책이 쳐져 있었다. '지하삼림' 셔틀버스 정류장까지는 한참을 굽이돌아 왔던 길을 거슬러 올라가야 했다. 그렇게 거슬러 올라가면서 마주하는 숲 또한 장관이었다. 군데군데 흰 곰, 검은 곰, 멧돼지, 청설모, 송서, 우는 토끼, 붉은 여우 등이 출몰한다는 푯말이 보였다. '지하삼림' 숲길은 일행 모두를 깊이깊이 자연에 취하게 했다.

온갖 해찰을 하며 '지하삼림' 셔틀버스 정류장에 도착했을 때는 벌써 오후 3시가 넘고 있었다. 하지만 셔틀버스를 타고 매표소 정류장에 오후 4시까지 도착하는 것이 힘들지는 않았다. 셔틀버스에서 내려 매표소 주차장에 도착했을 때는 3시 45분쯤이었다.

최두열 팀장과 장따거는 4시 15분쯤이 되어서야 겨우 매표소 주차장으로 왔다. 백간 팀 몇몇은 30분 정도를 기다려 최두열 팀장과 장따거를 만날 수 있었다. 소문에 의하면 소천지, 녹원담 쪽으로 간 사람들은 5시에나 도착을 한다고 했다. 잠시 논의 끝에 이들 모두를 기다렸다가 다 함께 저녁 식사를 하러 가기로 했다.

바로 그때였다. 최두열 팀장이 갑자기 제안했다. 아직 오지 않은 사람들이 몇 군데나 둘러보고 오는가를 맞춰 보자는 것이었다. 나는 그들이 약속한 대로 두 곳만 둘러보고 내려오리라고 주장했다. 하지만 김덕성 선생은 이들이 3곳 이상을 둘러보고 내려오리라고 말했다. 물론 개중에는 송윤옥 처장처럼 한 군데만 둘러보고 이내 내려오리라고 말하는 사람도 있었다.

잠시 어색한 시간이 이어졌다. 최두열 팀장과 김광철 대표가 가까운 식당에 들러 맥주라도 한잔하자고 말했다. 나도 그들을 따라가 맥주 한 캔을 야금야금 잘라 마셨다. 이런저런 잡담을 하며 떠들다가 5시가 다 되어야 맥주를 마시던 사람들도 장따거의 버스 주변에 있던 사람들과 합류했다. 그런데 5시가 훨씬 지나도 소천지, 녹원담 쪽으로 간 사람들이 이곳으로 내려오지 않고 있었다.

그 자리에 모여 있던 백간 팀 몇몇은 급기야 두런두런 이들을 걱정하기 시작했다. 어느새 저녁별이 백두산 자락을 엷게 덮기 시작했다. 이들 모두가 매표소 정류장으로 내려온 것은 5시 40분쯤 되어서였다. 먼저 이곳에 내려와 있던 사람들은 이들을 발견하자 가벼운 안도감과 함께 와락 짜증을 냈다. 나도 마찬가지였는데, 그것을 겉으로 드러내지는 않았다. 김광철 대표가 참지 못하고 정기훈 선생한테 뭐라고 큰소리를 내질렀다.

잠시 시간이 지난 뒤 호기심이 많은 내가 문수정 선생한테 어디 어디를 둘러보았냐고 물었다. 무수정 선생이 말했다. 백두산 천지까지 갔다가 왔어요. 소천지, 녹원담을 거쳐 북파로 백두산 천지에 오르는 환승장에 도착했는데요. 그런데요. 백두산 천지행 지프차를 기다리는 사람이 없는 거예요. 그래서 백두산 천지까지 갔다 왔지요. 나와 김광철 대표는 잠시 멍청해졌고, 김덕성 대표는 자기 말이 맞았다고 박수를 치며 웃었다.

저녁밥은 이도백하로 나가 예약한 식당에서 먹었다. 저녁밥을 먹으며 김현숙 선생에게 내가 살살 물어보았다, 누가 먼저 백두산 천지에 가자고 했냐고! 북파로 오르는 백두산 천지를 보지 못한 것이 약도 올랐지만 누가 먼저 그 제안을 했는지 궁금하기도 했기 때문이다. 나로서는 이 사람들이 어떤 과정을 거쳐 그 일을 결정하고 실천하는지도 알고 싶었다.

장따거의 버스를 타고 이도백하의 식당으로 오면서 먼저 정기훈 선생한테 그에 대해 물어본 적이 있었다, 백두산 천지에 가자고 제안한 사람이 김현숙이야, 문수정이야 하고. 정기훈 선생이 말했다. 뭐가 궁금해? 문수정 선생이 먼저 백두산 천지까지 먼저 갔다가 오자고 말했어. 이제 됐어. 그런데 김현숙 선생은 저녁밥을 먹는 자리에서 정기훈 선생의 이 말을 강하게 부인했다. 자기가 먼저 제안을 했다며 김현숙 선생은 자꾸 눈물을 훔쳤다. 나는 그 모습이 재미있어 거듭해 킬킬거리며 웃어 댔다.

저녁밥을 먹고 백두산 자락의 펜션으로 돌아오자 최두열 팀장, 감광철 대표 등이 중간 평가를 하자고 사람들을 불러 모았다. 김덕성 선생과 나는 굳이 그럴 필요가 있냐고 한 페이지 덮고 가자고 말했다. 그러나 김광철 대표는 막무가내였다. 그로서는 오늘 최두열 팀장이 일정에서 빠진 것도 백간 팀의 일부가 행보를 달리한 것도 문제라고 생각하는 듯했다. 자연스럽게 술도 많이 마시게 되고 말도 많아져 더러는 언성이 높아지기도 했다. 최두열 팀장은 자기에게도 화살이 날아오리라고 생각하는지 얘기가 시작되자마자 자리를 떠 버렸다.

김광철 대표로서는 문수정 선생이 그 자리에 오지 않은 것도 큰 불만이었다. 그녀가 가장 먼저 북파로 오르는 백두산 천지행을 포기하자고 말했기 때문일까. 호기심이 많은 나는 이동희 교수에게도 누가 먼저 북파로 백두산 천지에 오르자고 제안했냐고 물었다. 그가 말했다. 당연히 내가 북파로 백두산 천지까지 인솔해 갔죠. 다른 사람들이 그런 용기를 냈겠습니까.

어쨌거나 북파로 백두산 천지에 갔다가 온 사람들은 갔다 오지 못한 사람들 모두에게 미안한 마음을 갖고 있는 듯했다. 술이 좀 취하자 이동희 교수는 내게도 한 방 먹였다. 문수정 선생이 지금 크게 상처를 받고 누워 있어요. 이은봉 교수도 킥킥거리며 웃지만 말고 사과를 좀 하세요. 나는 자리를 옮겨 이동희 교수가 보지 않는 곳에서 더욱 크게 킥킥거리며 웃어 댔다.

오늘은 이번 백두산 간도 여행 중에서 최고의 위기였다. 여기서 더 갈등이 심화되면 짐을 싸 가지고 한국으로 돌아가겠다고 하는 사람도 나올 수 있을 것 같았다. 김광철 대표에게 거듭 술잔을 권하며 나는 서둘러 갈등을 덮었다. 김광철 대표가 술에 취해 그만 잠에 떨어지게 할 참이었다.

하지만 몇 번 고함이 오가더니 이내 기분을 좋게 바꾸어 일행들 모두 좋아라 웃으며 떠들어 댔다. 기분이 조금 풀어지는 것을 보고 아내와 나는 펜션의 숙소로 돌아와 잠을 청했다.

눈을 감자마자 우리 부부는 이내 깊은 잠에 떨어져 버렸다.

일곱째 날(8월 11일)

어젯밤을 보낸 백두산 자락의 펜션은 아침 식사가 많이 부실했다. 빵도 부실했지만 달걀도 한 개씩만 배급하듯이 겨우 주었다. 배 속이 불편한 나는 적당히 아침밥의 예만 갖추고 자리를 털고 일어섰다. 아침이라서인지 이곳 펜션의 주변에서는 제법 한기가 돌았다.

백두산 자락의 펜션을 떠난 장따거의 버스는 곧바로 이도백하의 시내로 들어섰다. 이도백하는 잘 정리된 깨끗하고 아름다운 도시였다. 길가의 화단에 심어 놓은 백일홍 등 갖가지 꽃들이 시선을 끌었다. 지금까지 거쳐 온 중국의 도시 중에서는 가장 미관이 잘 정비되어 곳이 이도백하였다. 이도백하부터는 거리의 간판도 왕왕 한글이 병기되어 있었다.

일단 백간 팀은 안도현의 송강을 지나 명월호수에 이르러 들꽃 탐사부터하기로 했다. 명월호수 주변을 돌며 들꽃 공부를 할 참이었다.

김광철 선생이 달리는 버스 안에서 다시 마이크를 잡았다. 그런 뒤 백두산에서 보고 온 들꽃에 대해 얘기를 하기 시작했다. 잘 만들어진 책자를 읽으며 강의를 듣는데도 들꽃들의 이름을 모두 기억하기는 힘들었다. 들꽃들의 이름은 듣자마자 이내 잊어버리기 일쑤였다. 관심과 사랑이 부족하기 때문일 터였다.

한글이 병기된 간판은 명월호수까지 가는 길가의 소도시에서도 자주 눈에 띄었다. 광활한 옥수수밭과 자작나무 숲이 반복되는 가운데 장따거의 버스는 이윽고 명월호수에 닿았다.

명월호수 입구에는 이곳 관리 사무소의 초소가 세워져 있었다. 명월호수의 지킴이가 곧바로 백간 팀의 접근을 막았다. 김광철, 이희천 선생 등은 이미 전에 들꽃 탐사차 이곳에 와 본 듯했다.

최두열 팀장 등이 초소에 들러 이곳 지킴이에게 들꽃 탐사를 하고 싶다고 손짓 발짓을 해 가며 의사표시를 했다. 하지만 이곳 지킴이는 이미 들꽃이 다 져 버려 볼 수 없다며 그냥 돌아가라고 했다. 실제로도 명월호수 주변에는 거의 들꽃이 보이지 않았다.

버스는 이제 윤동주 시인의 고향인 용정을 향해 달리기 시작했다. 버스가 명월호수를 지나자 차창 가 밖으로 옥수수가 자라는 밭과 함께 벼가 자라는 논이 보이기 시작했다. 누군가 논이 보이기 시작한다는 것은 조선족이 살고 있다는 증거라고 말했다.

버스는 쉬지 않고 달리는데, 김광철 대표가 이번에는 나를 앞으로 불러냈다. 윤동주의 삶과 시 세계에 대해 말해 달라는 것이었다. 윤동주가 일본 후쿠시마 감옥에서 생체 실험의 대상으로 전락해 시름시름 앓다가 죽었다는 것을 모르는 사람은 없었다. 그의 생애와 삶도 대충은 잘 알고 있었다. 나는 윤동주, 송몽규, 문익환 등과 더불어 형성되었던 기독교 민족주의를 중심으로 그의 삶과 시 세계에 대해 한 시간 정도 정성껏 강의를 했다. 그런 뒤에는 목소리가 좋고 앞자리에 앉은 사람들을 중심으로 윤동주 시인의 시를 함께 읽었다. 읽은 시에 대해서는 내가 가볍게 코멘트를 했다.

용정에 도착해 백간 팀이 가장 먼저 찾은 곳은 대성중학교의 유적들이었다. 유적지로 바뀐 대성중학교의 정문 좌우에는 윤동주 시인의 「서시」를 새긴 비석과 하얀 대리석으로 만든 그의 동상이 멋진 모습을 자랑하고 있었다.

하지만 이제 대성중학교는 존재하지 않았다. 그곳의 유적은 은진중학교, 동흥중학교, 광명중학교, 광명여고, 명신여고 등과 통합이 되어 용정중학교라는 이름을 갖고 있었다. 대성중학교의 유적은 크고 굉장한 이 용정중학교의 한구석에 쓸쓸하게 자리를 잡고 있을 뿐이었다. 따라서 대성중학교의 유물관에서 은진중학교 학생이었던 윤동주 시인을 높게 기리는 것은 당연했다.

정문 앞 윤동주 시인의 동상과 시비 앞에 서서 찰칵 찰칵 사진을 찍은 백간 팀은 자연스럽게 대성중학교 건물 안으로 빨려 들어갔다. 대성중학교 건물은 용정 지역을 발판으로 독립운동을 했던 애국지사들의 업적을 기리는 작은 박물관이었다. 다른 많은 애국지사가 소개되어 있었지만 내게는 윤동주 시인과 이상설 열사에 대한 소개와 전시가 좀 더 눈에 띄었다.

이곳 용정의 대성중학교는 낡은 학교 건물을 잘 보존해 가며 항일 독립운동 시절의 정신과 기상을 뜨겁게 부추기고 있었다. 아래층에는 윤동주의 시집, 발해의 왕조사를 기술한 책 등을 팔고 있는 작은 서점도 있었다. 자료가 될 것 같아 이들 책 몇 권을 구입했다. 물론 인쇄나 제본의 솜씨, 종이의 질은 그동안 줄곧 보아 왔던 것처럼 수준이 별로 높지 않았다.

대성중학교에 들러 일제강점기 애국 열사들의 발자취를 살펴본 백간 팀은 일단 용정 시내를 좀 더 둘러보기로 했다. 용정이라는 이름의 기원이 되는 '용두레우물'부터 찾아보기로 했는데, 용두레우물은 해란강 가에서 멀지 않은 '거룡우호공원' 안에 자리해 있었다. 다른 공원에서와 마찬가지로 이곳 '거룡우호공원'에도 노인들 몇 분이 나무 그늘 밑에 앉아 두런두런 얘기를 나누고 있었다.

용두레우물은 함경도에서 살길을 찾아 두만강을 건너 이곳까지 온 조선인 간도 유민이 1879~1880년 사이에 발견한 우물이라고 했다. 처음에는 만주족이 쓰다가 버린 우물을 조선인 청년 장인석과 박인언이 발견해 '용두레'를 달아 이용했다고 한다. 전해 오는 얘기로는 그런 뒤 이 동네를 '용두레촌'이라는 이름으로 부르다가 지금은 '용정龍井'이라는 이름으로 부른다고 했다. 그러고 보면 용정은 연변 지역에서 최초로 조선족들이 모여 살기 시작한 곳인 셈이다. 용두레우물 가에는 '룡정지명기원지우물'이라는 멋진 표지석이 서 있기도 했다.

용두레우물은 돌담으로 가를 두르고 윗부분을 통나무판으로 막은 뒤 사각의 구멍만 내놓아 제대로 안을 들여다보기 어려웠다. 물론 지금은 사용되지 않는 우물이라고 했다. 이 우물은 조두남의 작곡한 노래 〈선구자〉의 2절에 "용두레 우물 가에 밤새 소리 들릴 때" 운운의 구절에 나와 더욱 사람들의 관심을 끌었다.

중국의 문화혁명 시기에는 용두레우물도 수난을 좀 받았다. 홍위병에 의해 주변의 비석도 파괴되고 용두레우물도 메워져 버린 것이다. 그러던 중 1987년 용정인민정부가 역사적 유물인 용두레우물도 중건하고 비석도 복원했다고 한다. 물론 애국정신 및 향토애를 기르기 위한 교육적 차원에서였다.

용정 시내에서는 일제강점기에 만들어진 역사 유산인 '일본간도총영사관'을 들러보는 것도 중요한 여행의 일정이었다. 장떠거의 버스를 타고 찾은 일본간도총영사관은 첫 모습부터 기분을 음산하고 음침하게 했다. 당연히 기분이 언짢았다. 일본간도총영사관은 최근 들어 당시처럼 복원해 놓은 듯했다. 바쁘게 둘러보는 가운데에도 지하의 고문실에 펼쳐져 있는 광경은 끔찍했다. 일제가 독립운동가를 잡아들여 고문하던 모습을 잘 재현해 놓았는데, 너무 처참해 차마 눈을 뜨고 보기가 어려울 정도였다.

일본간도총영사관을 설립할 당시 연변의 중심은 연길이 아니라 용정이었다. 1909년 간도협약 이후 일제는 청나라로부터 연변 일대에서의 영사재판권까지 획득했다. 일제가 1907년 용정에 설치했던 '통감부간도파출소'를 '간도일본총영사관'으로 확대, 개편한 것은 이런 법적인 근거에서였다. 간도일본총영사관은 이름은 영사관이었지만 외교 업무를 담당하는 곳이 아니었다. 그곳은 간도 일대를 지배하기 위해 일제가 만든 경찰 조직의 총본부였다.

간도일본총영사관에서는 중국의 독립운동가는 물론 조선의 독립운동가도 엄청나게 고문을 당했다. 그러다 보니 1922년에는 반일 무장투쟁으로 간도일본총영사관이 몽땅 전소되기까지도 했다. 그런 다음에 재건된 용정의 간도일본총영사관은 1937년 폐관될 때까지 무려 2만여 명이 넘는 항일 독립운동가를 고문한 곳이었다.

이곳 지하의 고문실에서 고문받다가 죽거나 장애인이 된 사람만 해도 4,000여 명이나 된다고 했다. 아예 1,000여 명은 서울의 서대문 감옥으로 압송을 시키기까지 했다. 용정의 '3 · 13 유혈 사건' '간도 공산당 검거 사건' '8 · 7 유혈 사건' 등이 다름 아닌 이 간도일본총영사관에서 기획하고 자행된 사건들이었다.

간도일본총영사관을 둘러본 백간 팀은 서둘러 윤동주 시인의 생가로 향했다. 장따거의 버스는 백간 팀을 싣고 서둘러 윤동주 생가를 향해 땡볕 속을 달렸다. 마침내 장따거의 버스가 명동촌의 언덕 위에 서게 되었다. 윤동주 시인의 생가는 이 언덕 아래의 명동촌에 자리해 있었다. 윤동주 시인의 생가에 도착해 버스에서 내렸을 때는 곳곳에서 한참 폭염이 타오르는 중이었다. 햇볕이 너무 강해 선글라스를 쓰지 않고서는 주위를 둘러보지도 못할 정도였다.

언덕 아래로 걸어 내려가려는데 커다란 선돌 위에 쓰여 있는 '윤동주 생가'라는 한글 글씨가 보였다. 조금 더 걸어 내려가자 담을 따라 옆으로 길게 세운 돌판 위에도 '조선족 애국 시인 윤동주 생가'라는 검은 글씨가 보였다. 이어지는 길 옆에는 작은 돌판 위에 윤동주의 시를 새긴 많은 시비들이 늘어서 있었다. 사진도 좀 찍고 시비의 시들도 좀 읽고 있는데 앞서가는 최두열 팀장이 뒤에 떨어져 있는 나와 송윤옥 처장에게 빨리 오라고 소리쳤다. 서둘러 달려가니 누군가 최두열 팀장이 등에 지고 다니던 배낭을 대성중학교 앞 가게에 두고 와서 그곳으로 다시 돌아가야 한다고 귀엣말을 해 주었다.

윤동주 시인의 생가는 일제강점기에 지은 조선식 기와집이었다. 오른쪽 끝의 방에는 윤동주와 그의 문학을 추모하는 약간의 시설이 있었다. 방을 둘러보니 좀 엉성한 제단이 먼저 눈에 띄었다. 제단의 바로 위에는 사각모를 쓴, 이미 잘 알려져 있는 윤동주 시인의 사진이 걸려 있었다. 그리고 사진의 좀 위에는 '윤동주 시인 서거 70주년 기념'이라고 쓰인 플래카드가 걸려 있었다. 광목천으로 만든 다소 조악한 플래카드는 이곳의 경제 형편을 잘 말해 주는 듯했다.

제단의 밑에는 작은 모금함이 놓여 있었는데, 나는 우선 그곳에 한국 돈 지폐 몇 장을 넣었다. 그러고는 제단 앞에 서서 큰절을 했다. 문득 윤동주의 시를 읽으며 미래를 꿈꾸던 젊은 시절이, 특히 용두동에서 자취하던 시절이 떠올랐다.

본채 오른쪽에는 사랑채가 있었는데, 사랑채 앞에서는 한 조선족 처녀가 이런저런 기념품과 음료수 등을 팔고 있었다. 서둘러 냉커피 몇 잔을 사서 나누어 마시는데, 빨리 돌아가야 한다고 부르는 김광철 대표의 다급한 소리가 들려왔다. 아무리 급해도 화장실은 다녀와야 할 것 같은데, 자꾸 불러 대니 마음이 급해 허겁지겁 발을 동동거려야 했다. 백간팀을 실은 장따거의 버스는 서둘러 용정 시내의 대성중학교를 향해 다시 달렸다.

다시금 확인한 것이지만 대성중학교의 유물 전시관은 용정중학교와 담을 나누어 쓰고 있었다. 담 너머로 크고 넓은 용정중학교 운동장과 건물이 보였다. 최두열 팀장은 서둘러 이곳 가게에 들러 얼마간의 사례비를 주고 배낭부터 찾았다. 적잖은 여행 경비와 각종 서류가 들어 있는 배낭이었다.

최두열 팀장의 배낭을 되찾은 백간 팀은 이내 일송정을 향해 달렸다. 일송정을 향해 달리는 버스 안에서였다. 누군가 별로 볼 것도 없는데, 굳이 산꼭대기의 일송정에까지 갈 필요가 있느냐고 말했다. 다음 일정이 바쁘다는 것이었다. 그러니 잘 보이는 곳에서, 그냥 멀찍한 곳에서 일송정을 바라다보고 다음 행선지로 떠나는 것이 어떠냐고 제안했다. 너무 덥기도 하고 너무 지쳐 있기도 한 참이라 의견을 달리하기 어려웠다.

장따거는 남쪽 멀리 일송정과 소나무 한 그루가 보이는

지점에 차를 세웠는데, 마침 곁에 개구리참외를 파는 아주머니 행상이 있었다. 김광철 대표와 나는 차에서 내려 개구리참외를 좀 샀는데, 백간 팀과 함께 나누어 먹기 위해서였다. 지열地熱이 아주 심해 에어컨이 없는 버스 밖에서는 잠시도 서 있을 수 없었다. 백간 팀은 그렇게 참외를 나누어 먹으며 버스 안에서 얼마간 일송정과 소나무를 바라보다가 연길을 향해 발길을 돌렸다.

버스를 타고 연길로 가는 도중 장따거는 게르마늄 성분이 들어 있는 팔찌, 목걸이 등을 파는 귀금속 상점으로 백간 팀을 데리고 갔다. 겉보기와는 달리 실내의 귀금속 상점은 조명도, 분위기도 화려했다. 김도경 원장과 유금자 선생 등이 게르마늄 목걸이와 팔찌에 다소 관심을 보이는 듯했다.

평소에 나는 몸에 붙이는 장신구가 장난감과 유사하다고 생각을 했다. 장남감은 금방 질린다는 것이 특징이다. 돈도 돈이지만 게르마늄 성분의 팔찌, 목걸이 역시 금방 질리고 말 것이 뻔했다. 잠시 설명을 듣던 나는 이내 지루해져 아내를 데리고 귀금속 상점 밖으로 나와 나무 그늘 밑에 앉았다. 나무 그늘 밑도 덥기는 마찬가지였다. 거듭 손부채를 부치며 그곳에서 한참의 시간을 보냈다.

어머니를 모시고 형제들과 함께 일본의 오키나와로 여행을 간 적이 있었다. 자연스럽게 그곳 면세점에 들르게 되었는데, 어머니가 게르마늄 성분의 팔찌를 갖고 싶어 했다. 제법 돈을 들여 어머니에게 게르마늄 팔찌를 사 드렸는데,

처음에는 게르미늄 팔찌를 좀 신기해하는 듯했다. 그러나 이내 어머니는 게르미늄 팔찌를 마음에서 버리고 말았다. 금방 질린 것이었다.

한 사람 두 사람 귀금속 상점을 빠져나오더니 백간 팀 전체가 어느새 장따거의 버스 안으로 돌아와 있었다. 누가 좀 게르미늄 장신구를 구입했냐 물었더니 다들 고개를 저었다.

귀금속 상점을 출발한 장따거의 버스는 오래지 않아 연길 시내에 도착했다. 고개를 들러 주위를 살펴보니 여기저기 한자와 병기된 한글 간판들이 보였다. 조선집, 동교 전기수리, 맹림 술 담배, 부산식당, 진미명태, 연길한복 등이 그것이었다. 어느새 거리에는 저녁 어스름이 내리고 있었다. 버스 안에서 바라다보는 연길의 거리는 높고 깨끗한 건물들이 즐비했다.

연길은 '연변조선인자치주'의 주도였다. '연변조선인자치주'에는 한족漢族, 조선족, 만주족, 회족 등 23개 소수민족이 살고 있었다. 연변조선인자치주라고는 하지만 대단위 이주 정책으로 인해 한족이 인구의 절반 이상이라고 했다. 250만 정도의 인구 중 실제로는 한족이 57%, 조선족 40%, 만주족이 3%, 회족이 0.3, 기타 소수민족이 나머지 인구를 이루고 있다고 했다.

연변 지역 일대는 조선시대 말 우리 선조들이 이주해 살며 개척한 곳으로, 일제강점기에는 독립운동의 근거지가 되기도 했다. 동북 3성 지역을 침략해 점령한 일제는 1943년

12월 연변 지역 일대를 간도성이라고 명명했다. 연변 지역 일대를 간도라고 부르기 시작한 것은 그런 이후부터였다.

백간 팀은 오늘 하루를 이곳 연길의 성보호텔에서 묵기로 했다. 성보호텔은 연길 시내의 한복판에 자리 잡고 있었는데, 아래층은 백화점이었다. 백화점의 고층에 자리 잡고 있는 것이 성보호텔인 셈이었다.

짐을 풀고 각자 식사를 마친 백간 팀은 각각 연길 시내 구경에 나섰다. 물론 아내와 나도 최두열, 김덕성, 김광철 등의 일행을 따라 연길 시내 구경에 나섰다. 초저녁이기는 했지만 거리에는 불빛이 휘황찬란했다. 원자력발전소 덕분에 전기를 마음껏 쓸 수는 있지만 그것을 태양광발전소로 바꾸면 어떨까 하는 생각을 또 해 보았다.

길을 따라 걸어 도착한 곳은 청년광장이었다. 밤이 깊어 가는데도 청년광장에는 사람들로 들끓고 있었다. 맨 먼저 만난 것은 젊은이들이었는데, 이들은 음악을 크게 틀어 놓고 브레이크댄스를 추었다. 조금 더 나아가자 중년의 남녀들이 블루스를 추고 있거나, 탱고를 추고 있는 모습이 보였다. 사람들은 모두 자신들의 춤에 맞는 음악을 크게 틀어 놓고 있었다.

광장의 끝에는 제법 넓은 강이 흐르고 있었다. 연길시 중심부를 흘러가는 이 강의 이름은 '부르하 통하'라고 하는데, 여진의 언어로 '버드나무가 무성한 강'이라는 뜻을 갖고 있다고 했다. 밤의 '부르하 통하'를 둘러보다가 일행을 쫓아 이내 성보호텔로 돌아왔다.

호텔의 방으로 돌아와 얼마 지나지 않아서였다. 와이파이가 터져 카톡을 열어 보았더니 『삶의문학』 단톡방에 이재무 시인의 문자메시지가 올라와 있었다. 이은봉 시인이 '송수권시문학상'을 받게 되었다는, 축하한다는 내용이었다. 급하게 이재무 시인한테 이 메시지가 정말이냐고 카톡 문자로 물었다. 정말이라는 답이 왔다. 나보다 아내가 더 좋아 어쩔 줄을 몰랐다.

이재무 시인의 이 말, 믿어도 되나? 꿈에도 받으리라 생각하지 못한 상이었다. 가슴이 먹먹했다. 아무래도 잘 믿기지 않았다. 나태주 선생님한테 연길에 와 있다는, 윤동주 생가에 다녀왔다는 문자메시지를 남겼다. 나태주 선생님이 이 '송수권시문학상'을 추천해 주었기 때문이다.

밤 10시쯤 되었을까. 정기훈, 김광철 등 남자 회원들의 호출을 받고 다시 성보호텔 밖으로 나왔다. 호텔 근처의 '꼬치집'에 모여 한잔하자는 것이었다. 일행이 꼬치집에 들어가 자리에 앉자 이 집 종업원과 사장은 신이 난 듯했다. 계속해서 양고기 꼬치, 닭고기 꼬치, 소고기 꼬치, 닭똥집 꼬치 등을 내왔다. 술에 약한 나이지만 모처럼 정신없이 취했다. 이내 졸리고 피곤했다. 더는 견디지 못하고 아내와 함께 나는 이들보다 먼저 호텔로 돌아와 잠을 청했다.

밤거리의 술자리는 언제나 즐겁다. 논두렁 건달처럼 아무런 책임 없이 세상을 어슬렁거릴 수 있기 때문이다.

여덟째 날(8월 12일)

어젯밤 잠이 들 때는 늦게까지 자기로 했다. 하지만 눈을 뜨니 새벽 6시 15분이었다. 침대에 누워「윤동주 생가」라는 제목으로 시 한 편을 썼다. 시를 주무르고 있다가 보니 벌써 아침밥을 먹을 시간이 다 되어 있었다. 생각해 보니 오늘은 아침밥을 각자 자유롭게 해결하기로 한 날이었다.

아내와 나는 서둘러 거리로 나왔다. 우선은 제과점에 들러 빵을 좀 사기로 했다. 그런데 조금 걸으니 삶은 옥수수를 파는 행상이 보였다. 너무 반가웠다. 몇 자루의 옥수수를 사 들고 제과점으로 가 빵을 좀 샀다. 그런 뒤 터벅터벅 걸어 호텔로 돌아오는 길인데, 느닷없이 아내가 옥수수를 좀 더 사자고 했다. 기왕이면 옥수수를 넉넉히 장만해 백간 팀 모두와 나누어 먹을 생각이었다. 호텔로 돌아온 아내와 나는 옥수수와 빵, 요플레 등으로 간단히 조식을 해결했다.

이날 오전에는 다소간 시간의 여유가 있었다. 좀 늦게 성보호텔을 나선 백간 팀은 곧바로 연변대학교延邊大學校를 찾아 나섰다. 어렵지 않게 찾은 연변대학교는 겉보기만으로도 규모가 크고 웅장했다. 아주 넓은 터를 확보하고 있는 것이 연변대학교인 듯했다. 방학 중이라 그런지 학내에 학생들은 별로 많지 않았다. 일단은 대학의 본관 건물을 찾아 들어갔다. 2층으로 올라가니 게시판에 연변대학교의 연혁과 역사 등이 자세히 전시되어 있었다.

연변대학교는 이 지역 각 민족 간의 융합과 발전을 위해 조선족 지도자들의 선각적인 노력에 의해 1949년 중국공산당의 인가를 받고 설립이 되었다. 그러니만큼 중국 내 조선족을 위한 최고의 학부로 연변대학교延邊大學校는 성장, 발전하고 있었다.

연변대학교가 설립될 당시 이 지역에서 가장 다수를 이루고 있었던 것은 조선족이었다. 중국 내 '연변조선족자치구'가 지정된 것은 바로 그런 이유에서였다. '연변조선족자치구'가 지정된 만큼 중국의 소수민족 정책에 따라 '연변조선족자치구' 내에도 조선족을 위한 대학을 설립할 필요가 있게 되었다. 지역사회를 지도할 수 있는 간부급 인사들을 양성해 연변조선인자치구의 발전은 물론 중국 전체의 발전에도 기여할 수 있는 우수한 인재들을 육성할 필요가 생겼던 것이다.

연변대학교의 2층으로 올라가 이 대학교의 연혁과 역사 등을 둘러보는 것도 그런대로 재미있었다. 하지만 백간 팀은 그곳에서 오래 머물러 있지 못했다. 이내 연길 시내의 변두리에 자리를 잡고 있는 연변박물관을 향해 발길을 돌려야 했다. 연변의 유적을 좀 더 체계적으로 알기 위해서였다.

당시 나는 연변박물관이 발해의 유물과 유적을 많이 보유, 전시하고 있는 곳이라고 생각했다. 그러나 가볍게 일별하며 느낀 것이지만 연변박물관은 일종의 자연사박물관이었다. 연변 지역에 사람들이 이주해 와 살게 된 과정을 서사화한 전시물들이 중심을 이루고 있었기 때문이다.

본래 이 지역은 청나라가 출현한 곳이기도 했다. 동시에 옥저, 읍루, 부여 등 고대국가의 강역이기도 했지만 말이다. 그래서일까. 연변박물관에는 몇몇 유물들과 함께 옥저, 읍루, 부여 등 고대국가의 강역이 상세히 설명되어 있었다.

청나라는 북경으로 중심 터전을 옮긴 뒤 이 지역을 공동화한 바 있다. 조선인은 구한말과 일제강점기 초 오직 먹고 살기 위해 공동화된 이 지역으로 흘러 들어왔다고 한다. 그런 뒤 이 지역을 살 만한 곳으로 가꾼 것은 물론 조선인이었다. 연변박물관에 조선인의 유민사가 상당 부분 전시, 기술되어 있는 것은 바로 그런 이유에서였다.

연변박물관이 조선인의 유이민사에 깊은 관심을 두는 데는 다른 이유도 있었다. 일제강점기에 조선인들이 중국공산당과 협력해 치열하게 독립운동을 수행했기 때문이다. 물론 연변박물관에는 조선인들이 중국공산당과 협력해 치열하게 수행한 독립운동사도 매우 중요하게 취급되어 있었다.

연변박물관을 둘러본 백간 팀은 점심 식사를 하기 위해 그곳에서 별로 멀지 않은 곳으로 자리를 옮겼다. 장따거의 버스가 주춤주춤 백간 팀을 안내한 곳은 김치찌개가 중심 메뉴인 조선족 식당이었다. 모처럼 먹는 김치찌개가 자꾸 입맛을 당겼다. 그러니 과식을 하지 않을 수 없었다.

서둘러 김치찌개로 점심 식사를 마친 뒤였다. 와이파이가 터져 핸드폰의 문자메시지부터 살펴볼 수가 있었다. 일단은 나태주 선생이 보내온 문자메시지부터 눈에 들어왔다. 긴장을 하고 살펴보니 "이은봉 시인, '송수권시 문학상' 본상 수상, 축하합니다"라는 글자가 급하게 읽혔다. 자꾸 가슴이 두근거렸다. 상금이 3,000만원인 문학상의 수상자로 확정된 것이었다.

어제저녁까지만 해도 반신반의했는데, 실제로 '송수권 문학상' 수상자가 되었다니! 말할 것도 없이 기분이 너무 좋았다. 가슴이 자꾸 아싸, 아싸 하는 소리를 냈다. 하지만 이 사실을 내 입으로 백간 팀에게 말하기는 좀 쑥스러웠다. 과도한 자랑으로 들리면 위화감이 생길 수도 있었기 때문이다.

백간 팀이 지금 머물러 있는 곳은 이른바 동간도, 연변 조선족자치구의 수도 연길이었다. 백두산보다 북쪽, 중강진보다 북쪽인데도 찜통더위는 여전했다. 폭염이 내리쬐는 연길을 떠나 장따거의 버스는 훈춘을 행해 달리기 시작했다.

연길을 벗어나자 이번에는 버스의 오른쪽으로 두만강이 흘렀다. 이른바 두만강 400리 길에 들어선 것이었다. 두만강의 길가에도 역시 옥수수밭이 드넓게 펼쳐져 있었다. 버스는 터덜터덜 느릿느릿 훈춘을 향해 달렸다. 시속 50km나 될까. 버스의 오른쪽에서는 여전히 쉬지 않고 두만강의 강물이 흘러내렸다.

장따거의 버스를 타고 두만강을 따라 터덜거리며 훈춘을 향해 달려가는 길이었다. 최두열 팀장이 마이크를 잡고 오늘의 일정과 공지사항을 확인한 뒤였다. 옆자리에 앉아 있던 아내인 송윤옥 처장이 불쑥 앞으로 나가 마이크를 잡았다. 이 사람이 지금 무슨 말을 하려는 거지, 하고 잠시 바라보는 중이었다.

"너무 좋아, 참을 수가 없어 앞으로 나왔어요. 여기 있는 저의 남편 이은봉 시인이 어젯밤 '송수권시문학상'을 수상하게 되었다는 연락을 받았어요. 상금이 삼천만 원이랍니다. 그래서 자랑하러 나왔습니다. 축하해 주세요."

아내의 느닷없는 발설에 나는 좀 어이가 없었다. 다들 박수를 쳐 얼떨결에 나도 따라 박수를 쳤지만 너무 쑥스러워 쥐구멍이라도 들어가고 싶을 정도였다. 여기저기서 축하한다는 말소리가 들려왔지만 나는 감사하다는 말조차 제대로 하지 못했다.

백간 팀의 이런 환호도 흐르는 시간을 어쩌지는 못했다. 오른쪽으로 흐르는 저 멋진 두만강을 바라보는 것도 이제는 지친 모양이었다. "두만강 푸른 물에 노 젓는 뱃사공……." 정기훈 선생이 선창하는 옛 대중가요를 따라 부르다가 나는 그만 깜박 졸고 말았다.

그렇게 졸고 있는데, 갑자기 버스가 섰다. 이어 누군가 차에서 내리라고 소리를 질렀다. 얼떨결에 따라 내리며 둘러보니 풀숲 저쪽으로 좁다란 다리가 보였다. 중국과 북한을 잇는 다리인데, 누군가 지금은 다리의 중간이 끊어져 있다고 말했다.

우선은 소변이 급했다. 나는 다리 앞 오른쪽 풀숲으로 들어가 서둘러 내 몸에서 뜨거운 물기둥을 꺼냈다.

다리 위로 제법 걸어 나갔는데, 두만강의 중간도 지나지 않아 다리가 끊겨 있는 것이 보였다. 다리 건너편 오른쪽으로는 북한군 초소가 보였다. 6 · 25 남북전쟁 때 끊어진 다리인가 하고 혼자 생각했다.

어디에 안내 간판이 있을 법한데, 내 눈에는 잘 보이지가 않았다. 김덕성 선생은 디지털카메라의 렌즈를 당겨 끊어진 다리 저쪽의 북한군 초소를 들여다보고는 했다. 그러던 중 갑자기 킥킥킥 웃으며 자신이 찍은 사진 한 컷을 보여 주었다. 사진에는 북한군 초병이 주변의 풀숲을 향해 제 몸에서 뜨거운 물기둥을 꺼내는 모습이 잡혀 있었다.

다리 밑을 내다보니 강물 안쪽으로도 철조망이 쳐져 있었다. 북조선과 중국 간의 국경선을 표시하는 것인 듯했다. 철조망 안쪽에서는 양 떼들이 몰려다니며 풀을 뜯어 먹고 있었다. 강가의 물웅덩이에는 오리 떼들이 물장구를 치며 놀고 있는 모습도 보였다. 한여름이라서 오후 4시가 넘었는데도 햇살이 아주 뜨거웠다. 너무 더워 더 이상 이 끊어진 다리 위에서 시간을 보내기는 힘들었다.

장따거의 버스는 채 한 시간도 달리지 않아 훈춘 시내로 들어섰다. 겉보기에도 훈춘이 신도시라는 것을 알 수 있었다. 신도시인 만큼 훈춘의 시내는 깨끗하게 정비되어 있었다. 도시의 건물들이 모두 크고 웅장했는데, 최근의 중국 동북 지방에서 흔히 볼 수 있는 스타일이었다. 건물 밑 상가에는 옹기종기 한자와 한글이 병기되어 있는 간판이 보였다.

이곳 훈춘에도 조선족이 많이 살고 있다는 증거였다.

훈춘 역시 옛날에는 조선을 건국한 이성계 장군 등 우리 선조들이 말을 달리던 땅일 터였다. 일제강점기만 해도 이곳 훈춘은 수많은 애국지사들이 활동을 하던 공간이었다.

이런저런 생각을 하며 훈춘 시내를 버스로 달리다 보니 갑자기 이용악의 국경시편들이 떠올랐다. 이곳이 이른바 '북방 정서'의 본고장이겠구나 하는 생각도 들었다.

훈춘 역시 강을 끼고 있는 도시였다. 시내 한복판으로 제법 큰 강이 흘렀는데, 주변의 여러 사람들에게 강의 이름을 물어도 아는 사람이 없었다. 나는 혼자 이용악의 시에 나오는 '아무르강'인가 하고 생각했다.

강을 건너고도 한참을 달린 뒤 버스는 한 호텔 앞에 섰다. 버스에서 내리는데, 호텔 앞에는 길게 가로로 세워진 입간판이 보였다. 눈을 크게 뜨고 읽어 보니 '琿春紅麴國際大賓(혼춘홍국국제대빈)'이라고 쓰여 있었다.

로비에서 호텔 방의 열쇠를 받는 중이었다. 느닷없이 아내가 나를 한쪽 옆으로 끌고 가더니 뭐라고 말했다. 자세히 들어 보니 나로서는 아직 한 번도 생각해 보지도 못한 제안을 하는 것이었다.

"여보. 오늘 저녁 식사는 당신이 한턱 쏘아요, 백간 팀 모두에게. '송수권시문학상'을 받게 되었다고 축하받았잖아." 나는 좀 당황스러웠다.

"한국으로 돌아가 상금을 받은 뒤 한턱을 쏘아야 하는

것 아닌가?"

"상금을 받을 때는 다들 만나기가 어려워져요! 그러니 지금 한 턱 쏴요!"

"어디서? 이 호텔 식당에서?"

"응!"

"그럼, 알아봐. 최두열 팀장과 상의해 봐."

아내가 최두열 팀장과 함께 로비의 담당자에게 알아보았는데 밥값이 별로 비싸지는 않았다. 맥주 몇 잔을 곁들여도 크게 부담이 되지는 않을 듯했다. 쇠뿔도 단김에 빼라고 했던가. 아내가 권하는 대로 나는 백간 팀 모두에게 저녁 식사를 대접하기로 했다. 마음은 있어도 주춤거리며 쉽게 용기를 내지 못하는 사람이 나라는 것을 잘 아는 아내가 먼저 일을 저지른 것이었다.

호텔 2층에는 따로 멋진 식당이 있었다. 누군가 북한 정부에서 임대를 해 외화벌이의 하나로 운영하는 식당이라고 말했다. 북한 여자는 꽃으로 장식된 더 멋진 방이 있다며 방값을 따로 더 받는다고 말했다. 구태여 꽃으로 장식된 더 멋진 방을 택할 필요는 없었다. 백간 팀은 꽃으로 장식이 되지는 않았지만 그런대로 꽤 괜찮은 방 하나를 빌렸다.

원탁의 둥글고 큰 식탁에 앉은 백간 팀은 각자 좋아하는 이런저런 음식을 시켰다. 예쁜 북한 여자가 음식을 내오는 등 상냥하고 친절하게 서빙을 했다. 나는 우선 맥주부터 유리잔에 따라 목을 축였다. 다음에는 온갖 덕담을 나누며 여러 음식을 배불리 먹고 마시며 훈춘의 밤을 보냈다. 상을 받는다고 한턱을 내는 자리라서인지 왠지 쑥스럽고 멋쩍었다.

저녁 식사를 마친 뒤 정기훈 선생, 이동희 교수 부부, 문수정, 김현숙 등은 훈춘 시내의 야시장을 구경하러 갔다. 따라갈까 하다가 너무 피곤해 우리 부부는 편히 쉬기로 했다. 하지만 곧바로 쉬는 것을 포기하지 않을 수 없었다. 김광철 선생이 김덕성, 최두열 선생 등과 함께 우리 부부를 일 층 로비로 불러냈기 때문이다.

일 층 로비에는 북한 정부에서 임대해 운영하는 와인 바가 있었다. 일단은 이들과 함께 북한산 와인을 주문해 마시기 시작했다. 북한산 와인을 다 사 마시고도 부족해 러시아산 와인을 시켜 먹기도 했는데, 이들 와인이 모두 너무 달아 내 입맛에는 잘 맞지 않았다.

술을 마시는 것은 본래 말을 나누기 위한 것이 아닌가. 몇 잔 들이키기도 전에 김광철 대표와 나는 우리 민족의 강역과 관련해 격렬한 논쟁을 하게 되었다. 이번에도 논쟁은 김광철 대표가 먼저 유발했다.

그는 백두산 및 동북 3성과 관련해 우리 민족의 발상지 운운한다는 것이 별로 설득력이 없다는 주장을 펼쳤다. 나는 어느 민족이나 이동을 하며 자신의 강역을 만들기 때문에 과거의 고구려가 백두산 및 동북 3성을 강역으로 했다는 것까지 부인할 필요는 없다고 주장했다. 고구려의 국민이 우리 민족의 선조라는 것까지 부정하면 모르겠지만 말이다. 내가 보기에는 아무래도 그의 생각이 남한의 시각에 갇혀 있는 것처럼 보였다.

논쟁은 언제나 꼬리를 물고 일어나게 마련이다. 김광철 대표는 나와 주고받던 논쟁을 최두열 선생과 주고받는 논쟁으로 점차 바꾸어 갔다. 논쟁의 주체와 객체가 바뀐 것을 확인한 뒤 나는 너무 피곤해 호텔의 방으로 돌아왔다. 스멀스멀 잠이 밀려와 베갯잇을 적셨다.

아홉째 날(8월 13일)

오늘도 이른 아침인 6시에 기상했다. 물론 중국의 시간이다. 호텔에서 조식을 마친 백간 팀은 오전 7시에 버스를 탔다. 버스는 북한과 중국, 러시아가 서로 국경을 이루는 방천防川을 향해 달렸다. 이른바 방천풍경구防川風景區가 백간 팀의 행선지였다.

왼쪽 차창 밖으로 보이는 풍경들은 좀 황량했다. 최근에 심은 미루나무 숲들만 가끔씩 눈에 띄었다. 오른쪽 차창 밖으로는 여전히 두만강이 모래사장을 만들며 동해로 흘러가고 있었다. 두만강의 이쪽저쪽에는 여기저기 크고 작은 습지가 펼쳐져 있었다. 문득 왼쪽 차창 밖으로 보이는 모래언덕가의 오토캠핑장이 시선을 끌기도 했다.

방천까지 가는 중국의 도로는 별로 넓지 않았다. 좌우

로 러시아와 북한의 국경을 맞대고 있는 좁다란 토지 위에 도로가 펼쳐져 있었다.

방천은 모래사장이 몰려 있는 두만강 하구에 자리해 있었다. '조아(조선과 아라사) 우정의 다리'가 보이는 별로 넓지 않은 공간이 방천이었다. 중국과 조선과 아라사가 만나는 곳인 방천……. 장따거는 소형차 10위안, 대형차 20위안이라는 입식 간판이 크게 세워져 있는 주차장에 버스를 세웠다.

주차장 한쪽으로는 두만강을 조망할 수 있는 전망대가 세워져 있었다. 대충 그곳을 둘러본 백간 팀은 셔틀버스를 갈아타고 이내 용봉각까지 갈 참이었다.

줄을 서서 겨우겨우 탄 셔틀버스는 대만원이었다. 에어컨이 나오는데도 셔틀버스 안은 몹시 더웠다. 탑승객들 중 백간 팀을 용봉각 앞에 내려놓고 셔틀버스는 다시 달렸다. 내처 러시아 국경 너머까지 가는 버스인 듯했다.

용봉각은 어마어마하게 크고 웅장한 풍경 관람용 탑이었다. 다른 곳과 마찬가지로 용봉각 입구에서도 이런저런 특산물을 파는 가게가 있었다. 엘리베이터를 타고 8층 전망대에 가려면 한참 줄을 서 기다려야 했다. 다른 방법이 없어 그렇게 기다리고 있는데 너무 더워 그만 가슴이 터질 것 같았다. 형편이 이러하니 특산물 따위를 주목할 겨를이 없었다.

엘리베이터를 타기 위해 기다리는 사람들은 백간 팀만이 아니었다. 유람을 나온 중국 사람들로 엘리베이터 앞은 바글바글 시끌시끌했다. 우선은 찜통더위를 뚫고 엘리베이터를 타고 용봉각의 전망대에 올라가 조선, 중국, 아라사의 국경 지역을 둘러보는 일이 급했다.

겨우겨우 엘리베이터를 타고 용봉각 8층 전망대 위에 올라가 멀리 동해와 가까이 러시아 및 북한 땅 등을 바라보았다. 아, 참 넓고 크구나, 저기가 아라사이구나, 저기가 함경북도구나, 하는 탄성이 절로 나왔다. 하지만 너무 더워 그곳에서 오래 머무를 수는 없었다.

용봉각은 아주 규모가 큰 탑이면서 누각이었다. 하지만 불볕더위는 용봉탑의 규모 따위에 관심이 없었다. 너무 더워 가슴과 등허리가 불에 타는 것 같았다. 서둘러 셔틀버스를 타고 방천의 정류장으로 돌아오는 것이 상책이었다.

장따거의 버스는 에어컨을 튼 채 이윽고 도문을 향해 출발했다. 왔던 길을 되돌아 가는 여정이었다. 일단은 훈춘을 거쳐야 도문에 갈 수 있었다. 장따거는 훈춘으로 가는 길 어딘가에서 점심 식사를 하자고 했다. 길가에서 좀 떨어진 어딘가에 장따거의 버스가 멈추었는데, 졸다가 깨어 주위를 살펴보니 낯선 식당의 앞이었다.

식당에 들어서니 야외에 식탁이 차려져 있었다. 조롱박 넝쿨이 그런대로 그늘을 만드는 곳이었다. 요리가 나오기 시작하여 식탁 앞에 앉았는데, 아주 커다란 생선 요리가 먼저 눈에 띄었다. 한 입 떼어 먹어 보니 아무 맛도 없었다. 다른 음식들도 전혀 입맛에 맞지 않았다. 향채를 넣지는 않았지만 그렇고 그런 중국 음식이었다. 준비해 간 고추장에 흰밥 몇 숟가락을 비벼 먹고는 자리를 털고 일어섰다. 장염 증세가 심해 자주 설사를 하는 등 여러모로 고통스러운 날들이었다.

식사를 마치자 장따거의 버스는 서둘러 도문을 향해 출발했다. 백간 팀은 오늘 내내 도문을 거쳐 연길까지 가야 했다. 오늘 밤까지 연길로 되돌아가는 여정이 시작된 셈이었다. 도문을 향해 달리는 버스 안에는 아직도 지치지 않은 김광철, 김익승, 이희천, 정기훈 등 백간 팀이 타고 있었다. 그들의 입에서는 계속해서 〈직녀에게〉 〈광야에서〉 등의 노랫소리가 터져 나왔다.

터덜거리며 달리던 장따거의 버스가 천천히 도문 시내로 들어서기 시작했다. 여기저기 한자와 함께 한글이 병기된 다양한 간판들이 보였다. 세관네트워크, 이모네식당, 원통택배, 통상구 거리 등이 그것이었다.

장따거의 버스는 예정대로 도문의 두만강 가에 위치한 주차장 안으로 들어섰다. 버스에서 막 내렸는데, '하나투어', '모두투어'라고 이마에 쓴 대형 버스 두 대가 보였다. 버스 주변에는 사람들이 몰려 있었는데, 모두 한국어를 말했다. 한국에서 온 여행객들이었다. 정말 반가웠다. 화장실이 어디냐고 물으니 그중에 한 분이 정성스럽게 알려 주었다.

원래는 도문에서도 보트를 타는 계획이 있었다. 백간 팀은 모두 최두열 팀장을 따라 선착장으로 몰려나갔다. 최두열 팀장이 배표를 마련하자 모두들 주황색 구명조끼부터 입었다. 안내인이 구명조끼를 입지 않으면 보트에 타지 못한다고 우리말로 말했다. 아마도 조선족 청년인 듯했다.

백간 팀을 실은 보트는 북한과 경계를 이루고 있는 두만강 상류를 향해 빠르게 달려 나갔다. 강 건너 낮은 언덕에는 늘 그런 것처럼 북한군의 초소가 우뚝 서 있었다. 초소 근처에는 아직 어려 보이는 군인들 두엇이 눈에 띄었다.

보트가 상류 쪽으로 달리기 시작한 지 10분쯤 되었을까. 핸들을 돌린 보트가 하류 쪽으로 몸을 향했다. 보트는 곧바로 시동을 껐다. 물결을 따라 이내 하류로 흘러 내려가는 보트라니! 보트의 시동이 다시 걸린 것은 그렇게 흘러 내려가던 보트가 선착장에 거의 다가왔을 때였다. 도합 20여 분 정도 걸린 두만강에서의 뱃놀이는 이처럼 허전하게 끝났다.

두만강에서의 뱃놀이를 마친 뒤에는 아내와 함께 강을 따라 좀 걸었다. 산책을 좀 하자는 것이었는데, 너무 더워 금방 짜증이 났다. 이곳저곳 주차장 근처를 어슬렁거리다가 보니 가까이 커피숍이 눈에 들어왔다. 아내와 나는 얼른 커피숍으로 들어가 냉커피 한 잔씩을 마시며 몸을 식혔다.

다시 장따거의 버스에 탄 백간 팀은 북한이 잘 보이는 도문의 한 지역으로 이동을 했다. 도문은 본래 함경북도 온성군과 마주 보이는 도시였다. 장따거는 함경북도 온성군으로 가는 철교가 환하게 보이는 일광산 산림공원 앞에 버스를 세웠다. 이 산림공원 전망대에 오르자 북한의 함경북도 온성군으로 가는 철교가 더욱 잘 보였다. 단체 사진을 찰칵한 뒤 백간 팀은 각자 여러 장의 사진을 찰각찰각했다.

벌써 어둠이 내리고 있었다. 그럼에도 불구하고 더위는 가시지 않았다. 버스 안의 에어컨 냉기 속으로 들어오자 겨우 정신이 들었다.

도문을 떠난 장따거의 버스는 마침내 연길을 향해 밤길을 터덜터덜 달리기 시작했다. 연길까지는 그렇게 멀지 않았다. 연길역에 이르면 장따거의 버스와도 이별해야 했다. 오늘 밤 연길역부터는 기차 여행을 해야 했기 때문이다.

연길역에 도착한 백간 팀은 버스에서 짐을 내린 뒤 서둘러 장따거와 아쉬운 작별 인사를 했다. 다시 만날 것을 기약했지만 그것이 실제로 실현되기는 어려울 터였다.

연길역에서는 하얼빈으로 가는 기차를 탈 참이었다. 장따거의 버스가 돌아간 뒤에도 하얼빈행 기차가 출발하기까지는 2시간이나 남아 있었다. 연길역 광장은 제법 크고 넓었다. 백간 팀은 모두 귀빈실 앞 광장으로 짐을 모았다. 그런 뒤 그곳에 둘러 앉아 기타를 치며 놀았다. 기타를 치며 즐거움을 나누는 분위기를 잡는 사람은 역시 정기훈 선생이었다. 그렇게 역 광장에 주저앉아 기타를 치고 노래를 부르며 놀자 몇몇 중국인 여자들이 함께하며 흥을 돋우기도 했다. 그중의 한 분은 몇 년 전 한국에 가서 돈을 벌어 온 적도 있다고 했다.

자정이 다 되어 출발하는데도 하얼빈행 기차에는 승차하는 손님이 많았다. 외국인들은 일일이 여권을 대조해 본 뒤에야 기차역 안으로 입장을 시켰다. 백간 팀이 마련한 기차의 좌석은 이른바 연와라고 부르는 고급 침대칸이었다. 몇몇은 침대칸 한군데에 모여 술을 마시며 함께 시간을 보내는 듯했다. 그러나 체력이 약한 나는 너무 피곤해 덜컹거리는 기차 바퀴 소리를 자장가 삼아 이내 잠에 빠져들었다.

열째 날(8월 14일)

갑자기 눈앞이 환해지는 듯했다. 잠을 깨고 보니 5시 15분이었다. 하얼빈행 기차는 여전히 덜컹거리며 달리고 있었다. 잠시 게으름을 피우다가 벌떡 일어나 세면장으로 달려갔다. 서둘러 세수를 하고 양치질을 했다. 샤워기에서 쏟아져 나오는 시원한 물로 몸까지 씻었으면 좋겠다는 생각이 들었다. 하지만 그저 생각이나 해 볼 뿐이었다.

백간 팀이 타고 있는 기차는 고급 침대칸이 있는 연와였다. 하지만 고급 침대칸이 있는 연와에도 샤워까지 할 수 있는 시설은 없었다.

열차의 차창에 드리워져 있는 커튼을 젖히자 광활한 대지가 두 눈의 망막을 가득 채웠다. 멀리, 가까이 벼를 심은 논도 보이고, 옥수수를 심은 밭도 보였다. 하얼빈을 향한 기차는 아득한 논과 밭 사이로 달리고 또 달렸다.

달리던 열차가 잠시 멈춰 섰는데 차창 밖으로 牛家(우가)-周家(주가)-平房(평방)이라고 쓰인 작은 푯말이 보였다. 기차가 지금 주가周家에 멈춰 있는 것이었다. 다음 역은 평방平房……. 백간 팀은 하얼빈역까지 가지 않고 평방역에서 내릴 참이었다. 백간 팀이 찾아가려고 하는 하얼빈의 731부대가 평방역에서 좀 더 가까웠기 때문이다. 잘 알다시피 731부대는 일제가 세균전을 준비하던 곳이었다. 실제로는 평방역도 하얼빈시의 변두리였다.

평방역에서 내린 백간 팀 중 몇몇은 대소변이 급했다. 평방역에 있는 화장실은 이곳에서 내린 승객까지 이용할 수는 없게 되어 있었다. 화장실을 찾아간 몇몇이 돌아오지 않아 한참을 기다려야 했다. 이들이 돌아온 뒤에야 백간 팀은 버스를 타기 위해 이동을 했다.

종점에서 버스를 타려고 기다리는데도 사람이 아주 많았다. 두어 대 버스를 보낸 뒤에야 백간 팀은 겨우 일제의 731 세균전 부대로 가는 버스를 탈 수 있었다. 한참을 달린 뒤에야 버스는 우리 일행을 어딘가에 토해 놓았다. 한참을 둘러보니 길 건너편에 '731부대 입구'라는 입간판이 보였다.

백간 팀은 731부대를 둘러보기 전에 아침 식사부터 해결하기로 했다. 최두열 팀장이 백방으로 뛰어다녔지만 쉽게 식당은 발견되지 않았다. 한참을 헤맨 끝에 꽤 먼 곳에서 예식장과 함께 운영하는 식당을 찾을 수 있었다. 식당까지가 너무 멀어 캐리어를 끌고 이동하기에는 다소 불편했다. 백간 팀은 버스 정류장에서 멀지 않은 한 카센터에 짐을 맡기고 얼마간 걸어 예약된 식당으로 향했다.

아침 식사를 마친 백간 팀은 종종걸음으로 새롭게 유적

을 복원해 놓은 731 세균전 부대 박물관을 향해 걸었다. 짐을 맡기고 관람을 시작한 731 세균전 부대 박물관은 규모가 굉장하게 커 더욱 주목되었다. 하지만 이 박물관의 건물 형태가 어딘지 모르게 낯설고 어색한 것은 사실이었다.

생각해 보면 중국으로서는 매우 수치스러운 유적일 터였다. 그런데도 박물관 형태로 잘 복원해 놓은 731 세균전 부대의 각종 유적은 대단했다.

나와 아내는 박물관 입구에서 15위안씩을 주고 731부대에 관해 한국어로 설명이 나오는 이어폰을 빌렸다. 이어폰의 도움을 받아 731 세균전 부대의 끔찍한 유적을 둘러보고 밖으로 나왔을 때도 찜통더위는 견디기 힘들게 했다.

일부는 무개차를 타고 옛날 731 세균전 부대의 현장을 둘러보기도 했다. 그러나 우리 부부는 너무 더워 가판대에서 아이스크림부터 사 먹었다. 그러고는 짐을 찾으러 박물관 입구 쪽으로 걸음을 옮겼다.

짐을 찾은 백간 팀은 다시 버스 정류장 쪽을 향해 걸었다. 일단은 시내버스를 타고 하얼빈역까지 가기로 했다. 하얼빈역에 자리해 있는 안중근 의사의 기념관을 둘러보고 싶었기 때문이다. 어렵지 않게 하얼빈역으로 가는 시내버스를 타기는 했다. 이 시내버스는 무려 55분이나 달려간 뒤에야 백간 팀을 하얼빈역 근처 어딘가에 내려놓았다.

하얼빈은 사람들이 엄청나게 많이 사는 대단히 큰 도시였다. 역 주변에는 수없이 많은 사람이 웅성거리며 몰려다녔다. 캐리어를 끌고 하얼빈 역사驛舍 곁으로 다가갔는데, 그곳 주변은 그다지 깨끗하지 않았다. 역 광장의 바닥은 타일로 만든 포장이 여기저기 깨져 있거나 벗겨져 있었다. 움푹움푹 파인 곳도 많아 캐리어를 끌고 다니기에 아주 불편했다.

이곳에는 컵라면, 생수, 삶은 달걀 따위를 파는 잡상인들도 굉장히 많았다. 더러는 노숙자도 눈에 띄었다. 어딘지 모르게 불결한 느낌을 주는 곳이 하얼빈역의 주변이었다.

하얼빈 역사驛舍의 이곳저곳을 한동안 기웃거렸지만 안중근의사기념관을 찾기는 쉽지 않았다. 힘들게 찾아낸 역사 안의 안중근 의사의 기념관은 별로 크지도, 깨끗하지도, 세련되지도 않았다. 그래도 애국심이 많은 백간 팀은 사진을 찍고 안중근 의사와 관련된 기록을 둘러보며 그곳에서 잠시 시간을 보냈다.

안중근 의사의 초상 밑에는 새누리당 비례대표 국회의원 이만우가 헌화한 시든 꽃다발이 남아 있었다. 아, 이만우! 지난 시절 언젠가 나와 함께 일한 적이 있는 고려대 교수 출신 비례대표 국회의원! 박근혜 대통령에게 안중근 의사가 순국한 곳이 하얼빈감옥이 아니라 뤼순감옥이라고 자세히 좀 알려 주지.

아무튼 하얼빈 역사 안의 안중근의사기념관은 좀 낡고, 좀 허름하고, 좀 초라해 보였다. 그렇기는 하지만 하얼빈 역사의 한구석에 안중근의사기념관이 있다는 것 자체가 고맙기는 했다. 문득 한국에서는 비극적인 유적지일수록 파괴하기에 급급하다는 생각이 들었다.

안중근의사기념관을 빠져나온 백간 팀은 서둘러 오늘 밤을 묶을 숙소로 향했다. 숙소는 '구라파여관'! 이름이 호텔이 아니라 여관이라는 것이 재미있었다. 택시를 타기 어려워 결국 버스를 타고 숙소까지 가기로 했다. 어렵게 버스에서 내리고 보니 한 구간을 더 가야 숙소였다. 캐리어를 끌고 한참을 이동해 도착한 '구라파여관'은 말 그대로 여관이었다.

처음 우리 부부는 이 호텔 202호에 들었는데, 무엇인가 문제가 생겨 308호로 옮기게 되었다. 옮기게 된 308호에 들어서는데, 화장실에서 아주 고약한 냄새가 났다. 우리 부부보다 먼저 누군가 308호에 들러 아주 고약한 냄새가 나는 대변을 보고 떠난 듯했다. 짜증이 와락 났지만 누구한테 그것을 드러내지는 않았다. 아내가 창문을 열고 한참 동안 환기를 했지만 고약한 냄새는 쉽게 가시지를 않았다.

잠시 침대에 누워 쉬는데, 최두열 팀장이 오늘은 이른바 '자유 여행'을 하자고 했다. 나와 아내는 4시에 로비에서 이동희 교수 부부를 만나기로 했다. 이들 부부를 따라다니며 이른바 '자유 여행'을 하기로 한 것이다. 우선은 중앙대로 주변에서 점심 식사 겸 저녁 식사부터 하기로 했다. 한참을 찾아다니다가 어렵게 한국 식당을 발견한 백간 팀 몇몇은 냉면, 김치찌개 등 이런저런 우리 음식을 시켜 모처럼 입을 호강시켰다.

점심 식사 겸 저녁 식사를 마친 뒤에는 하얼빈의 밤 문화로 유명한 중앙대로를 따라 걸었다. 1.5km 정도나 된다는 이곳 중앙대로는 하얼빈의 모든 문화와 예술을 품고 있는 첨단의 거리라고 했다.

온갖 사람들이 모여 각종 공연을 펼치고 있는 곳이 중앙대로였다. 여기저기서 생음악이 연주되고 있었고, 마술 공연, 춤 공연 등이 펼쳐지고 있었다. 더러는 다락방 연주회를 벌이고 있어 관중들이 넋을 놓고 바라보기도 했다.

누군가 아주 먼 옛날 금과 청의 왕조가 발원한 곳이 하얼빈이라고 했다. 하얼빈은 만주어로 '명성', '명예' 등의 뜻을 가진 아러진(阿勒錦)에서 온 말이었다. 이미 19세기 초 하얼빈은 러시아를 통해 서양 문화를 받아들여 국제적인 면모를 갖춘 도시가 되었다. 1903년에는 러시아에 의해 철도가 부설되기까지 했다. 그 당시 하얼빈에서는 무려 30여 개 국가에서 온 외국인이 16만여 명 넘게 살고 있었다. 하얼빈은 이미 경제와 문화가 번성해 동북아에서 가장 문물이 풍성한 도시가 되어 있었던 것이다. 하얼빈 시내에 지금도 유럽식 건축물이 많아 남아 있는 것은 바로 그런 이유에서였다. 하얼빈 시내의 이른바 중앙대로도 그런 역사적 배경 때문에 생겨난 문화 공간이었다.

중앙대로를 오가며 이국풍의 분위기를 즐긴 뒤에는 '성소피아성당'을 찾아 나섰다. '성소피아성당'은 호텔인 '구라파여관'에서 별로 멀지 않은 곳에 자리해 있어 우리 일행을 반겨 주었다.

나와 아내가 성소피아성당 가까이에 갔을 때는 벌써 해

가 지고 있었다. 지면서도 빛나는 여름 태양은 성소피아성당 위로 금빛 황홀을 장막처럼 드리우고 있었다. 금빛 황홀과 함께 빛나는 성소피아성당을 바라보고 있자니 저절로 감탄사가 터져 나왔다.

더러는 혼자 더러는 여럿이 이 황홀경을 사진에 담느라고 백간 팀은 잠시 여념이 없었다. 해가 지자 성소피아성당은 다시 아름다운 조명을 피워 올리기 시작했다. 아름다운 조명 속의 성소피아성당 마당에서는 분수가 튀어 올라와 더욱 회감回感을 자아내게 했다.

성소피아성당은 하얼빈 시내에 자리를 잡은 그리스 정교회의 성당이었다. 기록에는 높이가 53.35m, 넓이가 721m² 라고 나와 있었다. 성소피아성당은 무엇보다 배점정拜占庭 양식 건축물의 전형적인 특징을 보여 준다고 했다.

성소파어성당은 1996년 11월 '전국중점문물보호단위'로 선정되었다. 그런 뒤 1967년 6월 원래의 모습대로 복원해 지금은 관광객들에게 개방하고 있었다.

1903년 러시아에 의해 철도가 부설되자 하얼빈에는 제정러시아의 보병 사단이 들어오게 되었다. 성소피아성당이 처음 지어진 것은 제정러시아 보병들의 향수를 달래기 위해서라고 했다.

이곳에 병사들을 위한 군인 성당이 처음 지어진 것은 1907이었다. 이 군인 성당은 1923년 재건축을 위한 시공식이 개최되었는데, 그것이 정작 완공된 것은 9년 뒤인 1931년이었다. 무려 9년간이나 심혈을 기울여 붉은 벽돌로 세운 이 성당은 화려하면서도 전아한 품격을 갖고 있었다.

성소피아성당 근처를 배회하다 보니 한국식 상호를 단 커피숍 '카페베네'가 보였다. 몇몇은 너무 더워 이곳에 들어가 냉커피며 아이스크림을 시켜 먹기도 했다. 그런 뒤 다시 자리를 털고 일어난 몇몇은 후끈거리는 밤의 열기를 뚫고 '조린공원兆麟公園'을 향해 걸었다. 조성된 지 100년 넘는 이 조린공원은 중국인 항일 독립운동가 이조린 장군을 기념하기 위해 만든 공원이었다.

백간 팀의 몇몇이 조린공원을 찾은 것은 이곳이 안중근安重根 의사와 깊은 관련이 있었기 때문이다. 조린공원은 우덕순禹德淳, 유동하柳東夏 등과 함께 하얼빈에 도착한 안중근 의사가 1909년 10월 23일 이토 히로부미를 암살하기 위한 거사 계획을 꼼꼼하게 점검한 곳이기도 했다. 조린공원에는 안중근 의사가 서거 이틀 전에 쓴 '청초당'이라는 휘호가 그 특유의 손도장과 함께 새겨져 있는 비석이 세워져 있다고도 했다. 이 비석의 다른 한 면에는 역시 안중근 의사가 쓴 '연지'라는 글씨가 새겨져 있다고 했고…….

하지만 어두운 밤에 찾아간 조린공원에서 이들 안중근 의사의 유적을 찾기는 어려웠다. 핸드폰의 전등을 켜 들고 조린공원의 이곳저곳을 헤맸지만 끝내 안중근 의사를 기리는 비석은 찾지 못했다. 뤼순감옥에서 안중근 의사는 자신이 죽으면 이곳 조린공원에 임시로 매장해 달라고 했다고 한다. 그런 뒤에 해방이 되면 조국으로 옮겨 제대로 매장해 달라고 유언을 했고…….

아쉬움을 뒤로한 채 나와 백간 팀 몇몇은 중앙대로를 따라 터벅터벅 호텔 '구라파여관'으로 돌아왔다. 일행 중 몇몇은 내일 아침 일찍 일어나 조린공원을 다시 방문하겠다는 다짐을 하기도 했다. 조린공원에 다시 가기는 그렇지만 호텔에서 멀지 않은 곳에 있다는 송화강 가는 나도 가 보고 싶었다.

저녁 10시쯤 호텔 방으로 돌아온 우리 부부는 샤워부터 했다. 지난밤에 기차를 타고 이동을 하는 바람에 오늘 아침에는 겨우 고양이 세수만 했던 터였다. 샤워를 마친 뒤에는 너무 피곤해 내일 아침 늦게까지 푹 자기로 했다. 침대에 몸을 눕히자마자 잠이 함부로 퍼부어 댔다.

열한째 날(8월 15일)

늦게까지 푹 자려고 했지만 오늘 아침에도 습관처럼 눈이 일찍 떠졌다. 긴장을 하고 있기 때문인 듯했다. 와이파이가 터져 눈을 뜨자마자 핸드폰으로 카톡 메시지, 기타 문자 메시지 등을 확인했다. 네이버를 통해 국내의 신문 기사도 좀 읽었다. 서울도 엄청 덥다는 기사가 여기저기에 떠 있었다.

아침 식사 시간은 7시, 출발 시간은 7시 30분이라고 했다. 세면을 마치고 짐을 다 꾸리니 6시 40분이었다. 캐리어를 끌고 1층 로비로 내려왔더니 아침 식사 시간까지 20분이나 남아 있었다. 호텔 밖으로 나오자 제법 시원한 바람이 불어왔다. 문득 이렇게 그냥 가을이 왔으면 좋겠다는 생각이 들었다. 호텔 근처의 '유럽프라자'를 지나 시원한 바람을 쫓아 중앙 가도까지 나가 보았다. 어제저녁과는 달리 거리가 텅 비어 있었다. 어제저녁 그렇게 요란하던 중앙 가도가 이렇게 조용하다니! 서울의 강남역 주변과 홍대역 주변도 아침에는 이렇게 조용하겠지.

호텔 '구라파여관'의 식당으로 돌아온 우리 부부는 서둘러 아침 식사부터 했다. 미처 7시가 되지 않았는데 이미 아침 식사는 시작이 되어 있었다. 여행의 일정에 쫓기다가 보니 줄곧 식사 조절을 못하고 혈당 조절도 못했다.

이런저런 걱정을 하며 나는 백간 팀과 함께 시내버스를 타기 위해 정류장이 있는 큰 거리로 나갔다. 하얼빈역까지 가는 버스는 번번이 만원이었다. 오래지 않아 용케 좀 비어 있는 시내버스가 왔다. 백간 팀은 모두 우르르 버스에 몸과 짐을 실었다.

버스에서 내려 캐리어를 끌고 허겁지겁 도착한 하얼빈역은 이른 아침인데도 온갖 사람들로 벅적거렸다. 벅적거리는 것은 별별 장사치들 때문이기도 했다. 하얼빈역의 바닥은 여기저기 타일이 깨져 있어 캐리어를 끌고 다니기가 편치 않았다.

시간이 있으면 안중근 의사가 이토 히로부미를 저격한

하얼빈역 안의 이곳저곳을 좀 더 둘러보고 싶었다. 하지만 그럴 수 있는 시간이 없었다. 하얼빈역에서는 목단강행 8시 44분발 기차를 타야 했다. 기차를 탈 수 있는 출구를 찾기 위해 최두열 팀장이 부지런히 이곳저곳을 오갔다. 우선은 목단강행 기차를 탈 수 있는 출구를 찾는 일이 급했다.

힘들게 목단강행 기차를 탈 수 있는 출구 앞에 서자마자 곧바로 개찰이 시작되었다. 역시 외국인은 일일이 여권을 제시해야 했다. 하얼빈역에서도 밀려드는 사람들로 정신을 제대로 차리기가 어려웠다.

목단강행 기차는 정시에 플랫폼으로 들어왔다. 백간 팀은 모두 10호 차에 몸을 실었는데, 나와 아내의 칸은 10호 차 15호실이었다. 기차에 몸을 실은 백간 팀은 각자 떠들기도 하고, 잠을 자기도 하며 시간을 보냈다.

차창 밖의 풍경으로 미루어 보면 기차는 비산비야의 들판을 끊임없이 달리고 있었다. 한숨을 자고 나서도 차창 밖으로 바라다보이는 풍경은 비산비야의 옥수수밭이거나 볏논이었다. 차창 밖의 풍경 중에 높거나 큰 산은 별로 보이지 않았다. 가끔은 멀리 구릉지 아래로 옹기종기 몇몇 마을도 보였다.

중국인들이 모여 있는 곳은 언제나 시끄러웠다. 기차 안에서도 그들은 알아듣기 어려운 중국어 사투리로 시끄럽게 지껄여 댔다. 문득 은퇴하고 시간이 좀 생기면 중국어를 배울까 하는 생각이 들었다.

이렇게 무작정 비산비야를 달리던 기차가 갑자기 터널 안으로 들어갔다. 터널은 길었다. 4~5분이 지나도 계속 터널 안이었다. 드디어 기차가 산지를 지나고 있는 것이었다. 터널을 빠져나오자 차창 밖으로 산들이 보이기 시작했다. 하지만 이들 산도 높고 깊어 보이지는 않았다.

예정 시간보다 1시간 30분쯤 늦게 기차는 목단강역의 플랫폼에 도착했다. 한자로는 목단강牧丹江이라고 쓰여 있어도 중국어로는 무단강이라고 읽는다고 했다. 오늘 밤 백간 팀이 묵을 곳은 '호텔하와이'였다. 백간 팀이 하룻밤을 묵을 '호텔하와이'는 역에서 별로 멀지 않았다.

백간 팀은 잠시 호텔하와이까지 택시를 타고 갈까 어쩔까 하고 망설였다. 그러다가 그냥 모두 캐리어를 끌고 걷기로 했다. 걸으면서 만나는 목단강시의 풍경도 그런대로 재미있었다. '호텔하와이'는 번화한 시내의 중심가에 있었다.

터덜터덜 걸어 도착한 '호텔하와이'는 제법 깨끗하고 쾌적했다. 역시 가격이 비싼 호텔이 좋았다. 일단은 호텔 방을 배정받아 짐부터 부렸다. 그런 뒤 백간 팀 모두에게는 다시 자유 여행의 시간이 주어졌다. 최두열 팀장은 중국 돈 50위안씩을 나누어 준 뒤 각자 자유롭게 점심 식사를 해결하라고 했다.

무언가 낯설어 조금 주춤대다가 우리 부부는 호텔 앞의 냉면집으로 들어갔다. 이동희 교수 부부, 김현숙, 문수정, 박창명 부부 등이 자장면을 주문해 먹고 있었다. 물론 한국식 자장면은 아니었다. 나도 따라 시켰는데, 역시 맛이 별로 없었다. 그냥 점심 식사를 때우는 것 이상의 의미는 없었다.

이렇게 모인 백간 팀 중 몇몇은 나머지 시간에 목단강 가의 '빈강공원濱江公園'을 둘러보기로 했다. '호텔하와이'를 나와 조금 걸었다. 이내 건너편에 각종 먹거리와 실용품을 파는 시장이 나왔는데, 시장은 한창 축제 중이었다. '호텔하와이'에서 목단강 가의 '빈강공원'까지는 꽤 멀었다.

지도를 보고 걷다 보니 여기저기 과일 가게가 보였다. 누군가 과일을 좀 사 목단강 가 유원지에서 함께 먹자고 말했다. 때마침 나타난 과일 가게에 우르르 몰려가 각자 양껏 과일을 샀다. 나도 먹음직해 보이는 복숭아와 포도 등을 샀다.

호텔에서 40분 정도 걸었을까. 가로놓인 언덕을 올라가자 나무 데크가 돋보이는 목단강 가의 유원지가 나왔다. '빈강공원'까지 가려면 한참을 더 내려가야 하지만 우리 일행은 오후의 햇살을 피해 나무 그늘에 앉은 뒤 준비해 간 과일부터 먹었다. 수박도 먹고, 참외도 먹고, 복숭아도 먹고, 자두도 먹고……. 아무튼 온갖 과일을 맛볼 수 있어 좋았다.

그렇게 잠시 쉬던 일행은 '빈강공원'으로 짐작되는 강의 하류를 향해 걸었다. 조금 걸어가자 포청천, 노신, 관운장 등 중국의 영웅들을 조각해 전시해 놓은 곳이 보였다. 이곳 조각 공원에 이르자 중국 전통악기를 펼쳐 놓고 연주를 하는 사람도 눈에 띄었다. 조금 더 걸어 내려가자 이번에는 도복을 차려입고 건강 체조를 하는 부부가 눈길을 끌었다.

'빈강공원'에서 백간 팀의 일행이 보려고 하는 것은 '팔녀투강비'였다. 별로 많이 걷지 않았는데도 광장과 잇닿아 있는 '팔녀투강비'를 확인할 수 있었다. 크고 웅장한 팔녀투강비는 목단강시가 자랑하는 조각 작품이었다. 또한 이 팔녀투강비는 우리나라와 중국이 공동으로 항일 투쟁에 참여했던 일을 기리는 중요한 상징물이기도 했다.

1938년 10월의 일이었다. 무장한 일본군에 맞서 싸우다가 굴복하지 않고 끝내 차디찬 목단강에 뛰어들어 장렬히 최후를 마친 8명의 여성 전사가 있었다. 8명의 여성 전사는 제2로군 제5군 부녀대의 지도원 냉운冷運, 반장 호수지, 양귀진, 피복 공장의 공장장 안순복安順福, 전사 곽계금, 황계청, 왕혜민, 이봉선李鳳善이었다. 이 중에서 안순복과 이봉선은 조선족 처녀였다. 안순복과 이봉선은 조선의 한복, 곧 치마와 저고리를 입은 채 팔녀투강비 속에 활달하게 살아 있었다. 한복 저고리를 입고 있는 이들의 모습이 문득 가슴을 뭉클하게 했다.

1938년 봄의 일이었다. 일본의 관동군은 송화강 하류에서 '3강대토벌'을 실행했다. 당시 동북항일련군 제5군 제1사에는 30명으로 구성된 여성 유격대원이 있었는데, 예의 8명 여성 전사들은 바로 이 부대에 소속되어 있었다. 그해 10월 이들 여성 유격부대는 목단강 하류에서 숙영하던 중 밀정의 밀고로 일본군에 의해 포위되고 말았다. 8명의 여성 전사는 본대의 철수를 엄호하기 위해 강변 쪽에 남아 계속 일본군을 유인했다.

이들 덕분에 여성 유격대의 본대는 일본군의 포위망을 빠져나갈 수 있었다. 하지만 8명의 여성 전사는 끝내 일본군의 포위망에서 벗어나지 못했다. 이들은 모두 목단강에 투강하는 것으로 일제에 강력히 저항했다. 그 이후 동북항일연군 제2로군 총지휘였던 주보중 장군은 이 '팔녀투강'에 대한 이야기를 듣고 그들을 기리는 제사祭辭를 짓기도 했다. 중국에서는 이 '팔녀투강'에 얽힌 이야기를 제재로 영화 《중화의 아들딸들》을 제작한 적도 있었다.

목단강시는 이들을 기리기 위해 1986년 9월 7일 빈강공원 광장에 매우 거대한 조각 작품인 팔녀투강비를 건립했다. 팔녀투강비를 둘러보다 보니 이들의 행적을 새긴 철판이 눈에 띄었다. 이 철판에는 팔위여열사八位女烈士 명단과 함께 국적도 적혀 있었다. 무엇보다 안순복 열사와 이봉선 열사가 '조선족'이라는 것을 확실하게 밝히고 있어 나와 일행의 마음을 흐뭇하게 했다.

팔녀투강비 옆 광장에는 연을 날리는 사람도 있었고, 날리는 연을 파는 상인도 있었다. 팔녀투강비의 앞과 뒤에서 각자 혹은 단체로 사진을 찍고 나와 일행은 다시 '호텔하와이'로 돌아왔다. 이제 백간 팀은 중국 동북 3성 여행의 마지막 밤을 보내고 있는 것이었다.

최두열 팀장은 예정대로 백간 팀 모두와 이번 여행을 매조지하는 회식을 주선했다. 회식의 장소는 백간 팀이 묵고 있는 호텔의 맞은편에 있는 건물의 8층 중식당이었다. 조금은 멋진 식사를 하기로 하고 비싼 음식을 주문했지만 내 입맛에는 별로 맞지 않았다. 내 입맛에 꼭 맞는 중국 음식은 없는 듯했다. 향채는 넣지 않았어도 가득가득 나오는 중국 음식은 전체적으로 아주 느끼했다. 몇 숟가락 뜨지 않았는데도 비위가 편치 않았다. 그뿐만 아니라 나는 언제부터인가 장염에 걸려 줄곧 고생하고 있었다. 거듭거듭 설사가 나왔다.

회식을 마친 뒤에는 '호텔하와이' 건너편 시장 근처의 빈터에 앉아 맥주를 마시고 노래를 부르며 놀았다. 이번에도 역시 정기훈 선생이 기타를 치며 분위기를 돋웠다. 한참을 그렇게 노래를 부르며 놀다가 우리 부부는 더 이상 피곤을 견디지 못하고 먼저 호텔로 돌아왔다. 씻자마자 잠이 퍼부어 죽은 듯이 쓰러져 버렸다.

열둘째 날(8월 16일)

이윽고 집으로 돌아갈 수 있는 날이 밝았다. 백두산과 간도 일대를 찾아 떠난 11박 12일의 여행에 종지부를 찍는 날이었다. 아침 식사를 마치자마자 백간 팀은 대여한 버스에 몸을 실었다. 발해의 왕궁이었던 '상경용천부'를 찾아가는 길이었다. 1시간 30분 넘게 벌판을 달려온 버스는 일단 먼저 발해의 유물을 모아 놓은 박물관의 출입구 앞에 섰다. 입장료를 내야 했는데, 그곳에서는 『발해의 역사』라는 제목의 책도 팔았다. 아무도 거들떠보지 않아 내가 나서서 50위안을 주고 『발해의 역사』라는 제목의 책을 한 권 구입했다.

박물관의 행정 담당자는 일단 버스를 박물관 입구에 세워 입장료를 내게 했다. 버스는 오래지 않아 백간 팀을 '발해박물관' 앞으로 안내했다. 버스가 '발해박물관' 앞에 섰는데, 나는 속이 부글거려 급하게 화장실로 달려가야 했다. 장염이 아주 심해진 듯했다. 그토록 효험이 있는 정로환을 한 주먹씩 복용해도 설사는 쉽게 멎지 않았다. 엉성하고 더러운 화장실에 쪼그려 앉아 있다가 보니 '발해박물관' 관람은 뒷전일 수밖에 없었다. 급하게 설사를 처리한 뒤 대충대충 둘러본 '발해박물관'은 초라하기 이를 데 없었다. 제대로 된 유물이라고 할 만한 것이 별로 눈에 띄지 않았다.

형편이 이러하니 백간 팀은 이곳 '발해박물관'에 오래 머물 형편이 못 되었다. 백간 팀을 실은 버스는 곧바로 발해의 왕궁터인 상경용천부를 향해 달렸다. 버스는 상경용천부의 성벽이 바로 앞에 보이는 곳에 주차했다. 이곳에서도 '하나투어'라는 회사명이 붙어 있는 대형 버스가 눈에 띄었다.

우선은 화장실부터 들러 다시금 부글거리는 속을 달래야 했다. 이미 팬티에는 설사한 똥물이 묻어 있는 듯했다. 정말 미칠 것 같았다. 속을 달래러 들어간 공중변소는 앞이 터져 있는 특유의 중국식 시설이었다. 큰일을 치른 뒤에야 나는 비로소 상경용천부의 왕궁터를 보기 위해 성벽 위의 전망대에 섰다. 전망대에서 바라보는 것만으로도 상경용천부의 왕궁터는 크고 웅장해 보였다.

겨우겨우 그렇게 상경용천부 왕궁터를 바라보는 중이었다. 갑자기 하늘에서 빗방울이 떨어지기 시작했다. 아무래도 비가 제법 쏟아질 것 같았다. 버스로 돌아가 우산을 챙겨 다시 밖으로 나왔더니 주변에는 남아 있는 사람이 아무도 없었다. 좀 늦기는 했지만 나와 아내도 상경용천부의 왕궁터 안으로 들어갔다. 왕궁터에는 일년생 화초인 백일홍이 가득가득 피어 있었다. 일부러 백일홍을 피워 상경용천부의 왕궁터를 관리하는 듯했다.

상경용천부라고 불리는 왕궁터는 상경성 안에 자리해 있었다. 상경성의 안에는 상경용천부라는 궁터 외에도 발해진을 비롯해 무려 6개의 마을이 흩어져 있었다. 상경성은 외성外城, 궁성宮城, 황성皇城으로 구성되어 있다고 했다.

최두열, 문수정, 김현숙, 문수정, 김덕성, 김광철 등 백간 팀의 몇몇은 이미 상경용천부 왕궁터의 저쪽 담벼락 안까지 깊이 들어가 보이지조차 않았다. 다소 늦기는 했지만 나와 아내도 건너편에 보이는 성벽까지는 걸어가 보기로 했다. 그곳 성벽의 전망대에 올라 이곳저곳을 조금쯤 둘러보는 참이었다. 앞장을 서 달려갔던 백간 팀 몇몇이 벌써 시간이 다 되었다며 바쁘게 되돌아 나오는 것이 보였다. 그들을 따라 우리 부부도 서둘러 발길을 돌려 걸어 나왔다. 하지만 걸음이 늦은 나와 아내는 이미 버스 안으로 돌아가 앉아 있는 사람들을 기다리게 해야 했다.

이제 백간 팀을 실은 버스는 발해의 궁찰이라고 하는 흥륭사를 향해 달렸다. 궁찰이라고는 해도 지금 보기에도 별로 큰 절이라고 생각되지 않았다. 평지에 세워진 절이라서인지 가람의 배치도 평범했다. 일자로 늘어서 있는 직사각형의 가람이 차례로 늘어서 있었고, 그 뒤의 끝자리에 널리 알려진 발해의 석등이 우두커니 서 있었다. 실물로 확인한 석등은 유명세만큼이나 그 나름의 위용이 돋보였다. 발해 때부터 전해 내려오는 석등이라고 하는데, 내가 보기에는 지금의 흥륭사 가람과는 별로 잘 안 맞아 보였다. 석등도 석등이지만 해태상도 주목이 되었다. 화강암이기 때문일까. 석등과 마찬가지로 해태상도 석질은 그다지 좋아 보이지 않았다.

이번 동북 3성 여행의 마지막 일정이 바로 이곳 발해의 궁찰인 흥륭사를 둘러보는 것이었다. 마지막 일정을 끝낸 백간 팀은 조금쯤 시간의 여유를 두고 목단강공항으로 버스를 몰았다. 버스가 서서히 목단강공항으로 가는 고속도로 위로 들어서고 있었다. 다시 배 속이 요동을 쳐 거듭 인상을 써 가며 나는 화장실이 있는 곳 아무 데나 버스를 좀 세워 달라고 청했다. 내 청을 듣고 버스가 고속도로 입구의 주유소 근처에 있는 공중화장실의 앞에 섰다. 나를 비롯한 몇몇이 바쁘게 내려 화장실을 향해 뛰었다. 버스로 되돌아온 나는 다시금 정로환 한 줌을 먹고 꾸벅꾸벅 졸았다. 잠깐 졸은 듯한데, 버스는 어느새 목단강공항 주차장에 백간 팀을 내려놓고 있었다.

대한민국 인천공항으로 가는 비행기의 탑승 시간까지는

좀 여유가 있었다. 몇몇 사람들은 컵라면으로 늦은 점심 식사를 때웠지만 나는 무엇을 먹을 수 있는 형편이 못 되었다. 탑승 수속을 밟은 뒤에도 시간이 촉박하지는 않았다. 목단강공항의 면세점을 한동안 어슬렁거렸지만 사고 싶은 물품이 눈에 띄지는 않았다. 그래도 환전한 중국 돈이 좀 남아 있어 12년산 위스키를 한 병 샀다. 인천공항에서보다는 약간 더 비쌌다.

비행기에 탄 뒤에는 기내식으로 나온 빵 조각을 먹자마자 그만 잠에 빠졌다. 깜박 눈을 떠 보니 어느새 인천공항이었다. 인천공항에 도착하자마자 김광철, 최두열, 김덕성, 송윤옥 등을 제외한 나머지 회원들은 서둘러 집으로 향했다. 사무처장인 아내 송윤옥 선생과 대표인 김광철 선생은 마지막으로 해야 할 일이 남아 있었다. 경남 고성과 통영이 집인 최두열, 김덕성 선생을 모시고 간단하게라도 저녁 식사를 하는 일이 그것이었다.

인천공항의 식당에서 먹은 된장찌개 백반은 입과 배를 제법 편안하게 했다. 저녁 식사를 마친 뒤에는 우리 부부도 이번 여행의 종지부를 찍으며 큰아들 이윤주가 살고 있는 길음동으로 가는 공항버스에 몸을 실었다.(2016)